PRESS

C. A. PRESS

PIEL DE AGUA

En *Piel de agua*, su segunda novela tras *Días de sal*, Estrella Flores-Carretero sigue indagando en la amistad, el dolor, el amor-desamor y los miedos más íntimos, a través de unos personajes conmovedores y una familia atrapada en la memoria de las emociones, de una familia con "piel de agua".

PIEL
de
AGUA

una novela

Estrella Flores-Carretero

PRESS

C. A. PRESS

Penguin Group (USA) LLC

C. A. PRESS

Published by the Penguin Group
Penguin Group (USA) LLC
375 Hudson Street
New York, New York 10014

USA | Canada | UK | Ireland | Australia
New Zealand | India | South Africa | China
penguin.com
A Penguin Random House Company

First published in Spain by Algaida Editores, 2010
First published in the United States of America by C. A. Press, a member
of Penguin Group (USA) LLC, 2013

LIBRARY OF CONGRESS CATALOGING-IN-PUBLICATION DATA
Flores-Carretero, Estrella.
Piel de agua : una novela / Estrella Flores-Carretero.
p. cm.
ISBN 978-0-14-751022-8 (pbk.)
I. Title.
PQ6706.L67P54 2013
863'.7—dc23
2013030657

Printed in the United States of America
10 9 8 7 6 5 4 3 2 1

A mi amigo Fabián.

A mis hermanos; Maribel, Antonio, Anyeles y Paco.

A Martita, esa criatura tan especial que tanto quiero.

Seguir es mi única esperanza.
Seguir oyendo el ruido de mis pasos.
CLAUDIO RODRÍGUEZ

¿De qué sustancia puede estar hecha
la vida salvo de recuerdos?
¿Qué es el tiempo sino una sucesión
imparable de olvidos?

Todos, tarde o temprano, acabamos
siendo víctimas de nuestro tiempo.
Recordar es constatar carencias, por
eso la memoria siempre duele.
F. ROYUELA

PIEL DE AGUA

1

ada vez que cruzo un túnel, tengo la sensación de volver a nacer, la impresión de estar en ese instante en el que atravieso el camino con una suavidad cálida y rápida hacia la luz. Es la perplejidad del movimiento lo que me empuja hacia la puerta de la vida. Me encuentro en ese segundo preciso, antes de que mis sentidos estén suficientemente despiertos para darme cuenta de ello; y entonces me acuerdo de mi abuela Obdulia. Ella decía que todos los recuerdos que se nos agolpan en la cabeza en un momento de nuestra existencia han sido vividos ya, aunque no los recordemos con exactitud.

La abuela nació a principios de siglo. Su nacimiento se adelantó a los años, así que su manera de entender la realidad le reportó una existencia diferente a la que habría cabido esperar en aquellos tiempos. Tal vez como la vida de todos, sólo que ella nunca puso una nota sombría entre los mensajes crueles que crecían junto a las márgenes de un río cercano al suyo, por más que sus aguas despidiesen voces fugaces con destellos amargos. Jamás disipó el tedio zarandeando los cimientos del respeto a los otros, y por eso la admiraba.

Recuerdo dormir a su lado durante montones de noches después de que enviudara de su último compañero; con su dulce voz acariciaba mi alma de niño con historias preciosas, misteriosas y, en ocasiones, duras, que han dejado un lugar lleno en mi corazón y de las que no desearía nunca desprenderme.

—¿Estás preparado para lo que voy a contarte? —me susurraba al oído mientras se acomodaba junto a mí en los fríos inviernos.

—¡Para mi cuento favorito! —contestaba en el mismo tono.

Una de esas noches dijo:

—Hoy será un cuento diferente. Llegó el momento de comenzar una historia que jamás conté a nadie. Pero tú, mi nieto Adolfo, siempre has sido especial para tu abuela, y te voy hacer este enorme regalo. Agudiza los sentidos porque será un cuento que cada día tendrá un final singular. Deberás guardarlo en la memoria y, cuando seas mayor, se lo contarás también a tus nietos. Sólo así todo nuestro pasado y las personas que hemos querido permanecerán vivos en nuestro corazón.

Tengo aún la clara sensación de cómo el alma me dio un vuelco porque intuí que de verdad iba a ser algo único. Así que me dispuse con los ojos bien abiertos y el resto de los sentidos aguzados a esperar el momento. Entonces ella comenzó:

—En el estío del año 1899, cuando el sol empezaba a ponerse pesado, vino al mundo una niña a la que pusieron por nombre Leonor Lucía, aunque sólo la conocerían por Lucía. Todas las primogénitas de esta familia estaban obligadas a llamarse Leonor, y así se hizo también con ella. El padre era un joven capitán de fragata, y parece que pereció al irse a pique su torpedero a principios de la guerra de Cuba, de manera que apenas tenía el recuerdo de una foto desgastada que su madre le solía mostrar. Ella le decía que era un hombre cariñoso, inteligente y enérgico. Pero lo que nunca entendió Lucía fue cómo alguien nacido en una provincia que no daba al mar había sido capitán de marina.

La niña creció en un ambiente protector y afectuoso, en el que la sombra de la imagen de su padre se construía dentro de su cabeza y de su corazón, siempre con la caricia de aquella foto raída. Desde muy pequeña se despertó en ella la inquietud por aprender, pero en su pueblo la escuela más cercana estaba a varios kilómetros. Tras la insistencia de la abuela, llamada Leonor María, el señor cura, don Carmelo, consintió en impartirle clases en la casa y detectó que tenía una inteligencia impropia en una mujer que...

—¿Por qué dices impropia, abuela? —la interrumpí, mientras me arropaba estirando las sábanas hasta los ojos y me acurrucaba entre sus brazos.

—Porque la mujer tenía un papel algo diferente al de ahora, su misión era la de ser buena esposa y excelente ama de casa, que no era poco. Pero desde luego, si era demasiado lista, los hombres no la querían porque se convertía en un problema. El hombre tenía que mandar siempre, la inteligencia para nosotras, las mujeres, era más un peligro que un don. Sin embargo, don Carmelo, a pesar de ser cura y machista porque así lo requería el momento, prestó un interés inmenso a esas clases particulares. Le enseñó a escribir y leer con precisión, gramática, cálculo, aritmética, latín, griego y francés. Elena, la madre de Lucía, hablaba también alemán, así es que la niña se educó en un ambiente rico en cultura. Pero era un pueblo profundamente rural, donde estas mujeres aparentaban llevar una vida como las demás y jamás comentaban con la gente su amor por estos saberes. Aun así, todas pagaron un gran precio por creer que tenían derecho a hacer cosas que no correspondían a su sexo: estudiar a los clásicos, poesía, filosofía y lenguas. No por el hecho de leer, que lo hacían a escondidas, sino por ser instruidas. Eso les dio una visión diferente del mundo, tal vez más amplia, pero no gratuita.

—¿Por qué? —le pregunté, a la par que tomaba aire con todas

3

mis fuerzas para introducir en mis pulmones y en mi memoria aquel olor a fresco y a limpio que la abuela Obdulia desprendía.

—Porque una mujer no debía saber demasiado, no, no… menos aún, filosofía o literatura. De ninguna manera. En algunas ocasiones se le permitía la novela rosa, que por cierto estaba muy de moda en los años veinte —hizo una pausa, suspiró y continuó—. Hace tanto que casi se me olvidaba. Recuerdo una que se vendía por capítulos de cuatro páginas y cuya entrega se hacía cada dos días, se llamaba *Morir para amar y enterrada en vida*, imagínate, todo un drama —comentó incorporándose en la cama para apoyar suavemente mi cabeza en la almohada.

—¿Pero si no sabían leer, cómo se vendían? —Me senté de nuevo, dando una patada a la sábana y desprendiéndome del calor.

—Las esposas eran educadas para ser mujeres *de* y, por supuesto, lo sabían, pero no todas iban a la escuela, los padres no consideraban que fuera tan importante, e incluso, para algunos era una amenaza, ¿comprendes? —inquirió la abuela mirándome de frente.

—Bueno… continúa con la historia —dije sin comprender demasiado y me volví a tumbar sobre la almohada dejándome caer desde lo alto.

—Bien. La abuela, Leonor María, compaginó mejor que Elena su tiempo con la forma de vivir. Era una mujer muy liberal, pero como contrapunto, también era tremendamente religiosa. ¿Cómo puede combinarse eso? Pues yo creo que era una mezcla entre lo que ella deseaba ser y aquello para lo que había sido educada.

—Ahora sí que no entiendo nada —interrumpí, abrazando la sábana de nuevo y retorciendo el embozo.

—Adolfo, pues te cuento más —susurró—. Ella pertenecía a una asociación llamada Hijas de María y Santa Teresa de Jesús, que honraba a la Madre Inmaculada. Publicaban una hojita, la

Hojita Celeste —dijo la abuela, y se levantó definitivamente de la cama para acomodarse en una mecedora que había en el cuarto.

—Que seguro era una hoja celeste —grité sonriendo y haciendo un nudo con la sábanas.

—La verdad es que era otro mundo, difícil de entender quizás para ti. En aquellas épocas se daban breves consejos a las jóvenes solteras sobre lo que se debía hacer en las situaciones más insospechadas de la vida cotidiana. En diciembre de 1941, Leonor decidió abandonar la asociación, aunque sólo tenía un papel honorario y de colaboración, puesto que, una vez que te casabas, ya no podías pertenecer a ella.

—Pero ¿dónde se daba esa *Hojita*?

—En la iglesia, a la entrada —comentó la abuela mientras se balanceaba con las manos apoyadas en los brazos de la mecedora.

—¿Y qué pasó? —demandé sorprendido.

—Leonor creyó que las recomendaciones eran cada vez más absurdas.

Entonces la abuela Obdulia se puso de pie con tal fuerza que se me volvieron a llenar los pulmones del aire limpio y rico con sabor a ese jabón que sólo ella usaba. Fue hasta el escritorio que tenía en su habitación. En la parte superior del mueble asomaban unos cajoncitos en cuya madera había esculpidos distintos animalitos, sacó una llave diminuta de un pastillero y abrió uno. Cogió una estampilla de papel amarillento y se tumbó de nuevo junto a mí.

—Mira, aún conservo la *Hojita* motivo de tanto conflicto, no sé cómo ha llegado a mis manos. Siempre te he dicho que cada objeto simboliza una parte de la vida de alguien. Quizás por ello conserve yo éste —y prosiguió—: Pues verás, ese día recibió la *Hojita Celeste* que decía esto —y la abuela comenzó a recitarla con un tono irónico y alto como si se tratase de una poesía—: «¡Qué alegre y satisfecha te encuentra hoy la *Hojita Celeste*! ¡Y cómo no, si hemos tenido un éxito ruidoso! Hay que ver las felicitaciones que reciben nuestras camaristas por el gusto en la presentación de nuestro altar... ¡Vaya que está lindo! Parece un trocito de cielo. Es natural que ello sea así, ya que la mayor ilusión de una fervorosa Hija de María es que la novena de la Inmaculada sea la más solemne y concurrida de la parroquia. Pero también es necesario que estos cultos sean los más piadosos y fervorosos del año; para conseguirlo, la *Hojita Celeste* quiere avisarte de tres pequeños defectos, ladrones de la devoción, que a toda costa hay que extirpar. Primero: hay personas que en la iglesia se permiten platicar sobre asuntos que no son apropiados, allí forman sus grupos de palique, discuten los chismes que se divulgan por el vecindario, faltando a la caridad en la presencia misma del Señor. ¿Qué debes hacer? Pues muy sencillo, cuando alguien se acerque para hablarte cosas impertinentes, le dices con suavidad: "Ya hablaremos de eso"».

—Tú no pertenecías a esta asociación —dije interrumpiendo de nuevo y con una gran curiosidad por saber qué significaba aquel panfleto que la abuela se había puesto casi a cantar.

—No, y no sé por qué. Yo siempre me he sentido un poco distinta, y eso, créeme, me ha reportado inconvenientes, al menos es lo que he palpado, aunque aún no sé si es mejor o peor —dijo sonriendo mientras me daba un beso en los ojos y me apretaba fuertemente las mejillas con las palmas de sus manos. Luego, volviendo al papel, continuó sin más explicaciones—. «Segundo: en el sermón en cierta parroquia, la *Hojita* observó que la mayoría de las jóvenes se colocaban no en el sitio más cómodo para oír la prédica, sino en aquel desde el cual mejor pudieran ver... y ser vistas. No seas así tú, antes elige en el templo el lugar más recogido, sin que te interese más que ver y ser vista por tu Madre Inmaculada».

Me encantaba la sensación de ese calor, de aquellos abrazos y la ternura que me daba ella, las historias se convertían en una pe lícula de las que traían al pueblo, en la que podría colarme si llegaba a entenderla.

—«Tercero: siempre le chocó a la *Hojita* la cursilería de muchas jóvenes que dejan caer el rico velo de tul sobre sus hombros, sin que cubra de su cabeza más que dos dedos de la coronilla. Hija de María, cúbrete la cabeza con el velo, y tu Madre Inmaculada te cubrirá el alma y el cuerpo con el rico manto de la pureza.»

—¡Uf, no entiendo nada, abuela!, sólo me imagino repartiendo esa hojita y a las muchachas, aplicadas a lo que les mandaban esa semana —dije con una sonrisa y girando de nuevo en la cama para tenerla más cerca.

—Sí, pero espera lo más interesante. Leonor María pensó que las dos últimas sugerencias eran propias de jóvenes en plena adolescencia, que hacían fluir sus deseos reprimidos en estas boberías, que había que insistir en cosas importantes para la formación humana, en el fondo de las cosas, no en la forma. Creía que, insistiendo en lo superficial, no se ayudaba a fortalecer el alma de las adolescentes. Por eso, una mañana se dirigió sola a la asociación. Cuando llegó allí, dijo: «Señor sacerdote, señoras, creo que la *Hojita Celeste* de este mes hace hincapié en la importancia que ustedes pretenden que las jóvenes no den a ciertas cosas. Pienso que el ser humano tiene valores más profundos, como el amor al prójimo, el respeto a los demás (también a las adolescentes) basado en la comprensión, y no debemos confundir lo que le molesta a Dios con lo que nos molesta a nosotras, porque ¿acaso no creen que Dios está demasiado ocupado para hacerse cargo de la colocación de los velos de nuestras jóvenes en la misa? Ustedes, que utilizan mucho los juicios de valor, deberían plantearse en qué estamos formando a estas mujeres del futuro y qué es lo que van a priorizar después.»

Entonces una señora contestó irónicamente, sonriendo a las otras asociadas de manera que resultaba irrespetuosa con Leonor:

«Tal vez antes de hablar debería preguntarse qué ejemplo está dando usted con su hija, cuyo marido se desconoce, aunque no dudamos de que haya muerto en la guerra de Cuba. De inmediato, Leonor respondió con la valentía que la caracterizaba: «¿Qué? ¿Qué pretende decirme?». La respuesta no se hizo esperar: «Que si quiere una educación libertina para nuestras muchachas, no estamos de acuerdo. Tal vez lo que usted busca es que inculquemos lo mismo que le ha enseñado a su hija, con el consiguiente resultado. Y por eso mismo, no está usted en posición de sugerirnos nada».

Leonor se marchó sin contestar, llena de rabia. No habían entendido su mensaje. Por vez primera sintió la factura del reproche de la gente; «una libertina», simplemente por priorizar el fondo a la forma. Jamás volvió a la asociación a pesar de las llamadas insistentes del párroco, que la estimaba muchísimo y que siempre fue su gran amigo. Pero también desde aquel momento, las beatas del pueblo, que no habían terminado de aceptarla por el pasado que acompañaba a su hija Elena, fueron sus enemigas abiertamente. Lo que le cerró el círculo de amistades y le reportó mucho sufrimiento innecesario.

—Abuela, no me he enterado muy bien de lo que me estás contando, pero bueno, supongo que más adelante mi cabeza tendrá el entendimiento que, según tú, llegará algún día —dije, deshaciendo aquel aparatoso nudo que había hecho con las sábanas.

—Cuando seas mayor, lo recordarás y lo entenderás. Pero no debes olvidarlo. Te diré este nombre, que nunca te borrarás del cerebro, puesto que tuvo mucha influencia en la madre de Lucía: Segismundo Freud. Este señor, que Elena conoció, hizo que ella estudiara el movimiento creado por él y otros de la época; por eso viajó por la Europa en guerra.

—¿Y quién era este hombre con nombre tan raro?

—Era hijo de un comerciante de lanas checoslovaco que, al nacer Sigismund, ya tenía otros hijos de un matrimonio anterior;

el mayor de ellos de la misma edad que la madre del recién nacido, circunstancia que convertiría al niño en un ser agudo y curioso. Casi como tú, mi nieto Adolfo —dijo mientras me agarraba la mano que colgaba de la cama—. Y Elena traducía los libros, escritos en alemán, para poder leerlos. Ella hablaba el idioma a la perfección, había vivido un tiempo en Alemania. Estudió la especialidad de neuropsiquiatría en la Universidad Nervenklinik, en Munich, porque entonces no existían en España estos estudios.

—¿Cómo podía hablar alemán una señora criada en un pueblo? —comenté sin hacer caso de lo que contaba de la especialidad.

—Estudió en Salamanca e hizo dos grandes amigos: uno, el alemán Steffen, del que aprendió durante cuatro años la lengua, y el otro, Pablo, con el que mantuvo una estrecha amistad el resto de la vida.

—¿Y qué tiene que ver ese hombre, Freud, con Lucía?

—Más que con Lucía, con Elena, su madre. Influyó mucho en su forma de pensar, de entender el mundo, en sus emociones, en la manera de aplicar la neuropsiquiatría a las corrientes del momento y, por supuesto, en la manera de educar a Lucía…, pero ya te contaré.

—Y hablando de lo que nos ha llevado a este señor, la *Hojita Celeste*, ¿tú no vas a misa? —dije como si no hubiera escuchado sus palabras—. ¿Por qué?

—Bueno, será otra pregunta pendiente para cuando cumplas los trece años. Deberás esperar un poco. De todos modos, la misa me parece algo bueno porque ayuda a la gente a tener más fuerza interior. Y todo lo que hace sentir mejor al ser humano es bueno, proceda de donde proceda —dijo la abuela incorporándose para arroparme y acomodar el desaguisado que había organizado.

—Hasta los trece, falta muchísimo. A mí hay cosas que no me hacen sentir mejor y que parecen buenas, por ejemplo, mi libro.

—¡Un libro! —dijo volviendo a sentarse.

—Sí, abuela. En el libro del *parvulito*, tengo dibujado un ojo muy grande, que dice el maestro, don Ciprián, que es el de Dios y que nos ve desde todas partes —me levanté de la cama y fui a mi cartera que estaba justo cerca del escritorio de la abuela, saqué el libro y busqué la página deseada—. Mira, abuela, ¿a que da mucho miedo?

—¿Por qué habría de darme miedo? —alejó la imagen para poder ver mejor.

—Porque ese ojo parece que es fuerte y que está enfadado, si haces algo mal, por muy escondido que estés, te ve, ¡figúrate lo que te puede hacer!

—No, él no te hará daño —replicó tranquila recostándose en la almohada que tenía en el respaldo de la mecedora.

—Pues no sé, don Ciprián dice que si somos malos, nos castigará muy duro. Antes, yo sólo creía en mi duende, que era el ángel que me protegía, y eso me hacía fuerte como un toro, pero ahora creo también en el ojo de Dios y me pone un poco nervioso, por eso lo tengo cerca, en la cartera, para que no se enfade.

—¿Por qué crees que ese Dios es el verdadero?

—¡Porque viene en mi libro! Y ahí no ponen mentiras —dije volviendo a guardarlo en la cartera.

—A veces, en los libros hay dibujos que no concuerdan con la realidad. Yo sé que Dios se acerca más a la forma de tu duende que al dibujo del libro. Por lo tanto, no has de temer, por más que te lo digan. Él es bueno, siempre lo será. Ese dibujo no lo hizo Él, lo hicimos los seres humanos —me dijo tranquila.

—No sé, no sé —respondí volviendo a subir a la cama.

Entonces la abuela Obdulia me miró, se incorporó en la mecedora, me agarró con manos suaves y dulces, y me besó las mejillas de nuevo.

—Es hora de dormir, mañana tienes que ir temprano a la escuela. ¿Estás más tranquilo?

—Sí.

—Pues, duerme.

—Y la historia, ¿qué?

—No, Adolfo, por hoy es suficiente. Mañana te contaré más, pero ahora es el momento de soñar con las estrellas, con otros mundos y con lo que desees —me arropó, me abrazó y, posando los labios en mi frente, me regaló de nuevo la caricia del aroma limpio y fresco del Heno de Pravia.

2

Lo mejor de mi casa era el patio. Tenía un jazminero en el centro, que desprendía un olor dulce. Podía pasarme horas enteras tumbado en una escalera que daba al doblado absorbiendo su aroma. Horas envolviéndome con su sabor y respirando su textura. Así, las lluvias y el frío se transformaban en mis mayores enemigos, me impedían inspirar. En esa época del año, el corazón se me teñía de un suave grisáceo que cambiaba a medida que llegaba la primavera. Sólo entonces mis pulmones exhalaban muy fuerte, sin miedo a desfallecer.

En el verano no había jazminero porque nos instalábamos en la casa que el abuelo Álvaro, primer esposo de la abuela Obdulia, había construido para que la familia fuera de vacaciones. Allí me levantaba temprano y me subía a un viejo olivo, siempre el mismo, veía el amanecer apoyado en una rama grande y guardaba con fuerza el aire en el cuerpo. Después me bajaba con sumo cuidado e iba a tomar el chocolate que Micaela nos tenía preparado.

—Siempre llegas tarde, Adolfo. Te tengo dicho que te vayas al olivo después de desayunar —se enfadó un día Micaela.

—Se me olvida.

—¡Qué tendrá ese olivo que te atrae nada más despertar!

—susurró. Luego puso el chocolate encima de la mesa mientras yo me comía unos picatostes.

—¿Sabes que el zumbido del aire está lleno de personas? —dije mientras mojaba una rebanada y la saboreaba.

—¡Qué dices, niño! —gritó haciéndose la sorprendida.

—Si no te enfadas, te lo cuento.

Se sentó en la mesa frente a mí, dejó el trapo de cocina que tenía entre las manos y cruzó los brazos:

—Te voy a escuchar, pequeño, pero espero que no me asustes porque ya estoy mayor, y esas historias pueden herir mi corazón. Entonces Micaela, o sea, una servidora, no podrá hacerte más picatostes ni perrunillas ni tarta de queso. Soy toda oídos —y se acomodó en el respaldo de la silla.

—Voy a hablarte bajito porque me da miedo alzar la voz —susurré—. Todas las mañanas, antes de salir el sol, me subo al olivo. Desde allí se oyen voces que vienen en el silbido del aire. A veces, no logro entenderlas porque proceden de lenguas que no conozco. Vienen desde muy muy muy lejos…

—¡Calla, niño, no me asustes! —espetó haciéndose la sorprendida una vez más.

—Es verdad, el otro día oí una voz que decía que hay un lugar donde sólo existe la madreselva. Me contó que allí vivía mucha gente, pero jamás se han mirado unos a otros. Todos los habitantes tienen los ojos color azul verdoso con un toque gris y observan desde dentro. A través de la vista, les puedes ver el alma. Pero si los contemplas, te conviertes en madreselva. Me dio mucho susto. Las voces me dijeron que no podía contárselo a nadie más que a una persona muy cercana que pudiera creerme porque si no, no volvería a oírlas jamás —dije limpiándome la boca del chocolate.

—Entonces, soy tu persona de confianza —afirmó. Se levantó para retirar una cazuela del fuego, la removió y volvió a sentarse.

—Exacto, ¿no te da miedo?

—Pues no, porque yo tengo otro secreto que también debo transmitir a una persona totalmente de fiar: como tú, oigo esas voces, sólo que no tengo que subirme a ningún olivo. Vienen aquí, a mi cocina, y a veces me cuentan lo asustado que estás. Me narran muchas historias acerca del mundo, de otros lugares. Una vez entendí que hay un lugar donde se habla por teléfono sin cable —comentó Micaela casi susurrando.

—Eso casi no me lo puedo creer —dije maravillado por sus palabras.

—Y hay más: a medida que marcas los números en la rueda del teléfono, van desapareciendo. Al colgar, renacen otra vez, ¿qué te parece?

—¡Es increíble! ¿Y si es a través de operadora?

—Creo que nadie contesta al otro lado. Simplemente, conecta el número.

—¡Es mágico! —dije emocionado.

—El viento me habla muchísimo, quizás más que a ti, y ya es hora de terminar mi comida, deberás irte a jugar un rato, hablaremos en otro momento —agregó cariñosamente mientras me indicaba el camino hacia afuera.

Salí de la cocina, tenía el estómago lleno de hormigas que me apretaban el pecho y me hacían, a la vez, muy feliz. Yo siempre le creí a Micaela. Necesitaba olores y busqué mi olivo para estar solo e intentar escuchar al viento. Subí. Me tumbé en una de las ramas con la nariz pegada al tronco y, mientras inspiraba muy fuerte, oí a mi hermana Julia vocear:

—¡Adolfo! ¿Dónde estás?

Esa voz me ponía nervioso, aunque nunca me animé a decirle que me desagradaban sus gritos. En casa, mi hermana Julia, la mayor, era la que tenía los privilegios más grandes. Ordenaba las tareas que debíamos hacer. Y aunque mi abuela Obdulia siempre nos trasmitió que las mujeres y los hombres tenían los mismos derechos, en la práctica no era así. Mi hermana me producía desconfianza porque, si ella nos excluía por algún motivo, nos podíamos despedir de disfrutar de compañía alguna del resto de los hermanos. Había creado su reino, tal vez por ser la primogénita o, simplemente, porque realizaba todos los planes que se proponía.

Recuerdo que a mi hermano Bernardo le habían comprado una bicicleta cuando cumplió diez años; entonces yo contaba ocho. La bicicleta era su gran tesoro, la cuidaba y le sacaba brillo continuamente, se sentía afortunado y aventajado con respecto a los demás. No había muchos chicos que tuviesen bicicleta y, menos aún, chicas. Por lo tanto, Bernardo se creía alguien excepcional, no permitía que la tocáramos y ni pensar en montarla. Julia se la pedía siempre y siempre recibía una rotunda negativa, que la hacía sentir con menos poder que él y sin ninguna posibilidad de persuasión. En una oportunidad, ella me dijo al oído:

—Ahora, cuando Bernardo vaya a la casa de su amigo Felipe, vigila mientras intento aprender a conducir ese aparato.

Esperé leyendo un cuento, oyendo los pasos que se alejaban por el corredor. Después le hice una señal a Julia para indicarle que él se había marchado.

—¡Vamos, rápido! A ver cómo funciona esa bicicleta —dijo Julia mientras corría hacia el objetivo y se subía con soltura.

Entonces trató de montarla e hizo verdadero equilibrio para mantenerse en pie; por un momento creí que era maestra de conducción: con la cabeza erguida, llevaba las manos en el manillar, el traje remangado para no engancharse y los zapatos gorilas de cordones, que, a pesar de hallarse muy lejos de un estado inmaculado, pedaleaban con tal impulso que las ruedas, que parecían tener miedo a despegarse del suelo, volaban.

—¡Mira, Adolfo! ¡Soy dueña de mi destino, dios de mi propia alma! —repetía a voz en grito. Yo la miraba boquiabierto.

Volar y caer al suelo fue instantáneo. El golpe seco sobre las baldosas de hidráulico chirrió como un animal. Corrí a socorrerla mientras, sorprendida por el susto, me miraba pálida y descompuesta.

—No eres dueña de nada, ni siquiera de la bicicleta, has roto el espejo retrovisor —dije con una mano en la cabeza y pensando en la reacción de nuestro hermano cuando la viera.

—¡No sé que vamos a hacer ahora! —replicó ella, paralizada y sin acabar de salir del susto.

—Tenemos que arreglarla antes de que aparezca Bernardo.

—¿Tendremos tiempo? ¿De dónde sacamos un retrovisor?

Entonces, mientras los dos mirábamos atemorizados y sorprendidos la rotura irreparable del cristal, oímos a lo lejos:

—¿Qué hacéis con mi bicicleta?

—¡Vamos, corramos! —dijo Julia saliendo espantada como si una fiera se le presentara ante los ojos.

Pero yo, a sabiendas de que el conflicto no iba conmigo, decidí quedarme quieto y observar lo que ocurría.

—¿Quién ha sido? —preguntó Bernardo con el rostro enfurecido y la mirada clavada en mí, mientras Julia huía.

—Ella —contesté apuntando con el dedo en la dirección por donde nuestra hermana había comenzado a desaparecer horrorizada.

Él se apresuró tanto que parecía estar persiguiendo a una presa a la que hay que atrapar porque en ello se va la vida. Uno detrás del otro, en silencio. Porque en mi casa, la guerra siempre era en silencio. Había una norma clara: estaban prohibidas las riñas entre hermanos, y sabíamos que si mis padres se enteraban, nos castigaban a todos. Ahí no había culpables ni inocentes, todos sin excepción cumplíamos la penitencia. Por eso desarrollamos la técnica que llamamos *el mutismo del guerrero*. A veces, veías pasar en un pispás a dos de tus hermanos corriendo en silencio. Los no implicados continuábamos con lo que estábamos haciendo sin dar la menor importancia. Jamás nos involucrábamos en las peleas de los demás cuando la bronca no iba con uno.

Pero esta vez corrí tras de ellos para ver en qué terminaba el asunto porque, de alguna manera, me sentía cómplice. Así atravesamos el jardín en dirección a una gran cerca que había en la parte trasera de mi casa. Allí, en pleno campo, donde sólo las flores y los árboles podían escuchar, oí rugir a Bernardo:

—¡Voy a matarte, niñata!

—¡Dios me ayude! —decía Julia corriendo sin dirección.

Entonces Bernardo la agarró y la empujó hacia una de las tapias de adobe mientras ella luchaba por escapar dándole patadas.

—¡Adolfo, apresúrate a buscar ayuda, que este me mata! —imploró con tono de angustia y terror, y los labios entreabiertos.

Precipitado, me dirigí en busca de alguna persona, recorrí patios con tanta velocidad que toqué el aire con la cara y, aturrullado, encontré a mi padre, que leía en su despacho. Levantó la vista del papel y me miró por encima de las gafas:

—¿Qué te ocurre, Adolfo?

—Bernardo quiere matar a Julia —dije titubeante y desconcertado. Mi padre se levantó y se dirigió a la puerta.

—¿Dónde están? —preguntó.

—En la cerca, justo donde se encuentra la salida trasera del jardín.

Cuando mis hermanos lo vieron aparecer, se paralizaron.

—¿Qué pasa aquí? —les dijo con la tranquilidad que lo caracterizaba y, sin esperar contestación, prosiguió—. Ya sabéis que jamás se puede utilizar la fuerza para discutir, de modo que los dos estáis castigados a permanecer una hora sentados en mi despacho y en silencio. No quiero explicaciones porque habéis acabado en las manos y ahí no hay posibilidad de diálogo.

Ambos se quedaron en el gabinete el tiempo establecido porque en mi casa siempre se cumplía la pena, y por supuesto, jamás nos atrevíamos a explicar quién era el causante. Aceptábamos sin rechistar, nunca nos planteábamos qué ocurriría si desobedeciéramos. Por eso los dos se acomodaron en silencio y cumplieron el castigo sin más. Cuando terminaron, fueron a buscarme:

—¿Eres tonto o qué? —me recriminó Julia.

—¿Por qué me dices eso? —le contesté un poco dolido.

—Si te digo que pidas ayuda, tienes que buscar a Martín, a Mencía o, incluso, a Alvarito, pero ir a buscar a papá es la condena segura, imbécil.

—¡Pero yo creí que te iba a matar!

—Este muchacho es un poquito idiota. Por mérito a la bobería, no vendrás con nosotros a jugar al pincho —dijo Bernardo despectivamente.

El pincho era uno de nuestros juegos favoritos de finales de otoño. En esa época ya estaba húmeda la tierra, y en un rincón del jardín había un espacio especial, del que nosotros nos habíamos apoderado para practicar. Íbamos montones de veces, hacíamos un círculo en el suelo, lanzábamos un clavo grande hasta hundir la punta y rasgar el dibujo. El que más cortaba ganaba.

Me quedé sin poder jugar al pincho, culpable de mi ingenuidad, y aprendí que a veces la realidad no es la que ven tus ojos porque estos te engañan. Mi tristeza era tal que decidí buscar a mi abuela Obdulia, aunque todavía no era la hora de dormir.

—¿Por qué lloras? —dijo mientras se agachaba para abrazarme.

—Porque no aprendo, abuela, mis hermanos me han castigado por torpe, y eso hace que me sienta un inútil, he metido la pata totalmente —después le conté lo sucedido, gimoteando.

Ella me envolvió con el calor de suaves abrazos y me sentó en sus rodillas.

—Adolfo, te voy a contar uno de mis cuentos, verás que lo que tú has hecho es un aprendizaje propio de los dioses.

—Pues empieza, abuela, porque intuyo que los dioses pueden haberse marchado para proteger a los niños que son un poco más espabilados que yo.

—Escucha, había una vez, hace muchos muchos años, un señor que no era de este pueblo, sino de un lugar muy lejano.

—Más lejos que la casa de verano —interrumpí sin tener esperanzas en aquella historia.

—Mucho más lejos. Él era el más sabio de entre los sabios, decía que si creemos saberlo todo, no aprendemos nada. Hay que partir del desconocimiento del mundo, del analfabetismo para llegar a conocer algo. Él sugería que quien cree tener la certeza de la sabiduría absoluta es un simple ignorante porque nunca se planteará nada, quedará preso de su propia necedad.

—No entiendo nada, ¿quieres decir que si tropezamos y nos damos cuenta, somos sabios?

—No exactamente. Pero observa, tu experiencia es lo que más cuenta. Sobre todo, tu intención. Si es buena, y la tuya lo fue, el acto es bueno. Cada vez que te ocurra algo así, quiero que te acuerdes de este sabio que es el maestro de todos los sabios, ¿te das cuenta de la importancia?

—¿Cómo se llamaba ese sabio? —dije mientras me secaba las lágrimas.

—Sócrates.

—Abuela, vaya nombre que me dices: Sócrates, ¿era amigo de Sigismund? ¿Vendrán a visitarnos alguna vez?

—Pues tal vez —dijo la abuela sonriendo y dándome una palmada en la espalda mientras se incorporaba. Entonces me besó la mejilla con suavidad casi imperceptible, pero con tal dulzura que calmó mi alma de niño y me llenó de vida el momento.

3

—Las muchachas de la edad de Lucía estaban comprometidas o casadas, y ella se pasaba la mayor parte del tiempo con la mente en las fantásticas novelas sin salir de su casa. Un día su abuela Leonor le recordó que comenzaba a pasársele la edad de conocer a un hombre con quien pudiera compartir su vida y que si continuaba de ese modo, no experimentaría otros momentos igualmente importantes —dijo la abuela Obdulia mientras se acunaba en su mecedora como todas las noches.

—Quieres decirme que era una muchachita que no pensaba en tener un marido, una chica a la que le gustaban otras cosas —interrumpí sorprendido mientras me daba la vuelta en la cama para tener más cerca la mecedora.

—Ya te he comentado en diversas ocasiones que debes imaginar otro tipo de gente y, aunque ahora las mujeres tampoco tenemos muchas libertades, entonces pocas chicas podían acceder a otra cosa que no fuera ser ama de casa y madre porque no estaba bien visto. Por eso era importante el matrimonio. Lo raro era estudiar, formarse y tener una profesión. Debíamos ser buenas esposas y encontrar un marido que aportara una buena dote. El trabajo fuera de casa era propio de los hombres o de las mujeres solteras, que lo mantenían hasta que se casaban. Y si así sucedía, eran afortunadas, sí, simplemente de este modo. Eso del amor era secundario, pero Lucía había leído tantas novelas románticas que imaginaba que debía encontrar a su príncipe azul, aunque, en realidad, la vida no se ajustaba a ese esquema.

—Cuéntame más de Lucía, abuela —dije acurrucándome de nuevo y estirando el pijama que me había regalado Micaela y que picaba como un demonio.

—Continúo: «¿Por qué tengo que salir si me siento feliz de la manera en que vivo? Además, no sé muy bien cómo hace la gente, creo que fuera de mi burbuja estoy perdida», decía Lucía un poco desconsolada. «Sí, debes salir porque tu mundo no pude reducirse al que nosotras te ofrecemos, hay otros universos de los que debes disfrutar, conocer otros seres, experimentar el amor, que es algo maravilloso e insustituible, y sobre todo, ampliar tu visión del hombre. Viajarás, conocerás otros lugares acompañada de alguna persona a la que quieras. Ahí afuera hay otras cosas que no deberías perderte», contestaba tajante Elena, su madre. «A ti te ha gustado salir de aquí, ver otros mundos, esa Alemania que tanto ansías, y de verdad me encantaría parecerme a ti. Pero me siento como cuando te dan unos zapatos y te exigen que ates los cordones sin haber aprendido a hacerlo», respondía ella un poco confundida. Por aquel entonces, pasear solas como lo hacemos ahora era una barbaridad. Teníamos que estar acompañadas de alguna amiga para ir a cualquier sitio. Si la amistad era masculina, debía ir también un adulto. Lo mismo ocurría en los bailes, los salones se dividían en dos partes: en una, bailaban las jóvenes y en la otra, se encontraban señoras mayores que vigilaban que aquellas no sobrepasaran lo establecido por las normas. De manera que Lucía, a quien aterraban todas estas historias, fruto de sus miedos ante lo desconocido, no tuvo más remedio que enfrentarse a la situación. Su amiga y vecina Sagrario la llamaba todas las tardes para el paseo. Las dos, cogidas del brazo, caminaban calle arriba, calle abajo, por donde las jóvenes, más acicaladas que nunca, se dejaban ver. Los chicos se sentaban en los bancos mientras las veían desfilar. Un día Lucía, disgustada y casi con recelo de lo que expresaba, comentó: «Esto me parece un poco ridículo. Las mujeres nos paseamos ante los hombres para que ellos elijan. De este modo no seré yo la que decida quién será el hombre con el que he de casarme. Tengo la impresión de que, con estos paseos, todas estamos gritando en silencio: "¡Fíjate en mí, que soy la mejor, la más hermosa, la excelente esposa!". Sí, mamá, me siento como parte de un mercado donde las mujeres somos las verduras, las carnes, los pescados. Y ellos los que van a la compra. ¿Qué os parece?» «Bueno, tu visión no es exacta. Es cierto que todas las jóvenes se pasean para ser vistas, mientras los chicos tratan de entablar amistad con ellas. Pero ese es el modo de establecer relación, que nada tiene que ver con lo que tú interpretas. Eres una mujer inteligente en todas las cosas, ahora no vas a ser tan torpe para no poder adaptarte un poco al juego. Las situaciones no son como las pintan tus novelas, son más sencillas. Es un hábito de años, y tú no vas a cambiar las normas porque no te gusten las que existen, te adaptas a ellas o no participas. Tú decides, pero si lo prefieres, ve sólo a los bailes y no te des los paseos que tanto te molestan». «¿Sabes?, también me siento una vieja entre esas muchachitas, creo que de verdad se me ha pasado el tiempo», dijo echándose el pelo hacia atrás con las dos manos. «Exageras. No tienes dieciséis años, pero tampoco eres una vieja, te haces demasiadas preguntas, sé más pragmática. Te irá mejor, hazme caso», recomendó Elena mientras lavaba el tubo que había utilizado para hacer una purga desinfectante y refrescante.

—¡Ay, abuela! —interrumpí—. Me hubiera gustado vivir en

esos tiempos porque ahora los hombres ya decidimos poco y estamos perdiendo el poder ante las mujeres. Imagínate a mi hermana Julia, yo creo que ella jamás iría a esos paseos y, aunque fuera, espantaría al más *pintao*, con las malas pulgas que tiene…
—dije mientras removía las mantas.

—Pues la verdad, Adolfo, que sí ha cambiado algo, gracias a Dios, pero te aseguro que, aunque podamos elegir, es poco, y todo es muy limitado para nosotras, las mujeres. Porque si hacemos cosas diferentes a lo que se espera de nuestro rol, a los hombres no les gusta, no quieren una esposa así. Creo que la mayoría de las mujeres ven a través de los ojos de ellos —replicó entretanto metía las manos en el calor de las sábanas y me hacía cosquillas en las tripas.

—Me encantan tus cosquillas —grité sin parar de reír. Ella se detuvo y prosiguió con su historia:

—Lucía tenía veintitrés años, era una persona mayor para aquellos tiempos, la gente se comprometía a los dieciséis o diecisiete.

—Ya quedaría menos para que Julia se largase con algún mohíno al que dominara —interrumpí.

—No hables así de tu hermana, no está bien.

—¿Te parece poco, abuela? Esa vale por siete mujeres. Todo el día mandando, pobre desgraciado el pringadillo que se case con ella.

—Me parece que eres un poco exagerado, ¿no?

—Pues no quiero ser irrespetuoso contigo, pero creo que no —dije un poco dolido por la desaprobación de la abuela Obdulia.

—Vale, calla para que continúe —dijo sin más dilación—. En esa época la mujer comprometida tenía casi la misma responsabilidad que la casada. Quiero decir que si se equivocaba en la elección de su novio, posiblemente no tuviera más opción de casamiento. Y ocurrió lo que te voy a contar. Por primavera se hacía un baile al aire libre en el pueblo. Traían una orquesta que pagaba el Ayuntamiento. Las señoras se ubicaban en sillas debajo de una especie de porche fabricado cuidadosamente con cañas. Se lo adornaba con macetones inmensos de geranios, era precioso ver el contraste con el blanco de los veladores. Alrededor se sentaban las muchachas. Consumían refrescos de limón y de vinagre. Los hombres podían tomar vino…

—¿No les gustaban los refrescos de cola como la Revoltosa? —espeté rascándome una pierna por la picazón del pijama.

—Entonces no existían. En una especie de terraza, se sentaban las cincuentonas, pendientes de que nadie pasara los límites esperados, y los músicos se ponían a tocar. Estaba de moda el charlestón, siempre se abría y se cerraba con la misma pieza. Entre medio se intercalaban otras, como el vals. Lucía decidió ir a su primer baile. Se arregló con un traje negro de satén, largo hasta el tobillo y con el cuerpo ligeramente ablusado. Estaba cortado en la espalda con un encaje perlado blanco, era de una fineza extrema. Su madre lo había encargado a un modisto de un pueblo cercano. Encima se puso un chal con flecos largos que bailaban al ritmo de los movimientos de su cuerpo. En los pies se colocó unos zapatos de tacón. Había ensayado innumerables veces para poder moverse con ellos. Peinó su melena rubia, se ató una cinta de raso en el cabello y se dirigió al lugar. Antes de entrar, se le asomó a los ojos una idea fugaz que le proponía regresar a su casa, pero Sagrario, como si se hubiera percatado, la agarró del brazo y la empujó al interior de la sala. Un señor sujetó el portón mientras entraban y les ofreció una agradable sonrisa:

—Bienvenidas al salón, señoritas —dijo e hizo un gesto para indicarles el interior.

—Por aquí —señaló una mujer gruesa vestida de gris, con el rostro densamente pálido y el andar vacilante.

Se sentaron en el banco donde la señora de gris las había acomodado y pidieron unos refrescos. Lucía, escéptica acerca de encontrar alguna persona interesante, bebía y saboreaba el limón, e imaginaba historias que nada tenían que ver con la realidad. Por casualidad, levantó la vista y fijó los ojos en un muchacho que sonreía entre un grupo de jóvenes. Él desvió la cabeza para tener una imagen más clara de ella. Lucía sintió un montón de hormigas cosquilleando en el estómago, que se desplazaban hacia el corazón y le apretaban el pecho. No entendía esa sensación nueva. Observó la mirada perfecta del joven, la boca que regalaba una dulzura extrema, y entonces él se fue acercando mientras ella, ruborizada, bajaba la vista hacia su refresco. «La suerte me ayuda, como si ella tuviera interés en que yo la encontrara. Pero no tengo una décima que ofrecerte porque no la he preparado…».

—¿Qué es una décima, abuela? —interrumpí y volví a rascarme.

—Es una composición en verso que los hombres tenían por costumbre recitar para expresar los deseos de sacar a bailar a una mujer con algún motivo especial. ¿Y me puedes explicar por qué te rascas tanto el cuerpo?

—Este pijama me está matando, y pierdo la concentración.

—Pues, ponte otro —dijo la abuela, y se levantó para buscar uno en el ropero.

—Pero continúa, abuela, no me dejes así, con este misterio.

—Bien. «No me importa la décima, así que puedo bailar contigo», dijo Lucía sin vacilar aparentemente, aunque asustada por lo que estaba viviendo. Sagrario le dio un codazo, haciéndole ver que no debía haber dado aquella respuesta, que era un atrevimiento, y Lucía entendió por qué la reprendía su amiga. Él, sorprendido y asustado por la frescura de aquella mujer, hizo un gesto de acercamiento y le cogió la mano. Por vez primera la muchacha sintió esa piel cálida y suave. Sus dedos entrelazados se apretaron como si se hubieran visto montones de veces. Exhaustos, los jóvenes se olvidaron del mundo y se dedicaron a sentir solamente a través del dulce tacto. Y el cuerpo entero de Lucía advertía el adagio de un futuro que no podía haber imaginado. Ese día la vida le iba a ofrecer el mayor regalo que jamás había encontrado antes en su existencia.

4

Corría el verano de 1968. Desayunábamos un día cualquiera en la casa de verano, y Bernardo se acercó y simuló coger una rosquilla que había preparado Micaela.

—Hoy vamos de caza, ¿te animas? —me susurró al oído.

—¿A qué hora nos marchamos? —contesté sin más.

—Ahora mismo, en cuanto terminemos.

—¿Qué cuchicheáis? No me fío —dijo Micaela enojada.

Nosotros callamos. Porque mentir era pecado y, para evitarlo, cerrábamos y apretábamos muy fuerte la boca, temiendo que se escapara alguna palabra. Cuando Micaela se dio la vuelta, mi hermano me indicó silencio con el índice, después me hizo señas para que nos apuráramos. Depositamos las tazas en el fregadero y las enjuagamos, tapamos las rosquillas para que las moscas no las tocaran, salimos de la cocina y buscamos reunirnos con Julia.

—¡Sois unos pesados! ¿Cómo tengo que deciros que os deis prisa en el desayuno? Mirad el cielo, ¿creéis que son horas? El sol está con más fuerza que nunca. Ya es muy tarde, vamos a pasar un calor infernal —dijo Julia, enfadada con el mundo como siempre.

—¿Tanto te cuesta estar calladita alguna vez? —replicó Bernardo.

—Pues sí, me cuesta mucho —respondió con una mueca de desprecio.

—No encontrarás nunca un novio porque eres insoportable —espetó Bernardo.

—Mejor. Porque vosotros, los varones, no servís para nada. Vegetáis a costa de las mujeres.

—Niña, no sabes lo que dices. Las mujeres sí que sabéis vivir, pero del cuento. No trabajáis, vuestro objetivo es encontrar un marido que os mantenga y, en el mejor de los casos, que os quiera. Una vez que lo tenéis, os abandonáis y comenzáis la lucha para retenerlo porque es vuestra forma de vida. A cambio selláis vuestro pacto con un hijo o cien hijos. Cuantos más, mayor seguridad —sentenció Bernardo haciéndose el hombrecito.

—Te diré algo, yo no me voy a casar y tampoco voy a ser una sierva de ningún majadero. Lo primero que haré será estudiar como lo hacen los hombres.

—Papá no te dejará —le contestó él mientras caminábamos hacia un cañaveral en busca de nuestras piezas.

—Papá jamás ha insinuado que vosotros seáis diferentes en ese aspecto. Nunca me ha prohibido algo que no te haya prohibido a ti o a algunos de nuestros hermanos varones. Si no, busca en tu cabecita alguna situación donde se vea esa diferencia. Entonces, ¿por qué tendré que casarme? ¿Por qué debo hacerlo? —dijo Julia haciendo una parada para atarse el cordón de la zapatilla, que llevaba arrastrando.

—Porque te guste o no, eres una mujer. Y la hembra es el sexo débil.

—*Hembra* suena a animal, pero me da igual. Esa es la equivocación de todos los machos como tú, o sea, poco listos. ¿Cómo podéis decir que la mujer es el sexo débil? La mujer puede hacer más que el hombre. Quiero decir que puede parir, algo que jamás conseguiréis vosotros. Por eso somos superiores. Los hombres, para compensar ese complejo de ser inferiores, nos mantenéis de por vida. Es la regla. Para ser útiles a la sociedad, tenéis la obligación de mantenernos. A cambio, os cuidamos a toda la familia. ¿Ahora te das cuenta de que somos el sexo fuerte, súbdito? —dijo Julia y se subió a una piedra, simuló ser una reina y volvió a bajar para seguirnos el paso. Yo miraba a Bernardo, que caminaba con la cabeza baja y sin pronunciar palabra. Esperaba que respondiera a los desaires de Julia, pero me daba cuenta de que su filosofía de la vida acababa de saltar por los aires; entonces, sin pensarlo dos veces, rompí el mutismo:

—Pues dice la abuela Obdulia que para una mujer, parir no es más que un acto narcisista —los dos se pararon en seco, desconcertados, y me miraron sin mediar palabra. Después dijo Julia:

—¿Cómo tenemos que decirte que no te inventes palabras?

—*Acto narcisista* no sé qué es, pero seguro que es bueno para nosotros —dedujo Bernardo, con la esperanza de encontrar algo positivo con que atenuar el hecho de que Julia nos considerara inferiores.

—Este Adolfo tiene mucha imaginación. Sólo tienes ocho años, cuando tengas dieciocho inventarás un nuevo idioma. Que seguro será el de los inoportunos.

—Es verdad, la abuela lo dice.

—¿Y qué más dice la abuela? —me preguntó Bernardo, en busca de una respuesta milagrosa que acabara con las teorías de nuestra hermana.

—Dice que eso significa que la madre se quiere tanto tanto tanto… a ella misma que desea traer al mundo una parte suya para que cuando muera continúe su parte existiendo —me miraron perplejos. Ahora me sentía observado. Y me acordé del señor que vendría a visitarme desde un país lejano, creí que me había excedido, y entonces me interrumpió Julia:

—Lo ves, confirma mi teoría de ser nosotras las fuertes. Según ese acto, dejamos una parte de nuestra vida existiendo, aun cuando nosotras estemos muertas. Somos increíblemente perfectas.

—¿Tú eres tonto o idiota? ¿Para qué se te ocurren esas ideas que no vienen a cuento y que lo único que hacen es ponernos a la cola de las mujeres? —susurró Bernardo enfadado, dándome un pellizco en el brazo.

—No, creo que eso no es lo que dice la abuela. Ella comenta que es muy malo. Porque uno llega a quererse tanto a sí mismo que no es capaz de compartir con los demás ningún afecto. Dice que nosotros valemos porque somos capaces de amar, y eso nos diferencia de los animales. Cuanto más amamos, menos animales somos. Ella dice que si amamos mucho, se llena el corazón de alegría, tanta que casi te ahogas de felicidad.

—Es como sentir que tengo cientos de bicicletas para mí solo —interrumpió Bernardo.

—Este Adolfo está chalado… —comentó Julia.

—A lo mejor no hay que hablar de sexo fuerte ni débil, a lo mejor hay que medir el sexo fuerte por la capacidad de amar —insinué repitiendo las enseñanzas de mi abuela y sin saber muy bien lo que decía.

—No me creo que eso se te haya ocurrido a ti, Adolfo —dijo Julia impresionada por mis deducciones.

—A lo mejor se le ha ocurrido a la abuela, no lo sé. Lo único seguro es que pienso igual que ella. Siempre se ha adelantado a todos nosotros, ha pensado antes de que a nosotros se nos ocurra la simple idea de imaginar. Pero vosotros no la escucháis nunca, por eso me adelanto a todos. Yo tengo por lo menos dieciséis años, ¿y sabéis por qué? Porque tengo los ocho míos y otros ocho como mínimo de tanto que aprendí de la abuela —dije convencido de lo que argumentaba.

—Entonces yo tendría veintidós, no te joroba este. Porque

aunque no escuche a la abuela, escucho a mis amigos que valen más que todo —espetó Bernardo.

—Me parece que Adolfo tiene un poquito de razón y no es tan tonto como creíamos, se puede aprender muchísimo más de los mayores, y la verdad es que no les hacemos mucho caso —interrumpió Julia mientras rascaba la tierra con una vara de avellano.

—¡Pues lo que me queda ahora es escuchar a Micaela! ¡No te fastidia! Bastante tengo con mamá y papá como para andar escuchando a otros adultos. Además, si escuchas y creces tanto, te morirás antes, no se puede tener todo en la cabeza —gritó Bernardo enfurecido y sacó una navaja pequeña para cortar un trozo de arbusto. Ella, sorprendida, me lanzó una mueca sardónica que nunca olvidaré y me hizo entender con su mirada que estaba más de acuerdo conmigo que con Bernardo. Desde aquel día mis decisiones fueron importantes para Julia, y eso repercutía en mi situación con respecto a todos.

Llegamos al cañaveral, nos desvestimos para adentrarnos en el río. Bernardo guardó su navaja, Julia colocó su ropa junto a la vara de avellano y comentó:

—¿Sabéis que el agua tiene memoria?

—¿Cómo es posible?

—Dicen que cuando se seca o la cambian de sitio, vuelve a caminar por el mismo lugar, como si tuviese memoria y supiera que es por ahí por donde debe transitar, es tan fuerte que arrastra todo lo que encuentra a su paso, es su camino y debe ir por el mismo curso durante toda la existencia. Y su piel, la piel de agua, es la que lleva todos esos recuerdos siempre.

Cogimos insectos y los metimos en botes. Estábamos impresionados por los comentarios de Julia acerca del río, la memoria del agua era como la nuestra, sabíamos el rumbo que debíamos tomar ante las cosas, y a veces, la vida te enseñaba que no era el azar, sino ese primer saber el que marcaba el camino del futuro para siempre.

Cuando volvíamos, encontramos un conejo. Bernardo se acercó.

—Pobre, se ha quedado solo.

—Ahora estará expuesto a cualquier animal grande del campo que lo destrozará —insinuó Julia.

—No podemos abandonarlo.

—Pero en casa no nos lo permitirán. Está prohibido coger animales del campo —dijo Julia disgustada.

—A lo mejor hacen una excepción a sabiendas de la situación de este pobre animal —comentó Bernardo con el tono que lo caracterizaba cuando quería algo.

—¿Puedo dar mi opinión? —dije mientras levantaba el dedo índice. Se miraron y contestaron simultáneamente:

—Vale.

—Me parece que Bernardo, el más fuerte, se debería quedar con el animal por si le ocurre algo mientras nosotros vamos a preguntar a papá si nos da permiso para cuidarlo.

—Creo que por una vez podemos hacerle caso —dijo Julia, atendiendo a lo que yo opinaba.

Bernardo se quedó con el conejo y nosotros caminamos hasta la casa. Por primera vez tuve la sensación de haberme ganado el respeto de mis hermanos, puesto que se hacía lo que yo había elegido. Caminé más erguido que nunca, me sentía importante y tenía la percepción de que el camino se estrechaba a medida que se me agrandaba el cuerpo.

Cuando llegamos, encontramos a Micaela que venía del pozo con un cántaro en la cabeza. Le encantaba ponérselo ahí, encima del pañuelo. Siempre pensé que la tenía durísima porque, cada vez que traía el agua, su rostro estaba sellado con una enorme sonrisa. Nos acercamos.

—¿Por qué traes siempre el agua en el cántaro si Adrián es el aguador? —le pregunté antes de comentar nada.

—Porque a mí me gusta acarrearla. Este cántaro lleva el agua más fresca de toda la nación y parte del extranjero. Y nadie saborea esta rica bebida más que tus padres, tus abuelas y yo.

—¿Me darás un poco?

—Ahora no, después en casa, no sé… Pero ¿de dónde venís?

—Venimos de darnos un baño en la ribera. ¿Tú crees que nuestros padres aceptarían a un animalito que acaba de perder a sus padres? —dijo Julia con una voz dulzona que convencía a cualquiera.

—Pues a decir verdad, tendríais que preguntárselo a ellos. Nadie más os puede aconsejar.

—¿Pero tú qué harías si fueras nuestra madre?

—Pero resulta que no soy vuestra madre —Micaela dejó el cántaro en el suelo y se secó el sudor de la frente.

—Eres también una persona mayor. Y mamá dice que hay que respetarte y obedecerte.

—Bien, comparto que tenéis que respetarme y obedecerme, pero ese permiso no os lo puedo dar. Es como si me pidierais que sacara a alguien que estuviera preso. Pensad, además, que fuera el niño más querido por mí el que se encontrara en esa situación. Sin embargo, por más que lo quisiese, no podría hacerlo. Solamente el juez podría dar la orden, ¿entendéis? —después de descansar, volvió a coger el cántaro y continuó su camino sin apenas mirarnos.

—Yo creo que si Micaela no ha querido darnos el permiso es porque, probablemente, papá tampoco nos lo dé —susurró Julia.

—¿Qué hacemos?

—No lo sé.

—La abuela dice que, si alguna vez estamos en situaciones críticas, hay que pensar con la cabeza y con el corazón a la vez. La una sin el otro es peligroso.

—Pues mi cabeza dice que tenemos que ayudar a ese animal. Y mi corazón, que es lo mejor que podemos hacer. Por tanto, vamos a buscar a Bernardo y se acabó la historia. Encontremos un saco.

Bernardo estaba sujetando al animal, que había envuelto en su camisa para que no pasara frío. Al vernos, nos interrogó ansioso:

—¿Os ha dado permiso papá?

—Es una decisión de cabeza y corazón. No hay nada mejor que esto —apuntó Julia mientras él me miraba sorprendido por el comentario.

Metimos al conejo en el saco y nos dirigimos a casa. En la cocina estaba Micaela pelando patatas. Esperamos a que cogiera sus labores y se sentara en el patio, para que no nos viera. Sacamos al animal, le dimos leche y lo introdujimos de nuevo en el saco. Después fuimos a la despensa y lo colgamos detrás de la puerta. Por la noche nos reunimos en la habitación de Bernardo para decidir el futuro del conejito.

—Estamos haciendo algo ilegal, si papá se entera de que lo hemos cogido del campo, nos la ganaremos.

—Pero, Bernardo, no había otra solución, hemos actuado correctamente —dije con ingenuidad.

—No seas tonto, Adolfo, podríamos haber hecho muchas cosas: haber buscado a su madre, haber indagado acerca de algún sitio donde protegerlo hasta que lo encontrara su familia o, simplemente, haber pedido consejo a papá. Pero no hemos hecho más que lo que hemos querido, ¿y para qué? —contestó Bernardo un poco nervioso.

—Es verdad, no se me había ocurrido. Entonces hemos hecho el imbécil y vaya vida que le estamos dando al cachorrito colgándolo en la despensa dentro de un saco… A lo mejor, él hubiera preferido morirse en el campo antes que tener una vida donde ni la comodidad se le permite —asentí.

—Éste es idiota. ¿Quieres dejar de decir más cosas? Cada vez que hablas, sube el pan —dijo Bernardo malhumorado.

—Es verdad, no sabes más que meter la pata. Además, como se enteren, nos va a caer una buena. Me estoy arrepintiendo por momentos —comentó Julia preocupada.

No contesté porque yo era el menor de los tres. Si algo había aprendido, era mi lugar en la escala de la supervivencia, pero sonreí porque esta vez había comprobado que mis hermanos también se equivocaban, y si no resolvíamos la situación, íbamos a tener muchos problemas.

—Hablaremos con Micaela, no lo sé, pero yo también empiezo a ponerme nervioso —insinuó Bernardo.

—Ella no nos ayudará sin que lo sepan nuestros padres —contestó Julia—. Tampoco hicimos lo que ella nos propuso. Bueno, mañana pensaremos de qué modo podemos darle una mejor vida al conejo. Porque menudo lío tenemos.

Tras la decisión de Julia, volvimos a la cama, y mientras dormía sentí el despertar de la mañana en los ojos todavía adormecidos; aún sonaba una música suave en mis sueños, sentí la mano dulce de Micaela sobre la cara:

—Niño, despierta, tus hermanos están en la cocina y tenemos un gran problema.

—¿Qué pasa? —dije sobresaltado viniéndome el conejito de inmediato a la cabeza.

—Baja lo más deprisa que puedas.

Salió del cuarto y dejó su fresco olor a ropa recién lavada. Me vestí tan rápido como pude y bajé a la cocina. Allí estaban Julia y Bernardo sentados, con cara de pocos amigos. Me miraron de reojo como si no les afectara que yo hubiera llegado, y me senté. Micaela dejó el trapo de cocina encima de la mesa y nos dijo:

—Si hay algo que no me gusta en los niños, es la desobediencia a los mayores. Habéis hecho un mal, rompiendo con las normas que todo el mundo debe tener claras y que jamás debe sobrepasar. Os diré, ¿qué os parecería que alguien viniera a esta casa, entrara aquí y se llevara la bicicleta de Bernardo, la rama más importante del olivo de Adolfo y la colección de mariposas de Julia? —Micaela estaba más enfadada que nunca.

Entonces miré a Bernardo, a Julia y, por sus expresiones, pude deducir la mía: rostros desencajados, mirada perdida. Daba la sensación de asistir a un espectáculo de terror. Micaela continuó:

—Pues resulta que las tres cosas las encuentran en la casa de un vecino. Este cuenta que la bicicleta la halló por casualidad en la puerta de la calle de una persona y, temiendo que desapareciera, decidió llevársela a su casa. Con respecto a la rama, decidió cortarla porque a la intemperie era peligroso que le cayese alguna helada y muriese. La colección de mariposas simplemente la cogió porque pensó que en sus manos estaría más segura. Sin embargo, no preguntó por el dueño de todas las cosas ni imaginó por un segundo el daño que le había causado. Porque su intención, aparentemente, era buena, y no obstante, el resultado fue en extremo doloroso para todos. Hay que pedir las cosas, no podéis decidir vosotros si se trata de un asunto que no os concierne, con independencia de que actuéis con la mejor intención, y sobre todo, debéis tener en cuenta que vuestras acciones pueden hacer daño a los demás.

Micaela se levantó, cogió el cubo de las patatas y el cuchillo. Salió al patio y se puso a pelarlas debajo de la parra, más enfadada que antes, si eso era posible. Nosotros, casi sin mirarnos, nos dirigimos a la despensa, descolgamos al conejo, que continuaba en el saco, y nos dirigimos al cañaveral. Lo dejamos en el mismo lugar donde lo habíamos recogido y nos escondimos esperando que su madre viniera a buscarlo, pero él corrió y corrió en busca de una guarida entre las cañas.

5

Lucía se levantó muy temprano, se vistió apresuradamente y bajó los escalones de dos en dos, como siempre lo hacía. Fue a la cocina, cogió una ciruela roja y se sentó a comerla frente a la ventana. El sol le parecía más resplandeciente que nunca y, absorta en el paisaje, recordó la silueta esbelta de la noche anterior, su pelo, tal vez fuera su guerrero de la luz, tenía la sensación de que había existido siempre dentro de ella. Las hormigas no habían conseguido tranquilizarse, y el estómago continuaba enviándole señales al corazón. ¿Quién era ese desconocido que le había llenado el alma de aquella manera incomprensible?

—¿Qué le ocurren hoy a tus ojos, niña? Brillan más que el lucero del alba —dijo Leonor entrando en la cocina e interrumpiendo su pensamiento.

—Ayer en el baile he conocido a alguien excepcional. Sólo lo he visto una vez y me encuentro extraña, pero no logro quitarme su imagen de la cabeza.

—¿Alguien a quien has visto una vez? Uno no se enamora de un día para otro —espetó la abuela mientras ponía un cazo con leche a calentar.

—No sé qué es esto. Hay algo dentro de mí que me dice que es la persona de mi vida —se acercó al frutero para coger otra ciruela.

—Menos mal que no has salido antes. La primera vez que vas a un baile y vienes así, ¿será posible? —contestó mientras prendía una cerilla para encender el fogón.

—Te aseguro que sólo rocé su piel con mis manos y pude percibir a través de ella todas las sensaciones que jamás había imaginado. Mi alma brilló con una luz tan fuerte que sentí que no existía la oscuridad. Creo que el cielo se ha abierto para poder entender ese calor indescifrable —dijo.

La abuela, expectante, escuchaba con la mirada entre asustada y sorprendida.

—Niña ingenua, es demasiado para una noche.

—Creo que a veces, sin saber por qué, hay media semilla a la espera de la otra media, que se encuentran y dan flores espectaculares —comentó como si fueran sus pensamientos y nadie la estuviera escuchando.

—Sí, pero es importante dar tiempo a que crezcan, no hay que forzarlas porque pueden romperse y, entonces, no habrán servido para nada.

—Tengo el presentimiento de que esta emoción va a ser duradera —comentó casi sin prestar atención a las palabras de Leonor.

—Sé prudente, discreta y cauta ante los demás.

—Ay, abuela, es especial, tanto que es difícil desperdiciar un solo instante por discreto que sea —dijo sin darse cuenta de con quién estaba hablando.

—Eso es una locura, no olvides nunca lo que tu madre y yo te hemos enseñado. Vive, pero no pongas a los tiempos fuera del lugar que se espera, tú no eres la única en este universo, también está él, con una existencia alrededor, con una forma de pensar. Además, las mujeres hemos de presentarnos recatadas porque si eres espontánea, la gente puede malinterpretarte.

—Álvaro, se llama Álvaro, ¿no es un nombre precioso? —comentó ausente de las palabras de su abuela.

—Ten cuidado, Lucía. Insisto, no pongas los tiempos fuera de su lugar, te lo vuelvo a repetir, porque a veces, ese acto puede reportarte un daño irreparable.

• • •

Volvieron a encontrarse y de nuevo intentaron atrapar con vehemencia toda la sonrisa de aquella música inapreciable. Una danza suave, casi imperceptible, de su tacto hacía luz en ella. ¿Quién era él que le había cambiado la percepción de las cosas pequeñas, grandes o, tal vez, ella era muy inexperta?

—No puedo pensar, no puedo ocupar la mente en otra cosa que no sea la imagen de tus ojos, de tus cabellos, del calor de tus manos —susurró él.

Ella no respondió, y el silencio se convirtió en luz, y la luz se alió con el calor, el calor con la claridad, la claridad con el deseo, el deseo con su cuerpo, el cuerpo con su mano húmeda de pasión. Y salieron del baile. Caminaron hasta el auto, anduvieron sin rumbo y sin decir nada, llegaron a un lugar desde donde se veían todas las estrellas del universo, él le cogió la mano y la apretó. Se le acercó, cubriéndola de un calor suave. Las hormigas del estómago se sintieron locas de emoción y corrieron a una velocidad incontrolable. Lucía tocó los latidos del corazón a través del pecho. Y permanecieron abrazados sin reparar en el tiempo, pero el lucero del alba les indicó que era hora de volver.

Al entrar a su casa, Lucía lo hizo por la puerta trasera. No quería despertar a la madre y a la abuela, pero ellas estaban esperándola en el comedor:

—¿Cómo estáis despiertas aún? —preguntó un poco aturdida.

—Hija, te lo digo con todo el corazón —dijo Elena sin responder—, pero tienes que entender que, aunque nos dirigimos a los años treinta, hay que seguir algunas reglas que ninguna muchachita de tu edad se puede saltar. Hay que seguir las normas impuestas porque te pasarán factura a un coste altísimo.

—¿De qué normas me hablas? —dijo sorprendida mientras se quitaba los zapatos.

—Que tienes que ser respetuosa con tu abuela, no le puedes decir que vaya al baile a acompañarte y desaparecer sin que nadie se percate. Además, olvidaste que fuiste con tu amiga Sagrario, y ella estuvo buscándote para volver.

—Mi amiga lo entenderá.

—No estés tan segura. Tu amiga no piensa como tú, creerá, aunque no te lo diga, que tu comportamiento no es el que se espera de vosotras. Yo llegué más tarde para realizar el papel que hacen todas las mujeres de mi edad y que, por cierto, no me gusta nada —atajó la abuela—. Tú te ausentaste del baile sin avisarme. Sí, tenía la seguridad de que te habías ido con él, pero eso no puedes hacerlo de ninguna manera. Creo que me debes cierta consideración y, lo mínimo, hubiera sido avisarme. También deberías intuir que los hombres son machistas por educación y, si te muestras así, serás para ellos una puta. No te hablo haciendo un juicio de valor, solamente te pongo en antecedentes. Tienes que aprender a ser discreta. El rechazo social es terrible y puede impedir tu propio bienestar porque también te afecta en otros campos.

—Además, piensa que eres la maestra de este pueblo, por lo tanto, es importante la imagen que des a los padres. Ellos son los que llevan a sus hijos a tu escuela, y tienes un contrato con el Estado que debes cumplir, que incluye y especifica lo que toleran de tu comportamiento, y desde luego, es muy diferente a lo que haces.

—No sólo soy maestra, sé traducir del francés, del latín, del griego y un poco del alemán. Soy estudiosa porque me gusta y aprenderé lo que sea para poder desarrollarme en la vida y buscarme un trabajo si es que no les gusto como maestra. Lo que pretendo deciros es que sólo he estado en una cita, con una persona a la que creo que quiero, ¿algo más he hecho de manera incorrecta? —dijo Lucía un poco molesta por los comentarios de ambas.

—Sí, tendrás que tener en cuenta que no puedes llegar a casa al alba y sola con un hombre —la frenó Elena.

—¿Qué es lo que ocurre ahora? Ayer la libertad debía estar por encima de todo, pero ahora me encuentro con que soy una maestra dando ejemplo de fulana —interrum—pió recogiendo los zapatos del suelo y volviendo a sentarse.

—Eso es lo que te hemos repetido una y otra vez, y sabes que siempre hemos apostado por esa libertad, pero no te olvides de que tanto tu abuela como yo hemos palpado muy de cerca el rechazo de los demás, por no importarnos la gente. Y te aseguro que ha sido un daño irreversible. No te estamos imponiendo nada, no te estamos diciendo que dejes a ese muchacho ni que renuncies a amarlo, ni tampoco que te resignes a no vivir todo lo que desees, pero no cometas el error de creer que la gente permanecerá al margen de tus movimientos porque eso no es así. Te harán sufrir. Tanto que te impedirá ver la cara de la felicidad y, entonces, estarás perdida —Elena, sin moverse de su silla, intentó sacar un pañuelo para sonarse.

—No vives en una burbuja. Cada paso que des afectará a todo lo que tienes a tu alrededor, incluso a él, que también tiene una familia y que, posiblemente, esté muy ajustada a los esquemas de las personas que viven aquí. Lo presionarán si les das la imagen de ser lo que ellos llaman *una mujer libertina*, porque de eso te tacharán —dijo Leonor mientras Lucía volvía a incorporarse, daba vueltas descalza por la habitación y escuchaba.

—Tal vez algún día comprenda el porqué de estos consejos absurdos. Aparentaré ser lo que esperan de mí, guardaré las formas para poder seguir con mi vida y con mi profesión, pero a espaldas de todos, viviré como deseo, no puedo cambiar de piel, aunque sí cubrírmela para mostrar lo que se espera. Pero con él no será así, y si le importa cómo soy, evidentemente no es el hombre del que me he enamorado —tomó los tacones y los sujetó entre las manos con la mirada perdida en el charol. Elena se acercó, le retiró el calzado de las manos, se las apretó muy fuerte y le susurró:

—Algún día lo entenderás todo, este es un mundo de mentiras, y en ciertos momentos hay que falsear la realidad. Verdaderamente, un mundo de mentiras, lo he podido comprobar en mis propias carnes, pero no puedo permitir que cometas mis mismos errores porque te quiero y sé que de otra manera será mucho más fácil tu vida.

—Vete a la cama, aunque sea de día, necesitas descansar —le indicó la abuela. Y subió las faldillas de la camilla para que los restos del carbón del brasero no prendieran cuando ellas dormían.

6

Micaela gritó:

—¡Niños a la mesa!, es la hora de comer. Vuestros padres os están esperando, y yo me marcho de inmediato porque me espera la abuela Obdulia para ir al pueblo.

Nosotros corrimos y, como siempre, Bernardo y Alvarito llegaron primero. Mi padre siempre se sentaba en un extremo y en el otro, mi madre. Por eso, en la mesa me tocó frente a Julia, flanqueado por Martín y Mencía.

Era el único momento en el que rezábamos con mamá. Ella, a diferencia de mi padre, era muy religiosa. Todos nos colocábamos la servilleta en las piernas y juntábamos las manos en posición de rezo esperando la oración. Lo hacíamos también en verano, cuando estaba toda la familia junta en la casa de campo, y la abuela nos acompañaba. Pero ese día estábamos solos:

—Vamos, ¿a quién le toca hoy? —dijo mamá, como siempre.

—A Bernardo —contestó Julia rápidamente.

—Creo que te equivocas —aclaró Martín—, te toca a ti, estoy seguro.

—¿A mí? Si yo la hice ayer…

—Ayer la hice yo —dije.

—Pues a mí, no —replicó Bernardo enfadado.

—Ya está bien, pero ¿es posible que arméis esto? Desde ahora lo vamos a hacer en orden, tal cual lo indique yo, porque si os dejo que os organicéis vosotros, parece ser que no sois responsables, así que desde mañana se acabó la historia. Quiero los nombres en la pizarra de la cocina, y os iréis apuntando por semanas. La lista la supervisaré antes de la comida, pero cada uno deberá conocer su turno o asumir las consecuencias —dijo mamá.

—Creo, en mi opinión, que los varones podemos alternar los días, y las muchachas deberán hacerlo sin interrupción —dijo Bernardo con una voz que simulaba un rugido.

—¿Y a qué se debe ese privilegio? —preguntó mi madre muy seria y molesta por el comentario de Bernardo.

—A que nosotros tenemos un tono de voz mucho más feo que las féminas, y la comida debe ser armónica —replicó Bernardo con ironía, sin saber lo que se jugaba.

—Entonces, hijo mío, deberás aprender que en esta vida hay cosas que no nos gusta ver, pero no queda más remedio que mirarlas. Que no nos gusta oír y no nos queda más remedio que escucharlas. Por eso, escucha lo que no te gustará oír: por tu falta de respeto, estás castigado a no ver ni tocar tu bicicleta en dos días. No encuentro razón para tus insinuaciones más que la de mofarte de un adulto —espetó ella. Bernardo agachó la cabeza y le cambió la expresión de la cara.

—La abuela Obdulia dice que no debemos hacer aquellas cosas que no salgan del corazón —acoté sin pensarlo demasiado y esperando, como siempre, salvar a mi hermano.

—No, ¿y a qué viene eso, Adolfo? ¿Tú también buscas un castigo? Lo que dice la abuela es que el corazón es lo más importante. Pero a veces hay que hacer cosas que salen de la razón porque es una manera de transmitir algo que queremos que aprendáis para luego sentirlo. Y en algunos casos, hay que luchar en contra de nuestros deseos. Comienza a rezar, Julia, no demoremos más la comida —aclaró mi madre sin permitirnos una palabra más.

—Bendice, Señor, estos alimentos y a quienes nos los han preparado, enséñanos a compartir el pan con quienes no lo tienen, amén.

Julia levantó la cabeza, que hasta ese momento había permanecido inclinada hacia la mesa, y me sonrió. Su gesto se aproximaba a ese de la persona que ha surgido con el propósito de incordiar y que no ha salido perjudicada. Yo le correspondí con una gran risita sardónica. Después llegó mi padre, que no había estado durante la oración porque él nunca estaba en ese momento.

—Me han comentado que ha aparecido un animal del campo en nuestra casa, sin permiso de la abuela y, por supuesto, sin el nuestro —afirmó sin insinuaciones. Miré a Bernardo que comía la sopa más rápido que nunca, Julia había vuelto la mirada hacia el plato sin levantar la vista. Alvarito, Martín y Mencía disfrutaban de la mesa porque con ellos no iba la historia.

—Se trataba de un conejo. Lo vieron en manos de unos niños que se dirigían aquí y que, curiosamente, lo devolvieron al mismo lugar donde fue encontrado. ¿A qué se deberá este juego?

—Pues me suena esa historia —comentó el ingenioso Martín.

—Creo que se trata de un vecino. Esa historia me ha contado Bernardo que le pasó a los hijos de la señora Inés hace tiempo —aclaró Mencía mientras cogía un trozo de pan de la panera.

Miré a Bernardo, rojo como un tomate a punto de ser triturado para un rico gazpacho, que, sin levantar la cara del plato, continuaba tragando sopa.

—¿Tienes algo que decir? —preguntó mi padre dirigiéndose a Bernardo. Él continuó como si no oyera nada. Observé a Julia que seguía clavada como si estuviera reflejándose en la sopa, pero pendiente de la reacción de mi hermano.

—Bernardo, estoy esperando tu respuesta —urgió mi padre.

—Bueno… Sí, papá, hemos sido nosotros. Hemos recogido a un gazapito porque pensamos que estaba abandonado y que los otros animales se lo iban a zampar. Cuando llegamos a casa, lo escondimos porque imaginamos que jamás nos permitirías tenerlo. Sabíamos que habíamos quebrantado una norma, pero lo importante de hacer algo mal es saber rectificar —confesó Bernardo sin levantar la mirada hacia mi padre y con el miedo de un nuevo castigo.

—No te equivoques —lo interrumpió mi padre—. Lo importante es prever la acción, sopesar qué hacer, porque a veces no hay otra oportunidad, no hay marcha atrás, y el error está cometido. Entonces sólo queda aceptar las consecuencias. Además, vosotros debéis aprender a pedir permiso siempre, ¿qué pensáis que deberíamos hacer ante esta situación?

Contemplé a Bernardo, que continuaba como la mujer de Lot. Después examiné a Julia que permanecía como si con ella no fuera la historia. Creí absurdamente que mi respuesta sería la única que marcaría un final acertado; imaginé que, si exageraba, mis padres restarían importancia al asunto:

—Esto no es la derrota de España ante los Estados Unidos ni la pérdida de Puerto Rico ni la de las Filipinas, tampoco la de Cuba, ni siquiera la pérdida de la isla de Guam…

—¿La isla de qué? —dijo Bernardo saliendo de su estado de letargo voluntario.

—Sí, la isla de Guam era también española, y la perdimos en 1898, me lo contó la abuela —dije medio asustado, con la voz bajita. Mi padre me miró sorprendido y respondió:

—Es cierto que esto no corresponde a ninguna pérdida de esa envergadura, pero vuestros actos tienen relación con los desastres del 98.

Clavé los ojos en Julia, y ella me devoró con la mirada. Entendí que había vuelto a meter la pata.

—¿Desastre del 98? —repliqué en un intento de arreglar lo que ya no tenía solución y esperando la nueva bofetada a escondidas de mis hermanos.

—Sí, hubo lo que se llamó *regeneracionismo* ante este desastre, que no fue más que aceptar las propias dificultades y proponer alternativas a esa derrota. Ese hecho fue muy importante para todos los españoles, y algunos buscaron soluciones.

—No entiendo nada, y esto me huele fatal —me susurró Julia, que continuaba engullendo sopa.

—Lo que ha ocurrido aquí es lo mismo que sucedió en aquel momento, todo aplicable a este instante y a nuestra propia casa; tanto el hecho de traer el animal y quebrantar las leyes de la naturaleza, como la de saltaros las normas a tenor de los caprichos de unos niños que disponen por voluntad propia lo que no les toca decidir. Hay que asumir las dificultades como los regeneracionistas, aceptando la derrota, y después proponer soluciones.

—¿Soluciones? Esto me suena a castigo —me dijo Bernardo por lo bajo.

—Sí. La solución es tener la certeza de que este hecho no se volverá a repetir, que no tomaréis ninguna decisión que ataña exclusivamente a los adultos —hizo una pausa para beber agua y continuó—. Asumir la dificultad va unido, en este caso, a la privación de la libertad durante tres horas en que permaneceréis en una silla sin hacer nada. Y ahora quiero saber, ¿quiénes cumplirán el castigo?

Bernardo y yo levantamos la mano casi a la vez, y ambos miramos a Julia, que se resistía a entrar en el lote, esperando librarse en el último instante. Pero no lo hizo. Quebró el silencio con un fuerte suspiro y alzó la mano con cara de haber cometido una gran proeza.

● ● ●

Llegó la hora de cumplir nuestra pena, mi padre nos lo recordó y nos *invitó* —porque él siempre nos *invitaba* a cumplir obligaciones o castigos— a acomodarnos en los sillones que había designado para la sanción. Tenían dos brazos de madera de entre los que pendía un hilo del costurero de Micaela, que no podía romperse bajo ningún concepto, así que nuestros movimientos debían ser imperceptibles. Jamás nos atrevimos a cortarlo, y no sé por qué estábamos convencidos de que era lo peor que podía suceder.

Cuando mi padre se marchaba, cada gota de segundo se alargaba delante de nuestros ojos mientras los pequeños se burlaban en nuestras narices. Esto era lo más terrible de la pena, ver como los enanos se hacían gigantes ante la impotencia de parar sus burlas:

—¿Se está cómodo en la silla? Sólo os queda hasta que desaparezca el sol —repetía Alvarito cacareando. Los tres se pusieron delante, como siempre, haciendo un baile que se asemejaba al de los patos cuando inician su vuelo, cantando a trío:

> *Era una pulga tan cristiana,*
> *que era católica, apostólica y romana.*
> *Y se comió un elefante,*
> *porque creía que era protestante...*
> *Para-pachumba chumba-chumba,*
> *para-pachumaba chumba-chum.*

Miré a Bernardo, que repetía una y otra vez:

—¿Pensáis que nos molestáis? ¡Imbéciles, más que imbéciles! —pero en sus pupilas se veía reflejada la imagen de la rabia.

Por fin, Mencía les propuso:

—Vámonos a jugar a pizpirigañas, estoy harta de estos resignados.

Me vinieron a la memoria unas palabras de la abuela Obdulia, que recordaba con claridad y, aunque no entendía totalmente su significado, sabía que era el cuento de los estoicos: «Hay que dominar las pasiones, extinguir los deseos de placer y bienes materiales». Eso era lo que se llamaba *apázeia*. Y luego: «Como consecuencia, el hombre vivirá de acuerdo con la razón, ese vivir de manera racional es lo que constituye la virtud». Eso era *areté*. Entonces comencé a gritar:

—¡*Apázeia, areté!* ¡*Apázeia, areté!* ¡*Apázeia, areté!*...

—Ya está este chalado con sus palabras raras —le dijo Bernardo a Julia resoplando.

—¡Qué le vamos a hacer! —le contestó ella rendida. Pero los pequeños se volvieron y se acercaron a mí:

—¿Puedes explicarnos por qué nos insultas, mono insolente? —dijo Martín sacando pecho. No le contesté, él se dio la vuelta y se fue definitivamente a jugar a pizpirigañas.

7

Leonor se entretenía acomodando unas lilas tardías que había cortado del pequeño arbusto que tenía en el patio. Le gustaba ver la casa llena de flores. Todos los días cambiaba el agua y reponía uno de los tantos floreros como si se tratara de un ritual. Decía que era la manera de tener vida dentro del hogar. En el verano, cuando apretaba el calor de una forma desconsiderada y todas fallecían a pesar de los cuidados, la adornaba con geranios, que eran los únicos supervivientes en el clima que teníamos. Leonor posó la tijera encima de la mesita donde estaba colocando las lilas. Le pareció que el llamador vacilaba y no estaba segura de que alguien golpeara la puerta de entrada. Se acercó frotándose las manos en el delantal y abrió con la certeza de que, al otro lado del escalón, habría alguien conocido. Sin embargo, se encontró con un muchacho que agachaba la cabeza sin atreverse a mirar y le dijo:

—Hola, usted dirá.

—¿Me daría permiso para pasear con Lucía? —soltó el joven de manera entrecortada frente a la cara de sorpresa dibujada por la abuela.

—¿Y quién es este mocito? —respondió sujetando la puerta.

—Disculpe, no me he presentado, soy Álvaro, un amigo de su hija.

—De mi nieta, yo soy su abuela. Pero pase, criatura, no se quede ahí. Ahora la llamo, puede esperar en este recibidor y sentarse un momento si gusta —y le indicó el camino.

—Gracias, señora —se adentró con suavidad, algo nervioso, y se sentó en el sillón que Leonor le había ofrecido.

Lucía oyó la voz de Álvaro, salió corriendo y tropezó con la abuela en el descansillo de las escaleras:

—Ahí está ese muchachito, parece un poco reservado, mejor —le cuchicheó al oído.

—Bajo a verlo.

—No te olvides de que tienes nuestro permiso y no vas acompañada de ningún adulto. Puedes salir sola con él, pero no vuelvas entrada la noche, ya lo sabes —dijo en el mismo tono.

—¿Abuela, puedo besarlo en la mejilla? —como si no oyera sus comentarios.

—Sí, pero aquí dentro, que no te vean —le contestó y se apresuró a desaparecer.

Cuando Lucía bajó, lo encontró sonrojado. Con manos temblorosas amasaba la gorra como si de un pañuelo se tratara. Estaba allí, sentado, sin atreverse casi a coger un poco de aire para respirar:

—¿Qué te pasa, Álvaro? —le preguntó muy bajito.

—Me ha dado mucho apuro venir a tu casa a buscarte —respondió casi sin voz.

—¿Mi abuela te ha violentado?

—No, de ninguna manera, ha sido muy amable. Pero entiende que es la primera vez en mi vida que voy a buscar a una mujer, y eso que llevamos viéndonos cinco años…

—No te preocupes, te acostumbrarás —lo tranquilizó y le besó la mejilla fugazmente.

—¿Nos vamos? —dijo él, avergonzado por el beso inesperado.

—Sí.

Se dirigieron hacia afuera sin decir nada, como tantas veces, en silencio sólo interrumpido por el rugido del viejo coche en marcha.

—Está encendido porque a veces me cuesta mucho hacerlo arrancar. Últimamente no estoy muy fuerte, o el coche funciona peor —abrió la puerta del auto—. Pasa aquí adelante, ya verás lo cómoda que vas a estar.

—Me gustaría mucho saber conducir este trasto.

—Si quieres te enseño, aunque tendrá que ser en algún prado porque si te ve alguien, pensarán que no estás bien de la cabeza.

—Buscaremos ese lugar, pero no me moriré sin aprender. El otro día en la escuela, una niña me preguntó por qué las mujeres no podíamos montar a caballo con la misma postura que los hombres. Me costó contestarle porque la verdad es que no puedes dar una razón coherente. Lo mismo ocurre con los coches, ¿por qué siempre son hombres los que conducen en este país?

—Pues, ¿qué quieres que te diga?, tiene razón tu muchacha. Yo no entiendo tantos condicionamientos, aunque te aseguro que estoy contento de haber nacido hombre. Tenemos más ventajas que vosotras.

—Es verdad, mi madre siempre habla de una persona a la que todavía no conoce más que por sus escritos y a la que traduce, un vienés que estudió la represión en las mujeres. Según él, la represión causa enfermedades mentales irreparables, y además, tenemos males propios de nuestro sexo, ¿qué te parece?, ¿revolucionario?

—Sí, bastante. Pero te aseguro que la mujer con la que yo me case no tendrá ninguna enfermedad por esa causa —expresó un poco avergonzado por el tema.

—Me cuesta creer que opines como yo, soy demasiado espontánea, y mi madre dice que eso no es bueno en una mujer porque confundimos a los hombres y damos una imagen equivocada de la realidad —sonrió de manera sardónica y con miedo a la respuesta.

—Sí, de verdad, eres muy atrevida. Sin embargo, a mí no me importa porque siento que eres única. Tal vez me equivoque, pero espero que nuestras diferencias se subsanen con un poco de equilibrio entre los dos. Mira, Lucía, yo sé que tú eres especial porque tu familia tampoco se ajusta a un modelo de familia común. Y a mí, precisamente eso es lo que me gusta. Quizás pague algún precio, pero quiero intentarlo contigo, sin saber a ciencia cierta qué es lo que pasará.

—Soy una mujer con suerte, créelo porque yo lo creo —expresó contenta por la contestación de Álvaro.

Cruzaron campos, caminos, arroyuelos, todo quedaba atrás. Pararon el auto al lado de una vereda donde Lucía no había estado jamás. Bajaron sin decir nada y se sentaron en lo alto de la colina. Allí vieron estremecerse el sol. Fascinados por la belleza del instante, se apretaron las manos. Toda la naturaleza les ofrecía un gran espectáculo. La estrella desfilaba y se escondía ante sus miradas, sin despedirse. Implacable, caminaba hacia su guarida. Anhelaban la quietud del momento, pero la estrella no se percató de sus deseos y desapareció.

—A veces tengo miedo a que lo nuestro se escape como las puestas de sol. No sé si la vida es como la pintamos, tengo pánico de que todo lo que me conmueve se acabe —confesó Lucía jugando con las manos del muchacho.

—No ocurrirá.

—Ahora conozco una emoción nueva que nunca en mi vida había experimentado y me costaría renunciar a ella. Si algún día dejo de respirarla, la buscaré una y otra vez. No me importará estar casada, tener hijos, una vida cómoda. Nada se cruzará en mi

camino para encontrarla porque es lo mejor que he sentido desde
que tengo conciencia —afirmó Lucía, en tanto descubría miles de
alfileres punteándole el corazón.

—No puedo asegurarte la eternidad, pero lucharé en contra de
la rutina, eso es lo que mata los sentimientos, lo que acaba con la
felicidad. Supongo que estas emociones evolucionarán, pero
siempre el hilo conductor debe ser el cariño. Te confieso que
nunca había creído en esto, hasta que te conocí.

—¿Y cuándo termina la felicidad?, ¿has leído la *Carta de Me-
neceo?* —y sin esperar repuesta, prosiguió—. Dice que la filosofía
que no cure las heridas del alma no tiene ningún valor y que el
fin último debe ser la felicidad como placer presente bien entendido. Dice que el temor a Dios, al destino, a la muerte y al dolor
es lo que impide que seamos dichosos. Por lo tanto, huir del dolor
es conseguir este placer que no responde a otra cosa que a la paz
interior.

—¿Por qué todo esto? —preguntó Álvaro, sorprendido por su
discurso.

—Todo esto viene a cuento porque realmente contigo soy muy
feliz, tengo la paz que necesito y, por supuesto, no tengo temor a
nada. Pero veo tantas mujeres con miedo al hombre…

—¿Qué quieres decirme?

—Que no tengo muchas referencias de los hombres, lo que sé
es a través de las novelas, el vecindario y mi abuelo, al que conocí
poco tiempo. No tengo padre porque murió, en fin, que me dais
un poco de desconfianza.

—Pues yo sólo soy lo que ves, no quiero compartir mi vida
con alguien que me tema, no quiero infelicidad alrededor de mí.
Trataré siempre de ser coherente con mi voluntad de ser —Lucía
sonrió, y él prosiguió—. Tu imagen cada día es mucho más clara
en mi corazón. Siempre he sabido que estarás a mi lado mientras
me quieras y no me importa correr el riesgo de quedarme solo

porque sé que merece la pena cualquier instante junto a ti, aunque sea un segundo. Yo tampoco soy fácil, y tú para mí eres una mujer muy especial, tal vez diferente, y eso es lo que adoro de ti. Alimentaré el afecto día a día y procuraré entender tu forma de ser, para la que a mí no me han preparado. Sé que tú no me obedecerás fácilmente, que tienes tu criterio, pero aunque suene raro, eso también me atrae. Y sobre todo, sé que si consigo complementarme contigo, será para siempre. Entonces, ¿te casarás conmigo?

—Me casaré, claro que lo haré, no puedo olvidarme que vivimos en mil novecientos veintiocho, y está de moda el matrimonio, no quiero ser una desfasada —aceptó, a sabiendas de su superficialidad frente a lo que acababa de decir Álvaro. Él sonrió y añadió:

—Realmente eres muy atrevida en tus comentarios, no eres de esta época, tampoco sé de dónde procedes, pero me asustas y me enamoras, ¡qué contradicción tan especialmente adorable!

Y dejaron caer la tarde viendo cómo débiles estrellas se alineaban entre las Osas y conformaban la retorcida figura del dragón, con la cabeza representada por cuatro luceros algo más brillantes que daban lugar a un asterismo. Parecía un cometa en vuelo.

Ese día, Lucía saboreó por vez primera su piel. Las manos parecían deslizarse en su cuerpo cálido. Adivinó su silueta a través de la luz de la luna, y le pareció más bello que nunca. Lloró de emoción por su dulce ansia de amarlo. Se sintió tan querida que deseó que conquistara su alma de niña, y así lo hizo. Después dominó su esencia hasta el alba. Saboreó su cuerpo lleno de ternura y guardó para siempre el recuerdo en su memoria.

8

En mi casa siempre hubo dos teléfonos: uno con el número cuatro y el otro con el número ocho. El primero correspondió a mi bisabuela, que, al parecer lo instaló en contra de todas las personas de alrededor, a quienes les daba miedo tenerlo porque pensaban que era un artilugio raro y peligroso. El caso es que a los hermanos nos gustaba jugar con él cuando no se enteraban los mayores y, de este modo, hacer uso de algo que nos resultaba casi mágico, ¿cómo podía pasar la voz de un ser humano a través de un cable?

Descolgué, y Virtudes, la mujer que tenía la centralita del pueblo, dijo de inmediato:

—¿Con qué número te pongo?

—Con el ocho —y le pasé el auricular a Julia para que ambos escucháramos. En uno se colocaba Bernardo y en el otro, ella y yo.

—Habla en clave, que Virtudes nos estará escuchando —dijo Julia.

—No creo, es una señora muy ocupada y, sobre todo, muy respetuosa, por lo que no hay nada que temer —contestó Bernardo simulando voz de adulto.

—Entonces sabrás que Virtudes sale con el hijo del boticario. Son muy buenos muchachos los dos —prosiguió Julia en un tono similar al que utilizan las mujeres del pueblo mientras conversan.

—Sí, el otro día los vi en el cine; se notaba que se querían porque se abrazaban de una manera muy especial —espetó Bernardo bajando el tono de voz.

—¿Y tú por qué miras lo que no te importa? —lo amonestó Julia.

—Yo comía mi regaliz cuando de pronto la gente empezó a gritar: «¡Gregorio!, ¡Gregorio!».

—¿Quién es Gregorio?

—El que proyecta las películas en el cine, ¿no lo conoces?

—Claro, qué tonta, ¿y por qué gritaban?

—Porque se estaban quemando los fotogramas. A lo que Gregorio salió de su podio, en la parte de detrás de la sala, y gritó a pleno pulmón: «¡Descanso! Tengo que arreglar esto». Continué con un palo dulce que me había regalado la señora Cándida y le di un poco a mi amigo Manolito. Cuando de pronto desvié la mirada a la derecha, sin más…

—¿Qué? —Julia estaba impaciente.

—Que me percaté de que dos tortolitos tan entrados en la faena no se habían enterado de lo que estaba sucediendo en la sala.

—Pero ¿qué pasó? —insistió Julia haciéndose la mayor.

—Pues nada, lo que ocurre en estos casos, que todo se normalizó. Sólo que Virtudes y el novio no se dieron cuenta del descanso y de que las luces se habían encendido. Manolito y yo le vimos las piernas, que por cierto las tiene rellenitas y preciosas.

—¡No me digas! —exclamó Julia como vieja cotilla.

—Y hay más… Miramos aturdidos sin poder desviar los ojos, pues su muchacho le tocaba las ligas de las medias; aquello era mejor que la película. Mi amigo y yo estábamos tan atontados ante el espectáculo que se nos secó el palo dulce, ¿qué te parece?

Justo en ese momento, Virtudes se coló en nuestra conversación y gritó:

—Sinvergüenzas, ¡qué os importa lo que yo haga con mi novio! Vosotros sois unos niños malditos. Voy a contar a vuestros padres lo que os estáis inventando —nosotros callamos de inmediato y tapamos el auricular, temerosos de que nos oyera—. Endemoniados, si decís una sola palabra os cortaré la lengua con la navaja de mi tío Eusebio. Os lo juro. Ah, y sabed que lo que se comenta que perdí, una de mis ligas, es verdad. Estúpidos indecentes.

A lo que nosotros, atónitos, no supimos qué contestar. Sólo Bernardo irrumpió:

—De verdad que lo sentimos, Virtudes, y más me conmueve decirte que con tu liga me he hecho ayer un tirachinas.

Y colgamos con pavor los teléfonos a la vez.

• • •

No volvimos a saber nada de Virtudes ni hicimos más llamadas porque teníamos miedo de que nuestros padres recibieran alguna queja. No la vimos más. Hasta que en ese mismo año, 1969, se produjo uno de los acontecimientos más importante para la historia de la humanidad. El primer hombre llegó a la Luna.

La maestra nos comunicó que había dos momentos importantes en el mundo de la televisión: la visita del Papa y la llegada del hombre a la Luna. Doña Eloísa nos avisó y distribuyó a todos los niños en las dos televisiones que había en el pueblo. Una era la de mi abuela. Así que yo me sentía como el rey del mundo. Todos los alumnos de la escuela irían a mi casa a ver el acontecimiento. Y también los acompañarían los padres para vivir ese instante, y aunque Virtudes no era madre por aquel entonces, la vimos entrar a casa.

Julia se hizo la loca, Bernardo, el remolón, y yo me puse colorado. Ella nos saludó como si el suceso del teléfono no hubiera ocurrido, por lo que dedujimos que estaba todo olvidado.

Y llegó Micaela con rosquillas, perrunillas y chocolate para todos. Los niños nos sentamos en una alfombra en el suelo y los mayores detrás, en un montón de sillas que habían preparado para el evento. Recuerdo los nervios al ver aquellas imágenes en blanco y negro de unos hombres envueltos en trajes extraños. Parecía que flotaban al bajar de la nave.

—Lo que es la técnica. Nosotros, aquí sentados mientras alguien se baja para pisar la luna —dijo la madre de Andresito.

—Eso seguro de que es una mentira. Lo habrán grabado en otro lugar, y nos lo estamos tragando —comentó el padre de Antoñito.

—¡A dónde vamos a llegar con tanto invento! Tenían que ser los americanos. Esos hacen experimentos con cualquier cosa. Como no quieren a nadie, practican lo que sea y con sus propios hijos —reflexionó la señora Eladia.

—Pues yo recuerdo la primera vez que apareció un coche en este pueblo. Al ver un carro sin caballo, corrí a mi casa y me metí debajo de la cama, y no salí en todo el día —acotó alguien.

Todos reímos con los comentarios, mientras, impasibles, no sacábamos el ojo de las imágenes que se nos ofrecían y que han permanecido guardadas en mi memoria. Pero lo que jamás olvidaré es la cara de Virtudes en el espejo que estaba frente a Bernardo. Ella le hacía señas que yo no interpretaba. Cuando terminó la transmisión, pude observar que se levantaba con rapidez y disimulo, y dejaba caer su tacón de aguja sobre la mano de Bernardo:

—¡Ayyy! —gritó mi hermano soplándose los dedos y soltando lágrimas sin querer.

—Lo siento de verdad, Bernardo, no me he dado cuenta de que estabas ahí —contestó Virtudes haciéndose la asustada.

A pesar de los remedios de Micaela, ocho días duró la hinchazón que el zapato le había marcado sobre la piel. El pobre Bernardo sufrió el castigo por todos nosotros.

• • •

Esa noche me desperté sobresaltado. El corazón parecía tocar una melodía desafinada que me ahogaba. Sentado en la cama, intenté calmarme y, como no lo conseguía, decidí ir a despertar a Julia:

—Julia, Julia… —susurré mientras la sacudía con suavidad.

—Adolfo, te he dicho mil veces que no me despiertes cuando estoy soñando con los ángeles.

—¿Qué ángeles?

—Cosas mías, ¿qué mosca te pica ahora? —dijo dándome la espalda.

—Tengo miedo…

—¿De qué, a ver, de qué? —puso su característico tono seco de enfado.

—De ir al internado, y no grites tanto que te van a oír.

—¡Pero si todavía te faltan dos días! Eres una tortura, y estoy harta de que me estés molestando por tonterías —contestó resoplando e incorporándose en la cama.

—De verdad, estoy asustado, tengo una cosa aquí en el corazón que no me deja respirar… ¿Es mucho tiempo dos días?

—¡Puff, pues no lo sé! Déjame en paz, pelmazo —insinuó con un tono de ruego, y yo, como si no la escuchara, continué:

—Allí no hay árboles ni animales ni campo, ni…

—Pero ¿para qué quieres todo eso? ¿Crees que puedes despertarme y alterarme para tales idioteces? Pues si no hay lo que buscas, encontrarás otras cosas que también te gustarán —y se volvió a tumbar en la cama de un solo golpe.

—Lo veo todo oscuro, debería haberme acostado en la cama de

la abuela, no sé a quién recurrir a estas horas. Creo que si me hablas de cómo es aquello, se me pasará un poco, y podré descansar.

—¿Qué quieres que te cuente ahora? —preguntó con un resoplido, malhumorada por el momento inoportuno.

—Pues, algo. Cosas —entonces cambió el gesto y comenzó a hablarme en un tono dulzón como si se tratase de un cuento.

—Mira, aquello es como un gran hotel, donde te llaman por la mañana y te tomas un rico desayuno. Después te lavas los dientes y te vas a la clase que te toque ese día. Luego tienes la sensación de que la mañana se te va en un pispás y, cuando te quieres enterar de la hora que es, llega el momento de la comida. Esta suele estar muy sabrosa, por lo tanto, no hay problemas. Por la tarde vuelves a las clases, y a las cinco te dan una merienda estupenda: chocolate, perrunillas como las de Micaela… en fin, esas cosas. A continuación el estudio para preparar las lecciones del día siguiente, recreo y la cena. Después a dormir, así de fácil.

—¿Y no hay árboles? —pregunté.

—¡Dale con los árboles, Dios mío! —exclamó en un tono desesperado que de inmediato cambió—. No tantos como por aquí, pero siempre hay tres o cuatro. Además, como nadie se sube a ellos, los tienes para ti solo.

—Entonces, ¿por qué dice Bernardo que aquello es muy duro?

—Te voy a decir algo que jamás deberás contar a Bernardo. Tú sabes que a él le encanta hacerse el fuerte y ser un poco presumido, pero la verdad es que el internado no es nada del otro mundo, todo lo contrario, es fenomenal, tienes todo resuelto y no tienes más que estudiar.

—¿Entonces, es tan fácil? Parece que pinta bien.

—Hombre, depende cómo lo vivas, pero no es tan complicado. Lo que sí debes aprender es a ser hábil. Recuerda esto y nunca tendrás problema, sé listo y, justamente, no olvides hacerte el tonto solo cuando lo creas oportuno, ¿lo entiendes?

—No lo sé, pero parece que estoy más tranquilo, el corazón no me late tan fuerte. Gracias, Julia.

—Bueno, ahora ve a la cama y no pienses hasta que llegue el momento.

Aquella mañana abrí los ojos, me incorporé rápidamente y caminé hasta el lugar de la habitación donde estaban colocadas mis cosas. Miré la maleta en la que se extendía toda mi ropa. Se veían bordadas mis iniciales acompañadas de un número, el cuatrocientos catorce. Nunca me había gustado el número cuatro, y ahora tendría dos en contacto con mi cuerpo. Había llegado el día más temido de mi existencia hasta ese instante. Era el momento de salir de casa, de enfrentarme a lo desconocido, iba a permanecer interno en un colegio hasta las Navidades. Las piernas comenzaban a temblarme sólo de imaginarlo. Entendí que siempre me había sentido protegido por todos y ahora debía caminar solo. Me senté en una esquina de la cama, frente a aquel equipaje que me producía arcadas y creí que si cerraba los ojos muy fuerte, con mi magia lo haría desaparecer. Los cerré una y otra vez, cada instante con más fuerza, y sólo sirvió para darme cuenta de que todo permanecía intacto. Entonces una voz me sorprendió:

—¿Qué te pasa, Adolfo, que estás tan sentadito aquí en tu cama?

—¿Tú has estado interna, abuela? —dije sin contestar su pregunta.

—Pues no. En mi época estudiábamos en casa y nos examinábamos por libre.

—Estoy con el demonio en el cuerpo, con fiebre y asustado.

—No exageres, puedo entender que estés asustado. Te vas a tener que enfrentar a una nueva vida. No es la misma situación que aquí en casa, será distinto, pero eso no quiere decir peor —dijo la abuela Obdulia mientras se sentaba a mi lado.

—Yo no me quiero ir —gimoteé.

—No seas llorica. A veces la imaginación sobrepasa la realidad. Las personas, ante lo desconocido, suelen tener miedo, pero eso es normal. Mira, Adolfo, hay muchísima gente de ciudad a la que le da terror subirse a los árboles o coger un pájaro porque jamás han tenido contacto con ello. Pero a ti eso te parecería una tontería porque es algo que está en la dinámica de tu día a día. Quiero decirte que entiendo eso que sientes porque es algo nuevo, pero te acostumbrarás, ya lo verás, es cuestión de tiempo.

—Tal vez sea eso, sí, seguro —dije tocándome el pecho procurando hacerme el fuerte.

—También está Bernardo, que lleva dos años interno, tiene experiencia, y puedes recurrir a él si tienes algún problema.

—Sí, pero ¿y si él no está, porque seguro que aquello es muy grande, qué hago yo?

—Por supuesto que habrá momentos en los que serás tú el que tenga que solucionar tus cuestiones, pero eso no te debe desazonar.

—¿Por qué me mandan? Mi padre no estuvo interno, tú tampoco.

—Tus padres te quieren y desean lo mejor para ti. Pretenden que seas un muchacho de futuro y, sobre todo ahora, tal vez sea ésta la única manera que tengas de conseguirlo. Quizás para ti no haya razonamiento posible, pero con el tiempo lo entenderás.

—Siempre dices *el tiempo*, y a eso es a lo que me enfrento, por eso a veces lo odio.

—Confía en ese duende tuyo —me interrumpió sin hacer caso a mi comentario.

—Hasta ese se ha marchado. Se ha largado cuando se enteró del internado. Ya no me funciona.

—Seguro que está escondido, búscalo… Adolfo, te quiero —me apretó contra su pecho—. Eres mi nieto favorito, pero no se lo digas a nadie —me besó y se marchó.

Volví a mirar la maleta, intenté cerrar los ojos para que desapareciera. Realicé el ejercicio veinte veces. No me dio resultado.

—¡Hasta tú, mi duende, estás asustado! Ven aquí. No te volveré a hablar si permites que esta maleta continúe ahí —grité y volví a cerrar los ojos. Los abrí despacito, muy despacito, esperando que me hubiese oído—. ¡Todos queréis que vaya interno a ese colegio maldito! —dije pateando la maleta sin que nadie me viera mientras me marchaba de la habitación.

9

—Estoy segura, Adolfo, de que la historia que hoy te voy a contar sobre Lucía la guardarás en la memoria y, cuando seas mayor, la mirarás desde una perspectiva diferente. Yo me emocionaré al narrártela, no me preguntes por qué, puesto que con el tiempo lo entenderás sin explicación alguna —dijo la abuela Obdulia sentada de nuevo en su mecedora cerca de mi cama.

—Cuéntame, abuela, cuéntame… —comenté con los sentidos abiertos hasta donde la cabeza me lo permitía.

—Después de un tiempo, Álvaro y Lucía decidieron preparar todo para casarse. Ella se lo comunicó a todos los familiares, que acogían con esmero y afecto al futuro esposo. Hacía mucho tiempo que no entraba un varón en la familia, y la incertidumbre pesaba sobre la diferencia que había entre los dos. Lucía sabía que debía ser cautelosa porque Álvaro procedía de un hogar muy religioso y había sido educado por los jesuitas hasta sus estudios de abogacía, que había realizado en Madrid. Con los años se enteró de que su amado había actuado en contra de la voluntad de los parientes y que, sin su aprobación, se había comprometido con ella. A ellos no los atraía el vínculo con una familia sin varones, no les gustaba el pasado de Elena, puesto que no toleraban el hecho de que tuviese una profesión de hombres ni, por supuesto, la ausencia de esposo, esa imagen difuminada a los ojos de un pueblo expectante.

—¡Entonces, abuela, era parecida a ti!

—No lo creo o tal vez sí… Lo cierto es que Lucía quería aprovechar cada segundo de su existencia, disfrutar de las pequeñas cosas y, muy en especial, estar al lado de quien amaba, con la aprobación de los demás. Todo un reto para aquellos años.

• • •

Comenzaron a preparar la repostería para la boda, lo que simbolizaba fiesta. Los dulces se elaboraban con todo el esmero del mundo, se distribuían por la casa de familiares, vecinos y compromisos cercanos. Repartían bandejas de perrunillas, magdalenas, rosquillas de almendras y bollos de chicharrón.

La madre de Lucía, Elena, contaba con dos mujeres para que ayudaran a la abuela Leo con todos los preparativos. La noche de bodas la pasarían en una casa que Álvaro había mandado construir para su prometida. La celebración duraría tres días. El primero, la ceremonia; al siguiente, los novios emprenderían un viaje de aproximadamente un mes. Los demás continuarían la fiesta hasta el final del tercero. Todo parecía perfecto. Entonces ocurrió lo que te voy a contar —susurró la abuela Obdulia acercándose a mi oído—. Leonor y Elena se reunieron con Lucía la noche antes de su casamiento y mantuvieron una larga conversación:

—Hemos de hablar acerca de un asunto que has de saber —dijo Elena mirando a su madre que permanecía sentada en borde de la silla con las piernas cruzadas y añadió—. Demasiadas emociones amontonadas, que a veces no puedo ordenar y otras las siento tan nítidas en mi corazón que parece que fue ayer cuando sucedió. Tal vez no sea el mejor momento, pero no puedo aguardar más, y aunque siempre nos hemos resistido a hablar de ello, creemos que es injusto ocultártelo por más tiempo.

—Empezáis a preocuparme —dijo Lucía recostándose en el sillón con los brazos cruzados sobre la tripa y un poco asustada.

—Se trata de tu padre —respiró con mucha fuerza y continuó—. Siempre te hemos dicho que había muerto en la guerra de Cuba. Pues bien, la realidad es que no sabemos nada de él desde antes de que tú nacieras ni tampoco sabemos si aún vive.

Gotas de sudor arrastraban los suaves polvos de maquillaje, y las manos parecían temblarle. Lucía esperó con incertidumbre, jamás hasta ese momento había sentido el miedo de su madre. Se removía inquieta en aquel viejo sillón sin encontrar la postura adecuada. El aire se hacía denso por momentos. Detrás permanecían expectantes unos cuadros que Leonor había enmarcado con la imagen de la Santa Cena. La abuela, percatándose del ruido del silencio, interrumpió:

—Tu madre no consiguió compartir la vida con el hombre del que se enamoró profundamente. Lo amó más que a sí misma, tanto que se convirtió en tu padre —Lucía tuvo la impresión de que miles de hormigas le apretaban el pecho, las piernas comenzaban a zarandearse en un baile descontrolado, creyó que estaba viviendo un sueño o, tal vez, despertando de él. Los minutos se alargaban en un sinfín de alfileres por donde se le quebraba el alma. Lloró en silencio, sin hacer ruido, para no dañar el corazón de Elena.

—Hija, esto no es nada fácil para mí, es el momento que más he temido desde que naciste, aunque sabía que llegaría —tomó aire y lo expulsó de un solo golpe, y muy pausadamente, con la voz casi quebrada, comenzó a contarle la historia—. Corría el año

1898, e hicimos un viaje a Portugal. Entonces estaba de moda un hotel llamado Gran Curie, un lugar precioso donde veraneaba la gente de la época. Allí había unas termas donde la abuela, el abuelo y yo disfrutábamos temporadas de descanso. Conocí a un hombre llamado Nuno. El alma se me llenó de algo que no sabría explicarte desde el primer día en que cruzamos una sonrisa. No nos conocíamos más que de aquel momento, pero esperaba cada mañana para encontrármelo, y el corazón me latía tan deprisa que temía que él lo adivinase. Sí, Nuno. Todavía recuerdo su piel morena, sus ojos de un azul tan intenso que se le podían ver los pensamientos a través de ellos. Alto, fuerte y con la ternura a flor de piel —y se hizo el silencio otra vez.

Lucía seguía callada, expectante, con los ojos llenos de lágrimas sin saber a qué respondía con exactitud aquella tristeza que la ahogaba.

—Comenzó a estar cerca de mí con cualquier excusa. Compartíamos la afición por los libros, charlábamos hasta la madrugada sobre la vida, sobre la existencia, sobre mi rol de mujer y médico. Pero lo que más me emocionaba era que, por primera vez, me sentía querida, yo no era una mujer rara a la que él tuviera miedo, y eso me reconfortaba. Y me quedé en aquel lugar después de que mis padres decidieron marcharse —calló de nuevo y volvió a respirar profundamente—. Aún tengo grabadas las palabras de mi madre, gotean en mi cerebro de manera tan nítida que todavía me hacen daño: «Vive todo lo que puedas y no desaproveches un segundo. La vida se esfuma de manera tan efímera que casi es imperceptible, y lo que permanece en el alma son los recuerdos. Pero ten mucho cuidado, hija, porque a veces la libertad tiene un coste irreparable» —sus manos parecían asustadas, Lucía jamás había visto a Elena tan insegura, y de nuevo no dijo nada—. Sí, absorbí con intensidad los momentos, disfruté de todos los placeres que una persona puede experimentar cuando está enamorada y jamás me he arrepentido de ello. Él se quedó en su Portugal natal, y comenzamos una relación a través de cartas. Curiosamente, cada carta recibida producía ese doble efecto que se da a veces en la vida. Era como si la pluma me alejara y anhelara la cercanía en un solo golpe. Y un día recibí esto —sacó un sobre amarillento de una caja de madera vieja y volvió a cerrarla dando un giro seco a la llave, se puso los lentes, cogió la hoja de papel raída y comenzó a leer—: «Duermo un sueño y no encuentro el momento para despertar. Quiero sonreír cada mañana a tu lado y, por esto, necesito estar contigo» —depositó el papel sobre la mesa como si le pesara y volvió a tomar aliento—. Yo era una jovencita inexperta, enamoradiza, ingenua e insegura en el amor y le creí…

—¿Y qué ocurrió? —preguntó Lucía con todo el cariño de su corazón, pero apenas arañando las palabras para no herirla.

—Que una mañana, a la salida de mi casa, me lo encontré en la puerta. Me estaba esperando. Así, como salido de una chistera, como venido a través del tiempo, como si hubiese tomado una pócima… Estaba ahí, y sus palabras me envolvieron de nuevo el alma. Deseé volver a albergar las emociones de aquel verano sin miedo y decidí que iría de nuevo a Portugal y nos encontraríamos para decidir nuestro futuro. «Elena, tú eres lo suficientemente mayor para hacer lo que creas, si me pides mi opinión tal vez no te guste mi respuesta, pero eres dueña de tu existencia y eso es un compromiso contigo misma, tal vez sea algo que nadie puede arrebatarte, pero te condena a decidir. Si crees que debes volver, hazlo. No cuentes con mi dictamen, porque soy tu madre, y quizás nunca estaremos de acuerdo. Y sobre todo, no se lo digas a tu padre, él jamás lo entendería». Eso fue lo que respondió la abuela Leonor. En casa siempre me había sentido con libertad, desde el momento que había tenido la audacia de estudiar medicina y viajar sola a Salamanca, a Madrid, a Francia y a Alemania, como lo haré en breve, y no había encontrado resistencia de mis padres en este sentido. Era y es un atrevimiento para una mujer estudiar y viajar sola, pero, ¡a lo que íbamos!, ya tenía algunos pacientes en el pueblo y, a pesar de que se resistían a llamarme por ser mujer, había algunos que debía atender. Resolví mi reemplazo como siempre, pidiéndoselo a mi amigo Pablo, el único médico que podía entenderme, y me marché sin más. Eso sí, a todos les expliqué que me ausentaba para estudiar remedios para algunas enfermedades. Portugal... Detrás quedaba la lejana realidad, estaba en un lugar donde todo para mí era magia. Los sentidos comenzaban a agudizarse como si de una medicina se tratara. Sólo recuerdo que nos encontramos en aquel hotel de nuevo, cruzando aquellos pasillos que, a medida que avanzaba, me parecían más anchos, hasta acercarnos a la puerta de una habitación. Allí entramos. El botones dejó la maleta en el suelo y se aclaró la voz esperando una propina. Nuno sacó del bolsillo unos escudos y se los dio. Después se marchó sin que nosotros apenas nos percatáramos. Mi amado se acercó a mí y me susurró: «Tengo miedo de este momento», pero su deseo se perdía en mi cuerpo. Él envolvió de espuma la noche y se hizo luz durante horas, y no percibimos el paso del tiempo. Éramos nosotros y el fuego agarrado a nuestra existencia, sin que reparáramos en respirar el vacío. Tímido entró en mí y me llenó de luz. No, no había zozobra ni angustia, nada. Me sentía afortunada, prendida a la semilla de su alma. Su piel desnuda arrancaba la paz de mi esencia. Y empapaba de realidad la ficción que siempre había creído sobre la vida. Sí, hija mía, con las ilusiones amontonadas salimos de aquel lugar que te dio el ser. Esperando que el próximo reencuentro fuese eterno... Y al coger el tren que me devolvería a casa, miré por la ventanilla para decirle adiós, y observé que Nuno se secaba las lágrimas disimuladamente con el extremo de un pañuelo blanco. Esa fue la última vez que vi a tu padre —suspiró profundamente, se incorporó para sacar otro papel de dentro de aquella caja. La caja que se convertía en recuerdos que se abrían con todo el daño nítido de aquel pasado difuminado—. Recibí una carta de él donde me explicaba que estaba casado, que tenía una familia y que me lo había ocultado porque se había enamorado locamente de mí. Que jamás me olvidaría, pero que lo nuestro no podía continuar porque él no era lo bastante fuerte para dejarlo todo. Lloré agarrada a mi corazón durante cuatro días. Y el quinto escribí una carta como respuesta de la que guardo este borrador, decidí olvidarlo y albergar en el alma todos los recuerdos para el resto de mi vida:

Sesma, 28 de diciembre de 1898

Mí amado Nuno:

El corazón tiene razones que la razón no puede comprender en muchos momentos. Intento entender a través de la cabeza dónde comienza el engaño, pero por supuesto, no es posible encontrar la respuesta. Puede que las pasiones sean movimientos impetuosos del alma, sin embargo, el efecto en mí no ha sido otro que arrastrar a las demás facultades sobre la voluntad. La causa de esta pasión no la sé, tal vez pueda reducirse a dos: el amor y el odio.

No puedo odiarte porque ello engendraría tristeza e ira en mi alma y no estoy dispuesta a albergar dentro algo que me haga más daño. Tampoco amarte porque el amor engendra deseo, esperanza y, cuando es imposible, desesperación. Sí, he palpado la desesperación, la impotencia ante una realidad nueva y desconocida para mí, pero tampoco puedo reprocharte porque supongo que tienes tus motivos, que yo ya no quiero saber. No deseo justificaciones ni explicaciones porque jamás me entrometería en una relación que ya existe. Personalmente, la experiencia contigo ha sido lo mejor que me ha pasado hasta ahora,

y no me arrepiento de nada, a sabiendas de que me has ocul-
tado la existencia de una esposa.

A veces, siento atemorizado el corazón, pero siempre en-
cuentro alguna caricia para calmarlo. No me escribas nunca
más porque a partir de ahora sólo cabrían reproches, y quiero
los recuerdos en mi memoria, para mí sola. El último beso fuerte
con amor te lo regalo.

Elena

A través de los ojos húmedos de Elena se veía que, con el fuego del pasado, el dolor le volvía a su frágil corazón.

—Después llegó el regalo que Dios me ofreció, y fuiste tú, mi niña querida. Tus abuelos me ayudaron todo lo que pudieron. Y se lo agradeceré eternamente —dijo con la voz quebrada, secándose con el pañuelo las lágrimas.

—¿Y el pueblo? —preguntó Lucía con la sensación de tener el cuerpo cansado y de haber recorrido cientos de kilómetros.

—Eso fue lo de menos. La realidad es que no quise que tu imagen sobre el amor fuera negativa. Con respecto al pueblo, siempre creyeron que tu padre había muerto en la guerra de Cuba, aunque la gente intuía que no estaba casada. No obstante, hemos tenido que soportar comentarios muy duros, tanto que uno no llega a entenderlo. Pero no me importa porque cuando sufro por algo relacionado con esto, te miro, y el alma me sonríe. Por ello trato de protegerte, no quiero que sufras y, aunque hagas a escondidas lo que quieras, he aprendido que es importante aparentar. Esta sociedad es pura hipocresía… Sí, pura hipocresía. Te irás dando cuenta poco a poco. No hace falta una lección sobre el tema. Bueno, ahora ya no hay secretos —se levantó, sus pupilas estaban humedecidas, besó a Lucía y, mientras la abrazaba, susurró—. Jamás me he arrepentido de mi decisión, ten esa seguridad siempre.

Se retiró de la sala, sus pasos en el pasillo se fueron perdiendo, lentamente y sin mirar atrás, como siempre, tal vez para no convertirse en estatua de sal.

La abuela se acercó a Lucía, le cogió la mano, la apretó muy fuerte y dijo:

—A veces creo que tu madre continúa amándolo.

10

Nos fueron nombrando uno por uno. Todos estábamos en fila. A un lado los nuevos y al otro los veteranos. El padre Olegario, uno de los curas, tenía un cuaderno del que leía la asignación de cada una de las literas, primero las de los mayores. Vi a Bernardo, tirando de la maleta, alejarse por el corredor. Sentí miedo, por momentos parecía que las piernas se me deshacían, entonces cerré los ojos y pedí a mi duende que me acompañara. Al abrirlos, encontré al sacerdote agachado, mirándome fijamente:

—¡Ahhh! —grité.

—No te asustes, pequeño, no estamos en tu casa, pero tampoco en una cárcel —dijo mientras me agarraba un brazo suavemente.

—Sabe usted, nunca he dormido fuera de mi pueblo o, mejor dicho, de mi familia. Creo que echaré mucho de menos a todos, en especial a mi abuela Obdulia porque yo la quiero mucho —le susurré al oído con miedo procurando que los demás no me oyeran. Él me sonrió. Se acercó y, en voz baja, me contestó:

—Eso está muy, pero que muy bien, tiene mucha suerte tu

abuela, y ahora continúa a la habitación —y me dio una palmada en la espalda.

Los dormitorios de los niños de nuestra edad eran colectivos, todos teníamos una cama, un lavabo pequeño que servía de mesilla y una descalzadora donde guardábamos las cosas más importantes, como el cepillo de dientes o la crema de los zapatos. Los servicios, duchas y armarios se situaban en un pasillo, justo a la salida de la habitación, aunque todos teníamos un orinal y no necesitábamos salir por las noches; el mío con el número cuatrocientos catorce. Las camas y los lavabos estaban separados de los del compañero por una cortina, que utilizábamos únicamente para vestirnos y desnudarnos y, de este modo, no vernos los unos a los otros.

Esa noche dormí muy mal, mi duende se había marchado de vacaciones a mi casa, me acordaba de mi cama, de la abuela, de mis padres, de Micaela y hasta de Julia. Quería irme, aunque sabía que no era posible. Lloré de impotencia, de angustia, de desesperación, pero nadie me escuchó porque no quise que nadie me oyera.

Pude mirar por las rendijas de las ventanas cómo despertaba la mañana y oír que un cura, que no era Olegario, daba palmadas y repetía:

—Levantaos, quitaos el pijama, poneos el albornoz y, cuando estéis listos, corred las cortinas y colocaos detrás de las camas en el pasillo.

Obedecí, como lo hacían todos, y esperé la siguiente orden:

—Vais directamente a la ducha, llevaos la toalla de baño y el jabón.

En fila con la pastilla en la mano, nos fuimos colocando frente a las puertas que daban a las duchas y, cuando todo estuvo dispuesto:

—Entrad cuando se os avise, no recreéis el cuerpo más de lo

necesario, se trata de tener higiene, no de disfrutar —repetía el cura.

Me metí en la ducha y cerré la puerta. No me apetecía lavarme ni recrearme ni nada. Me mojé el pelo para que el padre creyera que había seguido la orden. Me agaché porque las piernas no podían sostenerme. Sentí el corazón lleno de algo que lo lentificaba y me impedía respirar, pensé que la vida se me acababa, que no soportaría un año allí sin poder salir más que en Navidad, en Semana Santa y en verano. Lloré, lloré y lloré... Oí al padre gritar y me sequé rápidamente las lágrimas:

—¡Sal, que ya es suficiente! —repetía a gritos.

Cuando abrí la puerta de la ducha, observé que todos me miraban, me asusté al comprobar que el cura me examinaba como si hubiera hecho algo malo y, desconcertado, pregunté:

—¿Qué ocurre, padre?

—Tienes la osadía de cuestionar qué pasa, pues es muy sencillo, has recreado tu cuerpo más de lo que debieras y ahora estás en pecado.

Sentí mojadas las mejillas, no entendía nada. No creía que hubiese faltado al respeto. El pecado para mí era ahora un concepto nuevo. Quería salir corriendo y volver a casa, a mi jazminero, a mis árboles, al lugar donde me sentía protegido por los míos.

—Aquí está prohibido llorar, los hombres no lloran, y menos cuando están en pecado —me sequé las lágrimas con el puño del albornoz en un movimiento rápido y volví la mirada hacía él, intentando controlar el llanto, pero mis ojos delataron mi ira.

—Tú, mocoso, no te enfrentes con esa actitud a los adultos porque sólo tendrás más problemas. Estás castigado a no ver cine el domingo —dijo sin dilatar más el momento.

Después de mi primera experiencia ingrata, fui a vestirme con el uniforme que llevábamos todos. Me coloqué la corbata, que me ahogaba, y bajé a desayunar, aunque no tenía ganas. No encontré las perrunillas de Micaela, no se me pasaba el tiempo rápido, las clases me parecían interminables y en la comida me acordaba de nuevo de mi hogar. Las horas de estudio eran infinitas, así que, esperando que la abuela me ayudara, decidí escribirle todos los días. Recuerdo mi primera carta:

Septiembre de 1969

Querida abuela:

Creí que esto del internado servía para algo, pero lo único en lo que creo ahora es en mi tristeza.

Tenía razón Bernardo, al que por cierto veo muy poco porque él es de los mayores y sólo coincidimos en el estudio, en la dureza de esta forma de vida.

Por las noches no puedo dormir y me dedico a llorar, aunque en silencio, para que nadie me oiga porque aquí eso está prohibido, dicen que es de marica, pero ¿sabes, abuela?, ya no me importa serlo.

Tengo un gusanillo en el estómago que no me deja respirar, y mi duende ha cogido la maleta y se ha largado de aquí, menudo sinvergüenza. Estoy seguro de que está en casa, en mi habitación, leyendo mis tebeos del Capitán Trueno. Mándamelo inmediatamente para que pueda echarle la bronca por abandonarme.

Te quiero muchísimo.

Adolfo

Me dirigí a echar las cartas al buzón que se situaba en el hall del colegio, y el portero me dijo:

—Abre la carta, antes de enviarla tengo que leerla.

—¿Qué? —respondí sin apenas pensarlo.

—Ábrela inmediatamente —dijo con tono inqui-sidor.

—Padre, es para mi abuela y no me gustaría que la leyera nadie más que ella.

—Pero yo sí tengo que leerla, mi obligación es hacerlo.

—¿Por qué?

—No puedes cuestionar las obligaciones, ¿entiendes? Esto es por tu bien.

—¿Cuándo sea mayor lo entenderé?

—Por supuesto.

Di la carta al padre Chinchilla, que así se llamaba. Él se puso las gafas, abrió el sobre y comenzó a leerla. Apenas terminó, la rompió de inmediato ante mis ojos:

—Esto no puedes mandarlo, ¿qué pretendes?, ¿ponerla nerviosa y que se preocupe sin necesidad? Márchate.

Fui a la papelera a recoger los trozos de papel, con todo el cuidado del mundo intenté seleccionar mis pedazos. Me los arrancó de nuevo y me dio un bofetón. Traté de que no se notara que me dolía y me sequé las lágrimas con disimulo.

—Eso es por desobediente, y no me mires desafiándome si no quieres recibir otro. ¿No te estoy diciendo que no puedes enviarla? Estás castigado a no redactar cartas durante una semana.

Me fui, volví a escribir de inmediato la carta a mi abuela, estaba seguro de que en algún momento encontraría la oportunidad… Por primera vez no me sentía culpable de desobedecer a los mayores.

Había un alumno externo al que no le gustaba estudiar, e hice un pacto con él: le haría todos los deberes de matemáticas y, a cambio, él enviaría mis cartas. Sólo tendría que buscar un sello y echarlas al buzón. Pero para mi sorpresa, la primera respuesta que recibí de la abuela estaba abierta, me la entregó el padre Chinchilla. Así descubrí que él era el censurador y el espía:

—Aquí tienes una carta de tu abuela.

—Gracias, padre Chincheilla.

—No es Chincheilla, sino Chinchilla.

—Disculpe, pero a veces no pronuncio bien —dije a sabiendas de su apellido y feliz de haberlo llamado *chinche*.

—¿Has comunicado algo a tu abuela sin que yo lo sepa?

—Ocurre a veces que cuando alguien estima a una persona desde lo más profundo, sabe todo sobre ella. No hace falta decir nada para que comprenda cómo está y qué es lo que siente —dije sin mirarlo, con la cabeza baja y sin contestar a su pregunta para no mentir, y añadí—. Solo si se quiere muy muy de verdad. Nunca le ocurrirá a alguien que no sabe bien qué es amar desde el corazón.

Me había arriesgado a recibir otro cachete, pero advertí a través de sus pupilas que el bofetón, en esta oportunidad, se lo había dado yo. No me contestó y me dejó marchar. Me sentí muy mal porque por vez primera tenía conciencia de haber malherido a alguien deseándolo, eso sí era un pecado. Esta falta me empequeñecía, estaba seguro de lo que me sugeriría la abuela...

Octubre de 1969

Mí querido Adolfo:

Sé perfectamente que te sientes encerrado, pero es algo que te ha tocado vivir, y tendrás que hacerte fuerte. La educación será muy buena, aunque ahora no te des cuenta. Los padres siempre dirigen el destino del hijo hasta que se hace independiente. Los tuyos desean que seas un chico con futuro, y el futuro se hace con la educación.

Aquí en el pueblo, sabes que no se puede estudiar porque no hay colegios. Los curas enseñan buenos hábitos y formación, así que apréndelos. Cuando seas mayor, tendrás la capacidad para distinguir y no elegir lo que no te sirva. Siempre has sido valiente, sé que conseguirás adaptarte porque eres más fuerte de lo que crees. Saca tu duende guardado, no está en casa, sino escondido contigo en tu corazón, estás tan muerto de miedo que no te has dado ni cuenta. Él siempre te va a ayudar.

Te quiero muchísimo.

Tu abuela Obdulia

Al día siguiente fui al *hall* de la entrada, y allí estaba Chinchilla:

—¿Tiene carta para mí, padre?

—Sí, aquí la tienes. Otra vez tu abuela —dijo mirándome por encima de las gafas.

—Padre, yo quería decirle que siento mucho lo de ayer, estoy arrepentido…

—¿Qué pasó ayer? —contestó atajando mi insinuación. Comprendí que me perdonaba, que sobraban las palabras, al menos era lo que quería creer—. De todas formas, hijo, lo que hacemos lo hacemos en nombre del bien.

—Estoy seguro de ello, padre —dije mientras me venía a la cabeza, sin entender muy bien por qué, la voz de mi abuela Obdulia: «A veces confundimos lo que está bien con lo que suponemos que es el bien, y si no sabemos distinguirlo, estamos perdidos porque utilizaremos el mal con otro nombre y encima lo justificaremos».

—¿Cuántos años tienes? —me preguntó sin que viniera a cuento.

—Nueve, padre, pero pronto cumpliré los diez.

Después caminé hacia la clase de historia y encontré al padre Olegario por el pasillo.

—¿Cómo estás, Adolfo?

—Muy bien, padre… Me tendrá que confesar porque estoy mintiendo. No estoy nada bien.

Y me puse a llorar tratando de mirar para todos lados por si alguien me veía. Él se agachó y me regaló un trozo de chocolatina:

—No te preocupes, es cuestión de tiempo, luego verás que esto no está tan mal, de todos modos, cuando necesites ayuda, recurre a mí, siempre te podré echar una manita. Y ahora deja de llorar o los demás te considerarán flojo.

—Tiene razón. Gracias, padre Olegario.

Entré en la clase y me senté en un pupitre, solo. Se acercó un niño que no había visto antes:

—Hola, soy nuevo, me llamo Felicito de Arcali.

—¡Vaya nombre!

—Por favor, no te metas con mi nombre, todo el mundo se ríe. Me lo pusieron por mi abuelo, y la verdad es que ellos se han dado el gusto y a mí me han fastidiado la vida.

—Hombre, no seas tan drástico. Aquí los curas siempre te suelen llamar por el apellido y a los compañeros puedes decirle que te llamas Cito, que es un nombre catalán.

—¿Cómo sabes que es catalán?

—No estoy seguro, ahora no sé si lo he inventado. Da igual, nosotros diremos que es catalán.

—No es mala idea, guardarás el secreto de mi identidad.

—Pues claro —dije, con lo que le solucioné el problema.

—Por cierto, ¿cómo te llamas tú?

—Adolfo de Mena.

—Podemos sentarnos juntos.

Felicito fue mi mejor amigo durante la etapa del internado. Por las tardes nos subíamos a un árbol que había en el patio, cerca de una gruta que los curas habían construido para poner a la Virgen. En ese árbol nadie nos veía, decíamos que ella nos cubría con su manto mientras disfrutábamos de ratos de soledad. Un día, cuando estábamos merendando, me dijo:

—Soy hijo único, mi madre me ha dicho que no cuente a nadie

la historia de mi vida porque podrían ponerme de patitas en la calle si se enteran en el colegio. Pero tú eres mi amigo, está más que demostrado, y creo que ha llegado el momento de que lo sepas...

—Tú me dirás —contesté impaciente esperando la historia.

—Mi madre no tiene marido, aunque yo sí tengo padre. Mi padre era un hombre casado y se enamoró de mi madre, que era una jovencita guapísima. Dicen que él la quería mucho, pero tenía otra esposa. Como verás, nada es perfecto.

—Cuenta, cuenta, que estoy intrigado —insistí como si de una historia de las que me contaba mi abuela se tratara.

—Toda la vida mantuvieron su amor en secreto, hasta que murió la mujer de él. Mi padre era un hombre muy rico y siempre se responsabilizó de costear mi educación y de que mi madre viviera bien. Pero ¡lo que es el destino! Cuando preparaban la boda y con todos los muebles en mi casa, mi padre se murió de repente, se le paró el corazón. Así que me quedé sin padre, de cara al mundo. Mi madre dice que es viuda, pero en realidad es soltera.

—¿Por qué no puede enterarse nadie?

—No lo sé muy bien, pero dice que si se enteran los curas, me pondrán en la calle, y te advierto que a veces quiero contarlo para que me saquen de aquí, pero para ella lo más importante es este lugar, así que no la voy a defraudar.

—No la decepciones, ella ha tenido que sufrir mucho, ¡digo yo!... Mi bisabuela tuvo a mi abuela sin tener marido. Mi abuela me cuenta historias de una tal Lucía, pero yo sé que Lucía y Obdulia son la misma persona. ¿Por qué será tan importante tener un marido?

—¡Eso pienso yo! En mi pueblo hay un señor que le pega a su mujer, toda la gente oye los gritos, y ella, a veces, tiene que ponerse un sombrero con un velo para que no se le vean los moratones. Aun así, sale del brazo con él y le enseña a todo el mundo que es su esposo.

—¡Menuda joya! —asentí, comiéndome la chocolatina que me había dado el padre Olegario.

—Y en mi casa trabaja una señora mayor que dice que cuanto más le pegue el marido a la mujer, más la ama, ¿será posible? —dijo riendo Cito mientras cogía un trozo de chocolate que yo le ofrecía.

—Eso quiere decir que el bofetón que me atizó el Chincheilla es porque me quiere. Pues te digo que prefiero que me odie.

—Si nos dejamos maltratar o maltratamos, la cabeza se llena de demonios que no te dejan vivir. Lo dice mi madre —afirmó Cito, otra vez serio.

—Estoy totalmente de acuerdo con ella. Mi abuela siempre habla de un amigo de su madre que se llamaba Sigismund, que decía que cuando un hombre tiene el sentimiento de ser una mierda, lo compensa pegándoles a las mujeres, a las que encuentra débiles. Bueno, mi abuela no dice la palabrota, eso lo digo yo.

—¡Qué raro! Está claro, te lo he dicho, los hombres mayores tienen el demonio en la cabeza, que les dice lo que tienen que hacer con las mujeres.

—¿Y por qué el demonio no les dice que peguen a otros hombres de su edad?

—Porque al demonio siempre le gusta ganar a costa de todo, y para él, la igualdad de condiciones es lo que menos importa. Es el demonio y es tramposo.

—Podría decirles que se mataran...

—No, el demonio siempre tiene víctimas, es decir, se mete en la cabeza de las personas para que hagan lo que quiere él, ¿y si se nos mete a nosotros?

—Sólo se coloca en la gente que es mala intencionadamente, que no es amiga de sus amigos, que no quiere a nadie y que lo único que desea es ser poderoso ante todos.

—Entonces, estamos salvados.

—Sí, por eso es importante ser buenos amigos. Si hacemos el mal a alguien, hay que saber rectificar y hacer que nos perdonen, ésa es la fórmula. Una fórmula sencilla que nos mantendrá unidos y nos protegerá de los demonios.

—Te confieso que yo no me fío mucho de tu teoría, a veces dicen que se mete en las personas que parecen buenas. Creo, aunque no estoy seguro, que el padre Florencio es un demonio. Lo he soñado, y eso es una revelación.

—¡Estamos arreglados!

Sonó la campana, sabíamos que era la hora, nos bajamos del árbol y nos dirigimos al estudio hasta la hora de cenar. Al entrar en el comedor, nos miramos asustados, al padre Florencio le tocaba leer los evangelios mientras comíamos. Nos sentamos a la mesa de siempre:

—Silencio, ya sabéis que no podéis hablar mientras se toma el alimento, estad atentos a la lectura, que hoy será sobre el Segundo Concilio del Vaticano —y prosiguió—. El 28 de octubre de 1958 fue elegido el papa Juan XXIII, el sucesor de San Pedro. Su coronación tuvo lugar el 4 de noviembre del mismo año. A pesar de su edad avanzada y de la brevedad de su papado, el impacto de su reinado fue muy importante. Convocó a un concilio general, cuyo objetivo era procurar el bien del pueblo cristiano e invitar a las comunidades separadas a trabajar por la unidad. Allá por Pentecostés…

—¡A que tiene cara de demonio! —susurró Cito mientras partía el bollo de pan.

—La verdad es que sí. Esta sopa no hay quien la coma —comenté.

—Ya puedes tragarla porque no la puedes guardar en el bolsillo del babi —dijo mi amigo riéndose.

—¿Quién altera la tranquilidad de nuestra lectura? —interrumpió el padre Florencio.

Nosotros callamos hasta el momento del segundo plato, que no era otra cosa que sardinas. El comedor del colegio tenía un ventanal muy amplio que daba a las carboneras.

—No lo soporto más, voy a tirar la sardina a la carbonera —susurré a Felicito.

—No seas tonto, Adolfo, si te pillan, te la vas a ganar, además la ventana está cerrada.

Justo en ese momento vimos que la señora Pilar, la cocinera, la abría para que entrara el fresco.

—Voy a tirarla.

En un descuido del padre, lancé la sardina a través del ventanal y, de inmediato, todos levantaron la vista hacia el cura. Después, contento por mi hazaña, esperé el postre.

Entonces ocurrió una de las desgracias mayores de mi vida. Se abrió la puerta del comedor, y apareció el padre Olegario. Vislumbré que susurraba algo al oído del padre Florencio:

—Todos atentos a lo que voy a decir. Hay alguien en este comedor que ha tirado el alimento bendito, no sé cómo lo ha hecho, pero quiero que se identifique de inmediato.

Todos, impasibles ante el plato, nadie alzaba la mirada. En ese instante me di cuenta de que el mío estaba vacío, no tenía ni una mota de raspas de la sardina. Íbamos a estar todos allí hasta que apareciera el culpable, los curas siempre eran persistentes en los castigos. De modo que decidí hacer frente y asumir mi culpa levantando la mano.

—Muy bien, Adolfo, ve inmediatamente a la carbonera, recoge la sardina de entre el carbón, vuelve aquí y cómetela delante de tus compañeros. A lo que has hecho no merece la pena dedicarle un minuto porque has faltado al respeto y a la dignidad de lo que significa el alimento.

Cogí el plato y caminé junto al padre Olegario sin decir nada. Al agacharme a recogerla, me susurró:

—Adolfo, hay muchos niños que no tienen ni una sardina, y tú te permites el lujo de tirarla. Comprenderás que no es justo.

—Tiene razón, padre, pero no las soporto, a pesar de saber que me las tengo que comer. ¿Cree usted que si hubiera pedido permiso para dejarla en la bandeja antes de rozar mi plato, me hubieran permitido no tomarla?

—Pues no, la hubieras comido de todas las formas, sólo que no estaría fría y con sabor a carbón.

Volví al comedor y, de pie delante de todos, tomé la sardina. Entre bocado y bocado controlaba las arcadas que me producía masticarla, hasta tragar el último pedazo.

Nunca más volví a intentar tirar nada por la ventana, aunque reconozco que la gruta de la Virgen nos ayudó a esconder los restos que el estómago no conseguía digerir y terminábamos vomitando.

11

En 1929 se celebró en Sevilla la Exposición Iberoamericana. Decidieron ir allí de viaje de novios y visitar los pabellones recién construidos. Salieron de madrugada en su automóvil hasta el ferrocarril. En Sevilla se alojaron en el Gran Hotel Alfonso XIII, en la Puerta de Jerez. Subieron por unas amplias escaleras hasta encontrarse con una inmensa recepción con dos enormes retratos en blanco y negro, de cuyo extremo inferior pendían unos carteles donde se podía leer «S. M. El Rey Don Alfonso XIII» y «S. M. Doña Victoria Eugenia». Lucía observaba aquel edificio nuevo mientras Álvaro gestionaba todo lo relacionado con la habitación. El recepcionista envió a otro señor para que recogiera las maletas del auto que los había traído:

—Vengan por aquí —dijo el botones, arrastrando los baúles en una especie de lujosa carretilla, que entregó a otro para que la subiese.

Después los montaron en un ascensor de madera y los acomodaron en los asientos hasta llegar al cuarto piso.

—Esta es la cuatrocientos nueve —aclaró el ascensorista al

tiempo que abría la puerta—, y aquí tenemos electricidad, ¿han visto cómo ilumina? —dijo dándoles la manilla del interruptor.

—¡Qué inventos! Gracias —contestó Álvaro mientras entraban en la habitación, y el chico se marchaba.

Junto a una chimenea, que permanecía apagada, había una mesa cargada de flores. En el centro estaba la cama, cubierta con una colcha de seda burdeos donde asomaban rosas bordadas, de tonos más claros. De frente, un gran balcón con vistas a un enorme jardín lleno de plantas felices gracias al cuidado del jardinero. Allí, al lado de todas ellas, refrescaba una fuente, que cantaba suaves canciones todas las mañanas y continuaba con hermosas serenatas por las noches.

—Ven aquí, Álvaro, ven, esto es precioso —insistió Lucía absorta en el paisaje.

—Es lo que siempre imaginé, estoy en el lugar que quiero, con la persona que deseo. Te confieso que en estos momentos me da miedo la vida —dijo y, acercándose a ella, la tomó por la cintura y le besó el pelo.

Descalzo, Álvaro le desabotonó la blusa y le acarició el pecho, después probó su cuerpo mientras hacía luz al deseo. Envuelta en él, desató el sabor al son de la fuente. Lo cubrió como la tarde, explorando sus rincones más infinitos, y agarrada a él, marcharon en un vaivén para el encuentro fugaz con el cielo.

• • •

—¿Por qué la Expo en Sevilla? —comentó Lucía mientras paseaban por la ciudad sin rumbo cierto.

—Por sus bellos jardines, por sus parques y por el Guadalquivir. Es una zona que tiene muchos encantos y, por supuesto, porque está preparada para recibir los beneficios que la ciudad ha de alcanzar en su extensión. No sólo como resultado del certamen y de la industria, sino como consecuencia del nuevo puerto construido en el canal de Alfonso XIII —dijo Álvaro.

—¿Has leído algo sobre el emplazamiento?

—Sí, claro, comprende una superficie aproximada de veinte mil metros cuadrados, y en su interior se respeta el parque de María Luisa y los jardines de las Delicias.

—Es una belleza esta avenida del Cid. Fíjate en la estatua.

—Dicen que la ha donado una ilustre dama norteamericana.

—¿Cómo lo sabes?

—Lo ponen aquí en la guía. La voy a ir leyendo para que nos fijemos bien en todo. «La portada de la entrada a la Exposición está formada por ocho pilares de estilo barroco unidos por verjas de hierro, en cuyo centro se alzan tres arcos. Bajo estos, descansan figuras representativas de España y, a sus lados, las que simbolizan a la Sevilla material y a la espiritual; una posee una escultura de una imagen y la otra, de abundantes frutos. Termina la entrada con una gran taza de piedra.»

—Es muy curioso todo —dijo Lucía al detenerse la lectura, aunque no prestaba demasiada atención. Sus pensamientos estaban fijos en la historia de su madre, guardada durante tantos años. Entonces su vista se perdió en un cartel en el que decía: «Ese cutis encantador que lucen las mujeres de París lo deben al uso diario de los productos de tocador MALACÉÏNE».

—Tres grandes puertas se abrían en este frente: la de la derecha daba acceso a la avenida de María Luisa; la segunda, al palacio de San Telmo; la de la izquierda, a la avenida de Portugal —prosiguió Álvaro, casi sin percatarse de que Lucía nadaba por otros mundos. Ella continuaba oyendo su voz, pero no entendía las palabras, le venía a la cabeza Nuno. Por fin aparecía su padre, el real, con su verdadera historia, la de un amor roto. Y ella no era otra cosa que ese milagro de un día de amor, el fruto del fuego suave, doloroso y salvaje de una noche.

—¿Qué piensas? —Álvaro la notó distraída.

—No sé lo que cavilo, tal vez nada —contestó saliendo de su pensamiento como si él hubiera descubierto lo que imaginaba.

—¿No estás feliz en nuestro primer viaje juntos? —dijo cariñosamente.

—No es eso —aseguró sonriendo con timidez—, es algo que no se me quita de la cabeza, y no sé controlarlo.

Él no dijo nada, esperaba. Mientras, Lucía volvía a recordar a su madre, en silencio, y aquel silencio se aliaba a los recuerdos de una imagen de hombre perdida en el tiempo.

• • •

A veces las casualidades se alinean esperando un disparo de salida en una sola dirección, y entonces nos sorprendemos, como si ese camino no fuera posible. Esto es lo que ocurrió: visitaron el pabellón de Portugal; parecía que el azar la empujaba a entrar en su pasado inmediato. ¿Quién era aquel portugués al que había amado tanto a través de una foto raída y que portaba el cartel de su padre? Lucía daba vueltas a la conversación que había tenido aquella noche con Elena, comenzaba a hilar cuestiones de su pasado que en ese momento no entendía, y se sintió insegura. Su madre, su abuela, ella, ¿qué pasaba con las mujeres de su familia?

—Los pabellones los hicieron Revello y Andrade, son de estilo don Juan V, con fachada de mármol, granito, y el interior es de madera. Uno de los pabellones se dedica a la exhibición de vinos de Oporto, que constituyen una de las riquezas del país. Vamos a probar un poco —propuso Álvaro.

—Es muy bonito —comentó con poco interés. Lucía pensaba que su madre, tan ingenua como ella misma, amaba sin condiciones y como quería. Toda la familia Mena, porque ese era el apellido de las mujeres, de manera incomprensible, se había enamorado dejándose la piel. La forma de entender el amor era tan fuerte como fugaz y arrastraba el afecto intentando agarrarse como si fuera la piel. Como lo hace el agua con la tierra, arrastrando pedazos de barro que marchan con uno el resto de la existencia.

—La extensión de este pabellón es de mil metros cuadrados. En un extremo están representadas las colonias de Macao, donde se exponen más de cien artículos diferentes, algunos de los cuales son verdaderamente exóticos… Lucía, estás ausente de todo, no me haces caso, tal vez perdida en otros mundos te encuentres mejor, pero yo estoy aquí, contigo, intentando disfrutar de la suerte que tenemos —le dijo un poco enfadado.

Ella no respondió y miró las escenas de la galería, dedicadas al viaje de Cristóbal Colón cuando llegó a la isla de Guanahaní. Observó los documentos con dibujos de los momentos más culminantes de la epopeya, la agresividad de los españoles con los nativos, trabajos cartográficos que hacían pensar en los avances de la civilización, pero que no eran más que una manera de explorar el territorio y adjuntarlo a la Corona. Los documentos del ciclo colombino que se guardaban en el Archivo de Indias… Después de un rato de silencio y de merodear por el pabellón, susurró, con un silbido casi imperceptible:

—Tengo un poco de rabia…

—¿Te he violentado? ¿Por qué no me cuentas qué te pasa? Sólo así podrá arreglarse —aconsejó Álvaro.

—A veces somos tan irracionales con los sentimientos que no nos percatamos de lo que tenemos alrededor. No sé muy bien a qué obedece mi actitud o, mejor dicho, sí lo sé, pero todavía no me ha dado tiempo a digerirlo.

—¿De qué me estás hablando? —dijo él, sin poder darse cuenta de la importancia de las palabras que acababan de ser pronunciadas.

—Te hablo de mí. Justo el día antes de nuestra boda, me enteré de que mi padre tal vez exista, aunque para todos está muerto, y resulta que es portugués…

—Sentémonos a tomar un vino, y me lo explicas. Tranquilízate, por favor —Álvaro estaba desconcertado, paralizado, sin saber cómo reaccionar correctamente.

—Tienes la cara desencajada, sí, no me extraña, justo el descontrol que sufrí yo al enterarme —y le contó toda la historia de su madre, sus ilusiones, su sufrimiento ante la decepción afectiva, la lucha por intentar llevar una vida normal, la aceptación por parte de sus abuelos y la certeza de que jamás su madre le había hablado de Lucía a su padre.

—¿Cómo lo soportó? —dijo Álvaro mientras paladeaba casi automáticamente un vino en aquel pabellón perdido en medio del ferial.

—No lo sé. Ella me aseguró que nunca se había arrepentido, y así lo creo. Me gustaría pensar que deseó tenerme porque era una manera de prolongar su historia, suena muy bien, pero sé que la realidad es otra, aunque el resultado sea idéntico. Si te soy sincera, creo que mi madre sabía el riesgo que corría. Es médico, no es cualquier chica a la que se engaña con facilidad. De lo que sí estoy segura, aunque ella no me lo haya comentado, es que siempre creyó que compartiría su vida con mi padre.

—¿Por qué no te lo habían dicho?

—Pensaron que era mejor para una niña tener un padre muerto que un padre que no sabe que tiene una hija. Mi madre siempre ha dicho que para lo que uno se prepare en la vida, marcará su final. Y ha sido coherente con su pensamiento siempre. Tal vez lo hizo para que yo no tuviese miedo a los hombres, no lo sé. Teniendo en cuenta mi trayectoria, es posible. Mi abuelo materno fue un hombre bastante ausente, mi padre un hombre que abandona, quizás todo esto hubiera dado lugar a un futuro diferente al que tengo. Porque yo sí he tenido una imagen muy positiva de mi padre, aunque fuera mentira. Con otra idea, estoy segura de que al conocerte hubiera salido corriendo antes de que te acercaras.

—Y tú, ¿qué piensas ahora?

—Todavía no sé qué pienso, creo que, aunque mi madre tenía claro que él no volvería después de aquella carta, deseó tenerme, de eso estoy convencida. Conociéndola, me hubiera contado de alguna manera que fui fruto de su amor, pero también me hubiese dicho que no fui deseada. Además, mi madre no miente nunca, puede omitir la verdad, pero eso es diferente.

—Y tu padre, ¿qué opinión te merece?

—No lo sé. No la tengo. Tal vez se enamoró de ella, pero fue débil para abandonarlo todo y empezar de nuevo, o quizás temía hacer daño a su familia, a sus hijos si los había. No he tenido mucho tiempo para pensarlo. De todos modos, mi madre lo cortó con una carta y no quiso saber más. Eso también me impresionó, dejar a alguien que amas tanto con unas letras. Mi abuela Leonor dice que mi madre lo sigue queriendo.

—La verdad es que para Elena debió ser terrible y, sin embargo, jamás lo hubiese imaginado. Personalmente, siempre la he admirado. Es una persona tan segura y tan autónoma. Siempre investigando en ese laboratorio que tenéis, pero a la vez, tan aparentemente feliz y equilibrada. Parece no necesitar en la vida más que a ti, a tu abuela y a sus pacientes. Pero dejemos ya de interpretar...

—Ella dice que no necesita más en su corazón que a nosotros, sus recuerdos, su profesión y su investigación. Quiere ir a Alemania, Suiza y Austria a investigar.

—¿Investigar qué?

—Lo que más le gusta, que es la neuropsiquiatría.

—¿Qué es eso?

—Pues no es más que parte de la medicina. Ella dice que el cerebro es el que controla todo y es un gran desconocido, ahora está trabajando con el Hospital Provincial de Madrid y el Instituto Cajal, aunque marcha allí dos veces al año durante un mes, el resto se comunican por correspondencia. Está investigando con gatos en relación a no sé qué lesiones del sistema nervioso.

—Te confieso que me hablas en otro idioma.

—Cosas de la cabeza y de la medicina. Mi madre dice que si observas la vida, es una eterna transformación. Un solo hecho puede hacer que saques partes ocultas de ti. Creemos que estamos formados, que responderemos a una situación de una determinada manera, y no es así. Por eso, investiga lo que hay detrás de lo que aparentamos, y te aseguro que lo que estudia tampoco está bien visto por otros médicos. Además, ella traduce a un tal Freud y, aunque no le convence todo lo que dice, considera que es muy interesante su teoría y también muy polémica.

—¿Por qué?

—Comenta que sus colegas piensan que todas las enfermedades mentales responden a una degeneración del sistema nervioso. Pero ella no está de acuerdo e intenta demostrar otras cosas. Se nutre de las teorías de este vienés y de otros alemanes.

—Y volviendo al tema que te atañe, ¿te sientes bien?

—Me siento confusa. Todo lo de mi madre, oculto; y yo, ausente de lo que realmente pasaba. Necesito digerir y transformar la idea que me formé de las cosas. O tal vez no…

—Vivimos en un mundo subjetivo. Creemos que esa es nuestra realidad y es la certeza en la que vivimos. Pero de pronto, un día nos encontramos con que esa realidad no se ajusta a lo que hemos creído siempre y nos descolocamos ante la verdad. Tal vez lo que hay que aprender es que cada instante es un paso más hacia un cambio suave en cada momento de nuestra existencia.

—Eso es, precisamente, lo que siempre pensé sobre la esencia del hombre, hacerse a sí mismo, pero creyendo en una realidad que, en principio, no es engañosa. No interpretamos de antemano que algo es falso. Ante la posibilidad de elección, aunque muchos no quieran optar, justificamos que no podemos tomar otro camino porque el nuestro está ya marcado y no podemos modificar su curso. Pero es mentira, nos hacemos de una manera porque así nos lo han enseñado y la sentimos propia, pensando que es inmodificable.

—Me parece que no es tan fácil aprender eso, Lucía. Si tienes razón en lo que argumentas, la capacidad de elección es muy limitada porque se ciñe a lo aprendido.

—Eso es lo que dice mi madre, pero lo que también aprendí de ella es que la base es sentir la libertad, percibir que la tienes, y esto es el poder que la voluntad posee de determinarse a sí misma, es lo único que ayuda a decidir. La libertad también está muy condicionada por los saberes que vamos adquiriendo a través del tiempo, y a veces no conocemos esa capacidad para decidir porque hemos sido privados de esa enseñanza durante toda la vida.

Salieron muy despacio del pabellón, recorrieron el paseo sin percatarse uno del otro, ambos permanecían con sus pensamientos, sin decir nada. De refilón, Lucía miró un anuncio publicitario: «Fajas patentadas de caucholina Madame X, para adelgazar y mantener la silueta esbelta».

12

Era el verano de 1974. Mis hermanos y yo queríamos defi-
nir nuestro futuro:

—Por fin se acaba el martirio del internado, este año he
terminado sexto y el próximo estudiaré COU en Madrid si papá
nos lo permite —dijo Julia tumbándose en la cama como si fuera
un crucificado.

—Hay que planteárselo ya, si no nos quedaremos otro curso
más internos, y no lo soportaré —espetó Bernardo desatándose
los cordones de los zapatos.

—Iré a la universidad en Madrid, no me gusta Salamanca,
además, quiero hacer Filosofía en un lugar donde ninguno de
nuestra familia haya estudiado.

—Por tradición, allí estudió papá, y además, creo que también
se preparó para la oposición de notario —comentó Bernardo.

—Os voy a contar un secreto, la abuela me ha dicho que sólo
puedo comentárselo a gente con cordura, y creo que vosotros por
ahora la tenéis… —dije.

—Déjate de rollo y ve al grano —me atajó Julia, que continuaba tumbada en la cama en la misma postura del crucificado.

—Creo que papá quería ser juez, pero la abuela le recomendó

que preparara notariado porque había algún asunto de política que podría afectar a su carrera. Dicen que antes de nombrar a un juez, investigan sobre su pasado, y en el de papá hay algo que no podía salir a luz.

—¿Y qué es? —comentó Bernardo.

—No lo sé, pero lo averiguaré y os informaré.

—Pero qué tontería es esa, ya te estás imaginando alguna historia, como cuando te inventabas palabras —afirmó Julia.

—Tontería, la tuya, que no reconoces que quieres marcharte a Madrid y punto. Además, ¿no querías estudiar Filología alemana? —dije sacándome un zapato de golpe.

—La especialidad se hace en tercero, ya me he informado. Con lo de irme a la capital, tienes razón, es una bobada por mi parte, pero es la excusa que pondré.

—¿Creéis que habrá posibilidad de que yo también me marche con vosotros?

—Adolfo, tienes trece años, creemos que todavía eres pequeño. Hasta que no tengas algunos más, no te dejarán venir. Piensa que pretendemos ir a un piso o algo así, desde luego, nada que tenga que ver con internados, y tú aún no eres demasiado autónomo.

—Tú tampoco te llevas muchos años conmigo para que creas que no puedo valerme por mí mismo.

—Nos llevamos dos y medio, casi tres, y eso es mucho. Además, yo voy a estudiar sexto de bachillerato, y ello supone estar cerca de la universidad, para lo cual te queda bastante —dijo Bernardo desabotonándose el chaleco con esmero para colgarlo en una percha.

—No lo hagamos sufrir más. Vendrás con nosotros, no lo dudes, lo que no sabemos es cuándo —interrumpió Julia incorporándose en la cama.

—Pensad que yo lo paso fatal, y creo que ya llevo tiempo suficiente para haberlo comprobado, además, me quedo solo.

—Me pregunto cómo papá nos ha mandado internos a todos, habiendo recibido una educación que nada tiene que ver con lo que nos enseñan —dijo, no haciendo caso a lo que yo insinuaba.

—No lo sé, Bernardo, lo hace todo el mundo. De todas formas, mamá sí que la tuvo, y supongo que le habrá dado el visto bueno—respondió Julia estirándose la falda.

—¿Qué es lo que hace todo el mundo? —pregunté.

—Internar en los colegios a los hijos para que estudien —contestó, sentada en la cama.

—Eso no es verdad. Hay muchos niños que continúan examinándose por libre. No es necesario un colegio y, menos aún, religioso.

—Baja la voz, Bernardo, que no nos oiga mamá. Si no, se enfadará muchísimo.

—Se lo voy a preguntar a Micaela, ella lo sabrá seguro —comenté sin ninguna intención.

—Tú te callas. No preguntes nada a nadie. Esta es una conversación entre hermanos mayores, y de alguna manera, te dejamos participar. Puedes crear mal ambiente para nuestros planes, ¿lo has entendido? —dijo Julia tajante, dando órdenes como siempre.

—¡¿Mal ambiente de qué?!

—Nos haces caso y ya. Somos los mayores, ¿entiendes? —advirtió amenazante Bernardo. Yo no dije nada, pero tampoco respondí a sus órdenes y salí de la habitación sin hablar. Estaba enfadado con ellos. Bajé directamente a la cocina. Micaela pelaba patatas. Observé que sus manos comenzaban a temblar. Me acerqué a ella y la besé. Después me senté de frente:

—¿Qué vas a preguntarme hoy, niño? —me dijo sin levantar la vista del cuchillo.

—¿Por qué nos han puesto internos en un colegio católico si mi padre no es demasiado religioso?

—¿Por qué imaginas que yo sé la respuesta?

—Porque en esta casa todo se comenta contigo. Nos conoces desde que nacimos, cuidaste a papá y eres como la hermana de la abuela Obdulia. Tú eres la Sócrates de la familia. ¿Por qué no quieres contestar?

—Adolfo, siempre has sido un niño demasiado preguntón. Esa cuestión deberás hacérsela a tu padre. Él sabrá responderte. Lo único que yo puedo asegurarte es que ellos siempre toman las decisiones creyendo que será lo mejor para vosotros. Siempre pensando en vuestro bien. ¡Eres un niño muy insistente!

—Ya no soy un niño, tengo casi catorce años.

—Sí, a veces no me doy cuenta de lo mayor que eres —contestó irónicamente.

—Ya me está saliendo bigote, ¡mira! —me acerqué a la luz de la ventana.

—¡Es verdad! —respondió Micaela haciéndose la sorprendida.

—Y me están saliendo en más partes del cuerpo, pero no quiero violentarte, así que dejemos el tema —comenté en un tono de hombre adulto.

—Sí, hijo, es mejor —aceptó Micaela con una sonrisita sardónica.

—¿Me vas a responder a la pregunta que vine a hacerte, por favor?

—Tengo la impresión de que te hallas en esta burbuja compuesta por tus padres, tus hermanos y tus abuelas, entre las que me incluyo yo, tu casa y tu árbol. Ahora se te presentan dificultades cuando sales ahí afuera. Ya sea el colegio, ya sean los curas. Aquí siempre te has sentido muy protegido por tus hermanos, por tus padres y por nosotras. Pero la vida es más grande que esto, y hay que ir enseñándotela día a día. Poco a poco, para que no sufras y seas un hombre de futuro con miras grandes y abiertas del mundo. Y eso es lo que pienso que han tratado de transmitirte tus padres.

—Mi padre también tenía su burbuja y no fue interno.

—Eran otros tiempos. Hay que adaptarse a lo nuevo, no estancarse en el pasado.

—No lo entiendo.

—No lo quieres entender. De todas las maneras, en todas las circunstancias, hay partes buenas. Es lo único que tienes que escoger y aprender.

—Y los castigos, ¿qué?

—No hagas mucho caso a las riñas o a la dureza a que se os somete en el colegio, y cultiva la convivencia con niños como tú o las nociones del mensaje de Cristo.

—Pero, Micaela, ¡si tú tampoco has sido religiosa!

—Sí que lo soy, pero a mi manera. Créeme que la religión es buena.

—¡Que es buena! ¿Ir a misa todas las mañanas a las siete y que, a las nueve en la primera clase, te interroguen para ver si te has enterado o estabas dormido?

—No, lo real de Cristo es su mensaje de paz, de amor incondicionado, de bondad… Lo terrible es lo que se ha hecho en nombre de Él. Pero así son todas las historias de las religiones.

—¿Como qué?

—Como la riqueza en nombre de la pobreza, como la guerra a través de los siglos en nombre de la paz divina, como el perdón en nombre del pecado…

—Tú no has estudiado, pero me lías de una manera sorprendente.

—Sí, mi querido niño. Yo sé lo que me digo y, sabes, lo más importante del mensaje de Jesús es el concepto de igualdad.

—Ahora ya me perdí totalmente.

—Te voy a contar una historia. Mis padres vivían en el campo, de guardeses de fincas. Subsistíamos en una especie de choza que había construido mi padre. Allí nacimos todos. Éramos cinco hermanos, y yo hacía la número cuatro. Nunca fui a la escuela. Un día mi padre visitó a tu bisabuela. Le preguntó si necesitaba alguna niña para que le hiciese las labores de la casa. Mis padres eran tan pobres que no tenían lo suficiente para alimentar tantas bocas. Tu bisabuela me acogió, pero lejos de lo que yo y todos los míos esperábamos, me trató igual que a Obdulia. Me enseñó a leer, a escribir y me daba novelas para que leyera, aunque me aconsejó que no se lo contara a nadie. En mi casa dormíamos las cuatro hermanas en la misma cama, dos hacia arriba y las otras hacia abajo, de tal manera que los pies de dos de ellas me quedaban a la altura de la cabeza. Yo no quería ver a mi familia porque cuando los visitaba entraba en contacto con la miseria, así que siempre ponía excusas para no advertir que existían. Recuerdo que un día Elena me dijo: «Todos tenemos algo en la vida que nos pone tristes. Pero nunca debemos avergonzarnos por la situación de nuestra familia ni volverles la cara porque eso no la hará mejorar. Hemos de ayudar todo lo que podamos para que aumente la calidad de vida de los demás. Verlos a ellos avanzar es caminar nosotros mismos. Y cuando estemos todos con lo mínimo que necesitamos, estaremos en igualdad. Nunca ocultes la mirada debajo del caparazón porque eso te hará más pequeña y, a veces, tendrás que convivir con otros mundos para aprender a sanar». Hay que observar lo que saben los otros, comparar y aprender de otros mundos.

—¿Y esto qué tiene que ver con los curas y la iglesia?

—Sí, responde a que hay que mirar todos los puntos de vista.

—¿Y las lecturas de la siete de la mañana?

—Hijo, en la Biblia encontré el concepto de tristeza, vergüenza, ayuda, igualdad, enfrentamiento. Todo lo que yo había vivido. Pero no como me lo habían contado. Cambió mi universo porque podía leer el Nuevo Testamento, y te aseguro que creo en él. Di gracias a tu bisabuela por enseñarme a leer, por enseñarme a pensar de una forma diferente.

—Eso es lo que tendré que hacer, comparar lo que me enseñan, observar y aprender a pensar. A veces, Micaela, piensas demasiado y me confundes. Y ahora, ¿por qué no acabas de contarme tu historia, que parece más interesante?

—Bien. Me gusta mucho hacerlo: a los dieciséis me casé, a pesar de no querer a mi esposo. Yo llevaba algunos años con Elena y, aparte de hacer las labores de la casa, tenía otra obligación que al principio detestaba: leer y escribir.

—Pero ¿te acabó gustando?

—Reconozco que prefiero oír los relatos de tu abuela a tenerlos que leer, pero en fin, te sigo contando. Mi padre había acordado el matrimonio. Fue la experiencia peor de mi vida, al año no aguanté más, volví aquí buscando ayuda y, como siempre, la encontré. Todo lo que sé lo he aprendido en esta casa, y soy muy feliz. Tengo mi lugar, mi espacio, el respeto de los demás y mi propia familia: vosotros… Así que para mí, Obdulia es mi hermana, mejor dicho, la quiero más que a mi familia, y tu bisabuela es un ángel de Dios. Y no conociste a la madre de tu bisabuela, que era un ser especial, casi mágico. Lo peor es que sufrieron mucho, mucho… —sacó un pañuelo blanco y se secó las lágrimas—. Con esto quiero decirte que siempre hay una razón para tomar decisiones en la vida y que, a veces, la realidad no responde al deseo, pero hay que hacerlo porque se supone que es lo mejor.

Di un beso a Micaela y no pregunté nada más, ¿qué había querido decir? Estaba más ofuscado que al principio de su discurso. Me marché en dirección a mi olivo. Hacía mucho tiempo que no escuchaba el murmullo de los árboles, cerré los ojos y, subido en mi rama, sentí la suave brisa sobre las mejillas. Sopló el viento durante largo rato. Envuelto en él, escuché las voces procedentes de lugares lejanos. Al abrirlos de nuevo, apoyado sobre el tronco, estaba dormido mi duende y, en un instante de parpadeo, me había robado el día, y todo se había convertido en una noche estrellada.

13

—La vida tiene memoria en la piel de cada uno. Mi madre siempre dice que las personas somos como el agua, tenemos la misma memoria y la misma piel, también aprendemos a caminar como el agua, en una dirección y, aunque se desvíe su curso, con el tiempo vuelve a su camino original, arrancando la piel de la tierra y llevándola siempre en su cauce. Lo llama *piel de agua*. Dice que arrastramos nuestras emociones, nuestros hábitos, nuestras costumbres, siempre en la dirección inicial. Así somos los seres humanos, repetimos aquello que nos han tatuado en la memoria. Sí, atamos los zapatos de una manera y volvemos a atarlos de ese modo, porque así lo hemos guardado. Ésta es nuestra forma de comportarnos, y la copiamos de los demás inconscientemente, repetimos lo mismo una y otra vez porque no podemos evitarlo, está guardado en nuestra piel, y su efecto en la vida es igual al que se produce en el agua: siempre retornamos a nuestro curso original.

—¡Realmente asombroso! Entonces, según tu madre, lo que se pone en funcionamiento en nuestra propia piel lo hemos copiado de otros, pero ¿cómo?

—No lo sé, habla con ella y te contará. Cree que lo construimos sobre la base de imágenes que vamos copiando, que guardamos en la cabeza, que es difícil cambiarlas porque se mecanizan. Dice que es como caminar, ya no piensas cómo mueves un pie y luego el otro, no tienes que concentrarte para moverlos. Lo haces y punto. Simplemente, caminas.

—¡Qué laberíntico! Te aseguro que todo esto me resulta casi incomprensible. ¿Y las emociones qué? ¿También tienen una explicación racional? Porque a mí se me amontonan, y no soy capaz de ordenarlas cuando pienso en ti. Y resulta trabajoso saber dónde las sitúo, en la cabeza, como dice tu madre, o en el corazón, que es donde las siento yo.

—Las debes situar donde tengan más fuerza y donde las percibas con más intensidad —dijo Lucía sonriendo ante sus palabras.

—¿No crees que es una pena vivir sin un gran amor, aunque sea una sola experiencia?

—Lo es, aunque me parece que en mi familia el amor eterno es una utopía. Mi madre estaba loca por mi padre, pero su amor duró un verano y una noche de pasión. Mi abuela soportó las infidelidades de mi abuelo, aunque de alguna manera, era la culpable: tuvo un marido impuesto y nunca se rebeló, pero tampoco hizo nada por amarlo. Ella dice que no tuvo la posibilidad de elegir y aprendió a respetarlo. Debió sufrir mucho, porque parece ser, según me cuentan, que él se volvió loco por Leonor y buscó en otras mujeres lo que ella no podía o no quería darle.

—Qué drama…

—Mi abuela amaba a otro hombre, pero su familia no le permitió comprometerse con él porque su matrimonio ya estaba acordado desde hacía tiempo, y eso no era negociable. Leonor hablaba de su gran amor inacabado. Era un hombre rudo y sin formación, sin embargo, sabía amar las cosas más nimias de la vida, y ella lo adoraba. Dice que lo guardaba en su corazón. Como no deseaba cometer el mismo error con su hija, siempre la dejó decidir. Quiso que Elena tuviera la libertad de la que a ella la habían privado. Se propuso que fuera independiente. Creyó que, si no dependía económicamente de nadie, sería libre.

—Lo consiguió.

—Yo creo que no, centró tanto los esfuerzos en la autonomía de su hija que olvidó prepararla para ser también esposa. Mi madre era una extraña para los hombres de su época, lo es para los de ahora y es posible que lo sea para los del futuro.

—¿Y de dónde saliste tú que no dejo de quererte un segundo?

—Tres años viviendo contigo, y sigo teniendo miedo a que esto se termine. ¿Puedes creerlo? Quiero dilatar cada momento junto a ti, porque los grandes amores están acabados para las mujeres de mi casa, están en los archivos del tiempo, y temo el paso de la vida, y que me arrastre como esa piel de agua.

—No, Lucía, mujer. Te contemplo cada mañana y compruebo que entre nosotros no hay una gota de vaho.

—No obstante, yo vivo con el temor de cada día porque tú, Álvaro, cada mañana configuras mi existencia, mis sueños. Y doy gracias a la vida por tenerte. Suena casi a crema dulce de caramelo, pero es así. Tal vez yo tenga todo aquello de lo que carecieron mis antecesoras.

—Sabes, esas cosas tan bonitas que me dices, a veces creo que no son verdad, que me las imagino, que no es posible mantener la misma gana de amarte, de tocarte, de volver cada día para estar junto a ti...

—Claro que es posible. La clave está en llenar los días de luz, cada momento, en preparar las cosas cotidianas e insignificantes, y darles vida. Es como si todo lo que hay alrededor se convirtiera en una nube de polvo que se aleja con el viento cuando apareces. Entonces sólo somos tú y yo.

—Tú y yo, y el silencio.

—Y esa puesta de sol desde nuestro jardín, estoy segura de que no hay ningún lugar en el mundo en el que podamos disfrutarlo tanto.

—La felicidad no está en grandes cosas, Lucía, está en saber apreciar lo poco o mucho que tiene uno, ¿crees de verdad que hay mucha gente que sea feliz sólo con sentarse en las escaleras de un jardín a contemplar el paisaje, como lo hacemos nosotros?

—Posiblemente no, la gente espera, tal vez, un milagro, un gran acontecimiento…

—Pero eso solo llega una o dos veces, si es que llega, no se puede esperar algo concreto, como si hubiera más que una meta grande que alcanzar. No, la existencia está llena de pequeñas cosas: una buena comida, un beso, un pequeño detalle, una conversación… un conjunto de pequeños momentos. Un solo instante especial, ese en el que nos sentimos bien, en el que tomamos conciencia de ello.

—El despertar de la mañana, el rico café en un día de frío, las plantas de mi balcón en primavera, las noches junto a ti…

—Y, quizás, ver crecer niños a nuestro alrededor si es que llegan algún día.

—Ya sabes, aunque me gustaría tenerlos, no sé qué pasa. Mi madre dice que todo está normal, tendría que engendrarlos. Pero por ahora me tiene que bastar con los de la escuela —comentó, se levantó de la silla y recogió el cenicero de encima de la mesa.

—No pasa nada, ya vendrán —dijo Álvaro dejando caer con suavidad el libro que tenía entre las manos sobre una silla.

—Soy mayor y no tengo demasiado tiempo para esperar —respondió Lucía un poco nerviosa.

—Yo te quiero a ti, si hay niños serán bienvenidos, y si no vienen, no te voy a repudiar, no me voy a marchar ni voy a buscar otras alternativas. Tú sabes que estar contigo ha supuesto enfrentamientos con mi familia, pero todo me ha compensado. Tú y sólo tú me interesas. Los niños están bien, pero yo te necesito a ti, conmigo. Lo demás no me importa.

—A veces, creo que no me han preparado para ser madre, otras, que eso hará que la relación se convierta en algo tedioso, y entonces, pienso que doy la orden a la cabeza para que no crezca nada en la tripa.

—Esa teoría sería propia de tu madre, pero créeme, Lucía, yo te quiero a ti, te necesito a ti y no puedo echar de menos algo que no conozco.

—Me confundo a mí misma y creo que te hago daño por no engendrar lo que esperas y, a lo mejor, es que no quiero yo.

—Me lastiman tus comentarios. Vivo con la tranquilidad de saber lo que quiero y a quién quiero. Procuro armonizar en la mente esos hechos puntuales de dolor que surgen en todas las relaciones humanas. Y sé que, a veces, agrando mis temores, pero cuando pienso en la felicidad contigo, me asusto porque jamás imaginé que esto me pasaría y entonces tengo la certeza de que eso sólo puede ocurrir en la fantasía.

—No puedo imaginar lo que estoy oyendo porque jamás creí que un hombre pronunciase palabras como las tuyas.

—Pues sí, quiero seguir siempre con tu tacto azucarado, con tu sonrisa dulce, con tus ojos despiertos, con tu vida desprendida conmigo y… ¿Es posible que aún no te quede claro?

—Sí, por supuesto que sí. Nuestra existencia caminará con nosotros mismos. Solamente la muerte podría alejarme de ti porque jamás la vida me dio algo tan maravilloso, y espero cuidarlo como al mejor de mis tesoros, cada día, cada segundo…, y si algo me lo arrebatara, saldría a buscarte y te tendría de nuevo conmigo, no lo dudes.

Llamaron a la puerta interrumpiendo la conversación, y Lucía se levantó para abrirla.

—Pasa, Micaela —dijo mientras le daba paso.

—Niña, te traigo tortas de miel recién hechas y estos cubitos de Nescao, que me lo enviaron de Barcelona.

—¿De Barcelona?

—Sí, de la Vía Layetana, 41. Tu amiga Inés se ha aficionado a que se lo manden, y yo se lo encargo porque está muy rico, para ella es importante porque le averiguan *su semblanza grafológica*.

—¿Qué es? —preguntó asombrada.

—Ella dice que esta fábrica de reconstituyente tiene una sección a la que debes mandar un escrito de puño y letra dirigido a la Sociedad Nestlé A.E.P.A. y te envía un interesante estudio de tu carácter a través de la escritura. Figúrate, niña.

—¿Y eso cómo es? —dijo sonriendo y sorprendida por los líos de Micaela.

—Creo que lo hace un tal J. B. Amiel, de París, siempre que envíes varias etiquetas de las cajas. Bueno, a lo que venía. Me dice tu madre que tiene que ver a Álvaro mañana sin falta, tiene unos grados de temperatura y parece que algo de enfriamiento, no es importante, pero tiene que ir por la casa.

—No sabía que se encontraba mal —respondió.

—Ya te he dicho que tu madre opina que no tiene trascendencia.

—¿Álvaro? No sabía que tenías fiebre —comentó dirigiéndose a él.

—No la tengo, es por momentos, por eso se lo dije a tu madre.

—Bueno, muchachos, me marcho, yo también tengo enfriamiento y me voy a tomar un vaso de leche con Nescao.

Se levantó de la silla, sacó un pañuelo de hilo y se sonó la nariz. Luego aceleró el paso y salió tirando del pomo de la puerta muy suavemente para no hacer ruido.

14

El verano había pasado como un suspiro, y yo me encontraba de nuevo en el colegio, sólo que ahora no estaba Bernardo. Sonó la campana para ir a misa antes del desayuno, era noviembre, y me asomé por la ventana que daba al patio. Todas las mañanas me gustaba hacerlo e imaginar que podría subir a los árboles y oír la voz de Micaela llamándome. Ese día, para mi sorpresa, vi la bandera de España con un gran lazo negro, me froté los ojos creyendo que una mosca se había cruzado en mi retina y, al ver que no era así, grité:

—Cito, ¡ven aquí! Mira lo que han puesto.

—Seguro que ha palmado algún cura —espetó.

—¿Tú crees?

—Pues claro, seguro que hoy tendremos que oír por lo menos tres misas y rezar ocho rosarios —dijo mirando por la ventana.

—Eres un poco exagerado.

—Ya lo verás. Cuando se murió el cura de mi pueblo, estuvieron velando toda la noche. Todo el pueblo se fue turnando, así que no pegaron ojo. Cada media hora lo acompañaba gente diferente. Mientras lo hacían, rezaban rosarios, uno tras otro. Después de enterrarlo, dijeron misa tras misa, y durante semanas ahí estuvimos mayores y niños. No exagero —afirmó Cito con los ojos muy abiertos y seguro de lo que decía, apoyado en el alféizar.

—¿Por qué a ellos más rosarios y misas que a todo el mundo? —pregunté casi sin pensarlo.

—Por la sencilla razón de que no es lo mismo que tú o yo entremos en el colegio a que sea el Papa el que venga aquí. Si viniera el Papa, tendríamos que adornar y preparar todo para su llegada. Pues lo mismo ocurre con ellos. Así es la vida. Esto no me huele bien.

—No lo había pensado, pero me parece una injusticia que nos obliguen a tantas cosas.

—Pues acéptalo, ya sabes que donde hay capitán no manda marinero.

—Es verdad, a veces digo unas tonterías que si mi abuela se enterase, no sé, no sé…

Fuimos a la misa y se pidió como siempre por el Generalísimo. Después bajamos a tomar el desayuno, y en el comedor, el padre Chinchilla, subido en el púlpito como todas las mañanas, se aclaró la voz con un toque que parecía un rugido y dijo:

—Hoy tenemos una mala noticia que daros, es una noticia importante para todos. Pero los que somos creyentes debemos alegrarnos, porque ha pasado a mejor vida.

—Lo ves, ha palmado algún cura —susurró Cito con la boca llena de pan con mantequilla.

—Hoy ha muerto el Generalísimo Franco, habiendo recibido los Santos Sacramentos —prosiguió el sacerdote.

—A este sí que le tendrán que hacer misas, porque es general, ¿no te parece? —dije a mi amigo en voz muy bajita.

—Este no es más que el Papa, pero me parece que es más que un cura, así que no sé los rosarios que nos tocarán —me respondió susurrando.

—Podéis llamar a vuestros padres porque habrá una semana de luto nacional y no se trabajará ni habrá clases, nosotros nos dedicaremos a rezar por su alma —replicó el cura sin más, con voz de mortuorio.

—¡Viva el general Franco! —dijo Cito emocionado por la semana de vacaciones. Todos, atónitos, dirigieron su mirada hacia nosotros, sorprendidos ante el comentario de mi amigo.

—Creo que tu comentario ha sido inoportuno —susurré.

—Padre, es dar vida a un hombre después de su vida —aclaró de inmediato Cito, mientras el padre Chinchilla nos miraba con cara de pocos amigos.

—Está bien, pero debes aprender a mantener la boca cerrada en estos instantes de respeto —comentó él.

Entonces observamos alrededor y vimos que algunos compañeros nuestros lloraban. Nunca entendí que se sufriera por alguien a quien uno no conocía. Yo miré a mi amigo con el mismo gesto de asombro con que él me miraba a mí. No comprendíamos nada. Nos acababan de dar una semana de vacaciones, y la gente lloraba.

—Esto es lo mejor que nos ha podido pasar, lo siento por el general, pero a mí me ha dado la mayor alegría de mi vida, aunque por poco nos quedamos castigados —dije a Cito.

—Sí, pues a mí me ha hecho un hombre. Lo siento por él, pero me alegro de su viaje al otro mundo y más, a sabiendas de que ha pasado a una vida mejor. No porque lo conociera, nada, pero la semana de luto es, para mí, aire fresco —agregó él en voz muy baja.

Terminamos el desayuno y corrimos a la centralita del colegio, que se encontraba en la recepción. El padre Federico me puso en comunicación con mis padres. Sentí que Virtudes, la operadora de teléfonos de mi pueblo, escuchaba mi conversación, pero no me importó:

—¿Eres papá? Cuando quieras puedes venir a buscarme, estoy de vacaciones una semanita —dije loco de contento.

—Ahí estaré a buscarte —respondió mi padre que ya conocía la semana de luto decretada por el Estado.

• • •

Durante el camino de vuelta a casa, aproveché para hablar con mi padre:

—¿Cuándo iré con mis hermanos a Madrid?

—El próximo curso, ya lo tengo decidido.

—¿Por qué me habéis llevado interno, papá?

—Tal vez hoy esta tierra en la que vives tome otro rumbo, tal vez continúe como hasta ahora, pero lo cierto es que nuestra familia ha sufrido mucho por no seguir las normas con las que funcionaban los demás. Para todo el mundo hemos sido extraños por nuestra forma de vida. Tu abuela me enseñó que hay que adaptarse y aprender de lo que existe a nuestro alrededor porque si no es así, sufres el rechazo de la gente y todo te hace la vida más dura. Yo os he mandado a un colegio interno porque la Iglesia tiene que enseñaros cosas y vosotros aprender algo de ella. Nosotros os hemos educado a nuestra manera, hemos sembrado las normas y los valores nuestros para que, a su vez, en el futuro, vosotros los continuéis cosechando, pero tenéis que aprender a mirar con los ojos de otros también. Tu madre y yo creemos que sólo así tendréis más posibilidades de elección. Desde mi punto de vista, y en contra de lo que opina tu madre, los curas tienen muchas cosas inaceptables, pero os enseñan otras que os permitirán en el futuro entender la realidad y que son buenas. Lo que busco es tu capacidad de entendimiento de la vida. Por ello, tampoco pretendo que tengáis una educación donde lo que domine sea exclusivamente de sentido religioso. Es por eso por lo que el próximo año, que ya tendrás quince, irás a Madrid. Allí aprenderás otras cosas imprescindibles para tu formación y para tu vida. Es el legado más importante que vamos a dejarte.

Cuando llegamos a casa, llovía. A lo lejos se percibía el rumor del arroyo, que siempre llevaba agua limpia. Subí los escalones hasta el interior. Oí a mamá levantarse de la silla. La abracé y me acerqué a la cocina. Micaela se estaba lavando las manos y, mientras se las limpiaba con el trapo de secar los cacharros, repetía:

—Ha vuelto Adolfo, mi niño Adolfo —me achuchó entre los brazos y me dijo—. Tu abuela Obdulia está esperándote impaciente.

15

En 1931, en plena proclamación de la República, decidieron hacer un viaje a Madrid en busca de una solución para Álvaro. Elena les había recomendado un doctor que la ayudaría a diagnosticar acertadamente la enfermedad y poder preparar algún tratamiento de cura.

—No puedo soportar ver cómo se deteriora día a día, sufre muchísimo, se ahoga —dijo Lucía llorando desesperada en la casa de su madre.

—Tenemos que salvarlo. Yo no sé a qué responden estos síntomas, solamente sé que es algo de los riñones, y ese órgano es muy delicado. Tienes que ir a Madrid, aunque sean tres días de viaje. Él lo soportará, porque es su única alternativa. Id en el tren e intentemos averiguar qué remedio hay contra esta enfermedad. No permitiremos que se nos muera —dijo Elena acercándose a ella y sentándose en la cama.

—Pensé que era más fuerte, pero creo que soy como una hoja que empieza a quebrarse y te aseguro que detesto comportarme así —comentó mientras caminaba de un lado al otro de la habitación.

—No digas eso. Tienes más energía de la que crees. Tienes nuestra piel: la mía, la de tu abuela, y te advierto que es un material muy resistente.

—Estoy cansada, mamá, en esta maldita familia nos acecha el sufrimiento. Deseo volver atrás, ¿lo puedes creer? —se sentó en la cama, junto a la madre, y cruzó los brazos.

—La vida se escribe con pluma, hija, y por lo tanto, no podemos borrarla, como tampoco podemos volver a la página anterior. Además, esto no tiene sentido, hay situaciones en las que no podemos darnos el permiso de desfallecer y victimizarnos. Este es uno de esos momentos. No quiero escuchar una queja porque el enfermo es él y no tú. Tienes que ser más dura —la reconvino mientras le sujetaba las manos y se las apretaba con fuerza—. Se pondrá bien, ya lo verás. Vivimos el amor de una manera tan especial que siempre va unido a instantes de desdicha. Pero a eso también nos adaptamos, como la tierra a su piel. Desconchamos esas pequeñas capas que guardamos en el corazón, las arrastramos durante toda la existencia y las convertimos en flores perfumadas con el paso del tiempo.

—¿Por qué a él? ¿Por qué a mí?

—Eso me pregunté yo ante la carta de tu padre. Pero la vida siempre te compensa, ten fe, hija.

—El amor sólo dura un instante en nosotras. Siempre ocurre algo que nos lo impide. A la abuela, a ti, a mí. Será que nosotras heredamos este destino. Todas con distinto camino y un mismo fin, todas repetimos historias de desamor.

—Míralo de otra manera, vivimos tan intensamente los momentos, que es imposible su eternidad, pero sí me he cuestionado innumerables veces que algo nos pasa. Hay mujeres que caminan por el mundo sin vivir la existencia, más bien sobreviven, y eso sí es terrible. Pero tú has disfrutado y disfrutas de él como lo hice yo, aunque lo mío fue aún más fugaz. Vivirá, ya lo verás.

—La abuela Leonor, tal vez con su aceptación, ha sido la que menos ha sufrido.

—La abuela tampoco se salvó, padeció muchísimo, no se separó del abuelo porque él siempre la quiso, y ella se sentía en deuda. Lo soportó en silencio, que es todavía peor. Ella sabía de sus infidelidades. Por eso quiso que yo estudiara, para que me sintiese en libertad de elegir. De todas maneras, mi madre tuvo mucha culpa e hizo muy infeliz a mi padre.

—¿Por qué?

—Aceptó un matrimonio que le fue impuesto y renunció a su gran amor porque fue incapaz de enfrentarse a la familia de su futuro marido y a la nuestra.

—Posiblemente era la época.

—Era y es, por supuesto. Pero nunca intentó querer al esposo que le tocó, ser feliz con él. Y te aseguro que mi padre era un buen hombre. Porque él sí la amó, pero ella no olvidó al gran amor de su adolescencia, también truncado.

—¿Por qué nunca me habéis hablado de esto?

—¿Para qué querías saberlo? ¿Para terminar odiando a los hombres? ¿Para qué te transmitiéramos miedo e inseguridad ante ellos? No, ya sabes lo que pienso, cada uno tiene que vivir sus propias experiencias y comprobar que no todos son iguales; al menos, es lo que tratamos de creer. Sé que si te lo hubiéramos dicho, no hubiera aparecido Álvaro porque no serías la misma. Tratamos de educarte sin temor, con seguridad, evitando aquello que hemos creído que sólo te reportaría tortura. No queríamos que repitieras nuestras historias, si es que hay algo dentro de nosotras en ese aspecto que tú hubieras podido copiar. No, de ninguna manera te lo hubiera dicho. Pero cuando llegó el momento adecuado, y sobre todo, pensamos que eras lo suficientemente madura, te enfrentamos a tu realidad. No te equivoques, Lucía.

—Sí, no es nada fácil, a veces me excedo en las preguntas sin darme cuenta de nada. Me encantaría conocer todos los secretos del corazón de esta familia, pero eso no es posible —comentó Lucía sonriendo levemente y moviéndose de la silla donde estaba de nuevo sentada.

—Pues te voy a contar uno de mis secretos: en el momento en que te comenté lo de tu padre, también te hice saber que el abuelo nunca me reprochó de frente tu nacimiento, y conste que te quería muchísimo. Pero tampoco aceptó que yo, siendo soltera, tuviera una hija. Decía que no podía salir con la cabeza alta por el pueblo porque su honor estaba manchado. Te aseguro que esto acentuó los problemas de pareja con tu abuela. Algo que no supe hasta después de que él murió. Tal vez, indirectamente provoqué un castigo para todos. No lo sé —hizo una pausa y prosiguió—. Cuando comenzaste la relación con Álvaro, entendimos que la vida te había regalado toda la felicidad buscada por ti, y ahora —la voz se volvía más frágil, sacó un pañuelo y se frotó los ojos— toca enfrentarse de nuevo.

—Prepararé el viaje y buscaré hasta donde mi cuerpo resista —contestó, impresionada por el comentario de su madre.

—Hija, Álvaro debe sentir que no está tan mal, es lo que lo empujará a la vida.

—Él sabe cómo está, aunque no le digamos nada. No quiero que me vea llorar ni que sepa que estoy destrozada, pero a veces, no puedo evitarlo. Sufro, el corazón me late con tanta rapidez que no puedo controlarlo. Hay momentos en la noche que siento su muerte tan de cerca que me despierto llena de sudor y no puedo respirar. No sé cómo voy a enfrentarme a esta pesadilla.

—Aquí jamás toleramos la resignación. No tengas miedo, el miedo te paraliza. No puedes permitirte flaquear cuando su vida está en juego. Ahora, hija, no es cuestión de asustarte porque, te vuelvo a repetir, es él y no tú quien tiene que enfrentarse para sobrevivir. Siempre he dicho que, cuando ocurre una enfermedad en una familia, es curioso que los que se victimizan son los de alrededor, y me parece terrible que el enfermo deba dar ánimos a las personas del entorno. Pedir perdón por no tener más vida, ¿eso es lo que debe hacer él? No quiero que actúes así.

—Por supuesto que no lo haré. No me gustaría caer en lo que sugieres, que es verdad, me lo has dicho muchas veces. ¿Cómo cubriré ese vacío?

—Estás dando por sentado que no se salvará, y en esta familia no nos hemos rendido jamás, espero que no seas la primera. No des por supuesto que se va a morir. No aceptes ese agujero en tu corazón, tampoco otro hombre lo cubrirá nunca. Te voy a confesar, hija, que nunca he podido llenar el vacío de tu padre con ninguna otra persona.

Lucía rompió a llorar.

• • •

Prepararon los baúles. Al llegar a la estación, Lucía sufrió un mareo. Elena la llevó a una habitación pequeña que pertenecía a la casa de la familia que cuidaba la vía de tren, la auscultó y reconoció:

—Hija, además de apoyarle a él, deberás cuidar de ti porque estás embarazada. Voy a ser abuela, y tú serás madre por primera vez. Mañana gestionaré un billete para ir yo detrás. Tú no estás en condiciones de quedarte sola en una ciudad como Madrid.

—No puede ser, ahora no, mamá, ahora no —dijo desconcertada y nerviosa echándose a llorar en aquel oscuro dormitorio.

—Hay que aceptar las cosas como se nos presentan. Esto será un regalo de la vida, tal vez como lo fue el mío. Cuando supe que estaba embarazada de ti, se llenaron ríos con mis lágrimas de desesperación, creí que el mundo se me rompía. Ya sabes que me encerré en una habitación y estuve llorando durante días. Después me levanté con una claridad tremenda en la cabeza, como si hubiese tomado una pócima para ver la realidad de otra manera. Me di cuenta de que lo que realmente me importaba era ser soltera, que mis padres no aceptaran lo que yo había hecho y el precio que me tocaría vivir con la gente. Entonces decidí tenerte. Y créeme, es la mejor decisión que he tomado en mi existencia. Y ahora date prisa, sécate las lágrimas y ve con él. Álvaro ya está en el tren y solo. Díselo cuando encuentres el momento, pero haz que lo sepa.

Lucía subió al vagón y se asomó por el cristal para despedirse de ella. La fortaleza de otros momentos se traducía en fragilidad a través de la ventanilla del tren. Allí permaneció simulando una sonrisa. Elena pudo ver la silueta del silbato perderse en el infinito.

• • •

Llegaron a Madrid, los recogió una prima lejana que residía allí. Aurora había vivido con su madre hasta la muerte de esta, hacía ya dos años. Trabajaba como secretaria en una oficina. Los acogió y los acompañó hasta un hotel en la calle Fuencarral, donde había reservado alojamiento.

Tampoco esa noche pudo dormir Lucía, se despertó envuelta en un sudor espeso que la ahogaba. Se sentía sola, con el peso de la vida en sus espaldas, y se levantó procurando hacer el menor ruido:

—Ven aquí, Lucía, ¿qué te pasa? —susurró Álvaro desde la cama, intentando incorporarse.

—No es nada, sólo que no puedo descansar —dijo mientras se recostaba de nuevo a su lado.

—No estés asustada. Lo que tenga que ocurrir, lo afrontaremos, y lo afrontaré. Sé que estoy muy mal, y tú lo sabes también. Las piernas no me sostienen, y me ahogo. No sé qué será esta enfermedad, y aunque lucho por la vida, a veces no me quedan fuerzas. Hay momentos en que deseo tirar la toalla y, cuando estoy a punto, me viene tu imagen y vuelvo a renacer. Siempre serás mi luz. Una luz que jamás se apagará. Nunca deberás tener miedo porque juntos tenemos algo que no sucumbirá fácilmente a una tontería como ésta —dijo en tono desenfadado y casi sin poder articular las palabras.

—Descansa —le aconsejó mientras lo arropaba—, jamás sentí angustia ante nada, pero ahora me tiembla el corazón. Esta incertidumbre sobre el futuro me está matando, veo que cada día te queda una gota menos de oxígeno y no puedo soportarlo —espetó entre llantos, mientras recordaba las palabras de su madre respecto de lo que acababa de hacer.

—Quizás lo más difícil te lo dejo a ti. Pero sobrevivirás. Lucía, si no mejoro, no quiero vivir en estas condiciones. Si empeoro, me quedaré postrado, y eso no es vida para mí ni para ti. Te lo digo con todo el amor que te tengo.

—Esto no es justo. Tú eres el enfermo, y yo me hago la afectada. Caigo en el victimismo de mi propio egoísmo. Encima, estoy embarazada —soltó de pronto, desorganizada ante el desconsuelo.

Él, sorprendido y exhausto, la miró, tejiendo sus besos de lágrimas:

—Es lo mejor que podía sucederme. ¿Por qué te enfadas? Lo único que desearía es ver nacer a esa criatura. Viviré, aunque sea postrado, para verlo, la vida no puede hacerme esta jugada, tengo que conocer el resultado de tanto amor desinteresado —dijo con los labios llenos de lágrimas.

Un tranvía sonaba al alejarse, y su silbato inesperado parecía la respuesta al grito de sus corazones angustiados. Se cubrieron en la noche, en su noche, buscando un íntimo velo de azúcar en sus almas abrazadas. La nitidez de la mañana hacía luz en sus cuerpos, arropados sólo por una capa de piel de hilo almidonado.

• • •

Visitaron al doctor Palacios, que confirmó la intuición de todos. Les hizo unas recomendaciones y les sugirió volver cuanto antes a su casa. Por suerte, Elena, que había cumplido su promesa de viajar de inmediato, se ocupó de preparar la vuelta para los tres.

Mantuvieron a Álvaro con todos los cuidados médicos que requería, aunque el desgaste de su cuerpo se hacía más patente cada día. Y nació Luis, que así le pusieron por elección de su abuela Elena. Es un nombre de origen germano y significa «glorioso en el combate». Y la casa se llenó de claridad frente a la luz cada vez más tenue del cuerpo de su padre.

En abril de 1935 murió Álvaro, agarrado a mí, cubierto de sanguijuelas que le habían puesto para que, según los médicos, se bebieran la sangre que tenía en mal estado. Se me quebró un trozo del alma, se me oscureció el corazón por el tañido de redobles, me oí llorar, perdida. ¿Adónde irían sus dedos arrulladores, su sonrisa dulce y bondadosa, su cariño? Deseé que las sanguijuelas succionaran también mi alma para no sentir tanto dolor. No quería ver latir mi existencia inexorable. A partir de ese momento, cabalgaría sola, sin él. Su ausencia me arañaba, crucificando mi existencia. Sí, había sol, pero mis ojos sólo veían ráfagas de tormenta apuntando a un océano que me ahogaba. Mi amado Adolfo: Obdulia y Lucía son la misma persona.

16

Bernardo y Julia habían llegado de Madrid al atardecer, en el tren de las cinco. Me parecía que Bernardo se había hecho mayor de pronto, lo veía más hombre, más serio e, incluso, más inteligente. Julia continuaba siendo una cascarrabias, aunque su carácter se había dulcificado desde que se había echado un novio del que estaba muy enamorada y al que íbamos a conocer por Navidad. Los dos subieron a dejar sus cosas en su dormitorio. Yo, como siempre, procuré seguirlos. Tenía ganas de estar con ellos, de contarles que, por primera vez, nos visitaría mi amigo Cito y lo conocerían.

—Dice papá que va a venir a visitarnos un amigo tuyo muy íntimo —dije colándome en la habitación de Julia, mientras ella ponía sus cosas en el ropero.

—La verdad, Adolfo, es que estoy encantada. Es mi príncipe. Jamás pensé que fuera a enamorarme y ahora estoy todo el día con la cabeza en otro lugar. No puedes imaginar lo que me cuesta concentrarme…

—O sea, que estás agilipollada —dije sin pensarlo demasiado.

—Bueno, tal vez podamos llamarlo así. Pero es un estado mágico, te sientes fenomenal. Dentro tienes como unos duendecillos continuamente nerviosos ante la espera de encontrarse con el dios que los alimenta, que es el mismo que te hace bombear el corazón para continuar existiendo. Lo más curioso es que no te importa nada más que alimentar ese fuego que está dentro de ti —agregó Julia, mientras se tumbaba en la cama con los brazos abiertos en esa posición que a ella tanto le gustaba.

—A mí no me ha ocurrido nunca, tal vez porque los duendes se han muerto o porque el dios que espera nunca fue correspondido —contesté, observando que Bernardo hacía luz en la habitación.

—Y a ti, Bernardo, ¿qué opinión te merece el amor? —indagó Julia, se incorporó y con un salto se puso de pie.

—Personalmente, creo que los esquemas sobre el amor se me rompieron hace tiempo. Nunca os lo conté, pero mi primer flechazo fue el mayor trauma de mi vida —confesó Bernardo.

—Jamás nos has hablado de amores, y creí que tú no caminabas por esos márgenes —comentó mi hermana sorprendida.

—Ya veis, no es así —dijo mientras observaba el jardín, de espaldas a nosotros.

—Cuéntalo, no seas de esa manera —insistió ella.

—Sí, por favor, Bernardo —le supliqué.

—No sé, porque de verdad creo que os vais a reír y para mí no tiene mucha gracia. Fue muy duro.

—¡Hijo, qué pesado! ¿Te gusta que te roguemos? ¿Qué pasó? —se empeñó Julia.

—Bueno, en fin, resulta que a mí me gustó desde que tengo uso de razón… Agustina, la rubia.

—¡La hija de la churrera! —exclamamos los dos a la vez.

—Sí, la misma. Estaba profundamente enamorado de ella. Recordáis que su abuela vivía cerca de nosotros. Pues bien, yo me subía al doblado de nuestra casa porque sabía que todos los días a las seis iba a visitar a la abuela. La veía llegar con su contoneo desde el final de la calle. Me volvía loco cuando aparecía a lo lejos. Tengo esa imagen guardada en la memoria; su faldita muy estrecha y moviendo esas redondas caderas, como percatándose de que algún muchacho la estaba mirando. Después entraba en la casa de la abuela y cerraba la puerta. A las siete volvía a salir y se marchaba calle arriba moviendo de nuevo su lindo trasero. Yo me quedaba atontado, y la tristeza se apoderaba de mi estómago a sabiendas de que, hasta el día siguiente, no la volvería a ver.

—¿Era mucho mayor que tú, no? —comentó Julia.

—Sí, era dos años mayor y, además, me daba mil vueltas.

—Dejaos de comentarios, posponedlos para el final. Sigue contando —dije un poco molesto por la interrupción de Julia.

—Cuando cumplí los quince años, decidí que ya no se notaba tanto la diferencia de edad. Ya sabéis que yo siempre he sido bastante desarrolladito. —Julia y yo nos miramos con gesto malévolo—. Y decidí emprender un plan para que Agustina se fijara en mí, dudando de que supiera de mi existencia.

—¿Un plan?

—Cállate ya, Julia. Siempre entorpeciendo.

—Qué desagradable te pones, Adolfo.

—¡Tú sí que te pones insoportable!

—Basta ya, pesados, o no continúo —de inmediato, cerramos la boca. Él prosiguió—. Como en junio nos íbamos a la casa de verano y no volvíamos hasta el inicio del colegio, tenía poco tiempo para mi cometido. Empecé a sentarme en el umbral de nuestra casa con el fin de que se percatara de mi presencia. Ella subía la calle y la bajaba con su contoneo, sin importarle yo lo más mínimo. Como no me funcionaba, decidí colocarme en el escalón de la puerta de su abuela. Ella debía saltar casi por encima de mí para poder entrar, hasta que un día me espetó: «¿Es que te gusto?» «Sí», le respondí. Y se adentró en la casa sin inmutarse. Al día siguiente, yo permanecí de nuevo inerte en el umbral, esperando su llegada, y para mi sorpresa, antes de traspasar el umbral, me dio un papel con tanta rapidez que debí atraparlo en el aire. Decía que nos encontraríamos a las siete de la tarde del día siguiente en la ermita de San Isidro. El corazón me latía con tanta fuerza que me impedía respirar. Me ruboricé entero, y esa noche apenas pude pegar ojo.

—¡Qué barbaridad! —carcajeó Julia que, ante nuestras miradas, añadió—. Ya me callo.

—Sabéis que allí abundan los eucaliptos y que la gente no aparece por esos alrededores más que en época del santo…

—Continúa, continúa y déjate de rollo —dije impaciente por el final de la historia.

—Cuando Agustina llegó, yo esperaba desde hacía horas. Me llevó a la puerta de la ermita, se me perdían los ojos en ella, era como si no existiera más que su imagen en todo aquel paraje, después me besó los labios. Yo jamás había rozado a ninguna chica y estaba con mi reina. Me parecía la mayor grandeza del universo, y todo mi ser volaba en el cielo. Ella me colocó las manos en sus pechos. Tenía dos tetas que me hacían recordar a las pelotas de goma que nos regalan con los zapatos gorilas. Sentí tanta emoción que pensé que notaría mis pantalones a punto de romperse, y eso me aterrorizaba. Pero para mi sorpresa, ella me tocó por fuera, y yo, temiendo que palpara mis calzones mojados, le quité la mano. De pronto, mirando el reloj, dijo: «¡Vámonos, mi padre me espera!».

—¿Y cuál es el trauma?

—No he terminado. Al día siguiente nos íbamos a la casa de verano, por lo tanto, se me acababa la historia. Estaba desesperado. No sabía qué hacer y no quería marcharme, así, pensé que la única solución sería la bicicleta. Todos los días hacía los siete kilómetros al pueblo de ida y los siete de vuelta. Pero merecía la pena. Agustina daba unos besos de sueño. A veces, olía a aceite y a fritura de los churros, pero a mí me parecía una princesa. Yo le hablaba de mis palomas, de las costumbres de las golondrinas, de los animales que cuidaba, y ella me besaba, me abrazaba, me tocaba sin hacer caso alguno a mis palabras.

—¡Qué barbaridad! —dijo Julia bromeando.

—Un día me desabotonó el pantalón y se me puso encima. Jamás sentí que me envolviera tanto calor. Ella empezó a moverse arriba, abajo, y yo permanecía pasmado ante el placer y la novedad de lo que me acontecía. Me paralicé ante una sensación que nunca había experimentado. Allí, con cara de imbécil, me pareció alcanzar las estrellas. A partir de ese momento, ya no pensaba en otra cosa que en encontrarme otra vez con ella y volver a probar esa sensación recién descubierta.

—¡Qué bonito! Ya me callo —se frenó Julia ante nuestros gestos.

—Un día, después de dejarme hacer lo que ella quería y a mí también me encantaba, se levantó de entre mis piernas y dijo con un tono de dignidad propio de los mayores: «No voy a poder verte otro día. Mi padre dice que los chicos os aprovecháis de las chicas, así que ya no nos podemos ver porque yo no quiero que nadie abuse de mí». Yo me quedé atónito, sin saber qué hacer, sin saber qué decir. Empecé a llorar, imaginaos la situación, el duro de Bernardo desesperado porque la hija de la churrera no quería que se aprovechasen de lo que ella aprovechaba. Agustina, al verme llorar siendo tan mayor, debió sorprenderse y añadió: «Pero puedes ser mi amigo». Yo continué mi pena, aunque en silencio, yendo durante todo el verano con la bicicleta a la misma hora, para día a día comprobar que Agustina simulaba estar molesta conmigo porque, según ella, yo había *abusado*. Me miraba y, con un gesto de altanería, daba un respingo y marchaba en dirección contraria a la mía. Al tiempo, poco más de una semana, ya coqueteaba con otro muchacho para el desconsuelo de mi alma. ¡Cuántas lágrimas habrá recogido el camino de vuelta a la casa de verano…!

—¿Y cómo lo superaste?, ¡qué lástima! —dijo Julia tras un leve silencio.

—Un día se lo conté a la abuela Obdulia, y me dijo: «No merece la pena, Bernardo, no hay que esperar continuar toda la vida con lo que se nos ofrece en un momento, hay que disfrutar los instantes, pero también aprender que si se acaban, hay que aceptarlo. Querer agarrarse a un recuerdo puede ser válido para algunos, pero ningún ser humano puede encadenarse a alguien que ya no lo estima. Hay que cerrar ese capítulo porque hay más capítulos en cada una de nuestras historias. Es la manera de curarte». Aquello me sirvió de consuelo. Todavía no sé por qué, cuál fue el efecto en mí. Era como encontrar las palabras que necesitaba oír. La abuela me consoló. Encendió un poco de luz en mi corazón y me empapó de caricias el alma.

—¡Qué pena! —se lamentó Julia, identificándose con Bernardo.

—Os confieso que todavía cuando la veo, y a pesar de haberse vuelto gorda y barriguda, continúo recordando sus besos, las tardes en la ermita, y vuelve a nacer aquella sensación que jamás he tenido con ninguna otra muchacha.

Por vez primera Bernardo nos contaba sus más íntimas emociones. Siempre habíamos pensado que él no sentía, que no lloraba, que no sufría. Y sin embargo, también se le había roto el corazón en algún momento sin que nosotros nos diéramos cuenta.

—¿Es cierto que te vienes con nosotros el próximo año? —me preguntó mi hermano, cambiando de tema.

—Eso es lo que quiero, papá dice que ya he pasado el suficiente tiempo interno como para poder desenvolverme allí —contesté muy contento.

—No te lo tomes mal, pero tienes que ser fuerte, porque allí no tienes a nadie que te resuelva las cosas.

—Mira, Julia, yo sé que tú siempre nos adviertes de las situaciones con que nos vamos a encontrar e, incluso, nos dulcificas los malos tragos, pero yo quiero ir y hallar una vida diferente. Dar otro sentido a mi existencia, a mi historia. Quiero conocer lugares nuevos, gente nueva... no lo sé.

—Este se piensa que se va de vacaciones —le comentó Bernardo a Julia.

—No, no voy de vacaciones, pero quiero ir a la universidad como vosotros.

—Primero deberás estudiar COU, después entrarás donde te dé la gana, pero deberás estudiar mucho, eso es lo más importante para nuestros padres —dijo Julia acercándose a mí.

—Este terminará sexto de bachillerato y piensa que ya va directamente a la universidad —agregó Bernardo en su línea de siempre.

—Tengo la impresión de que os molesta que marche a Madrid.

—No, para nada creas eso, pero tendrás que ser independiente, y nuestra idea es vivir los tres en un piso de alquiler. Pensábamos planteárselo a papá. Porque eso del Colegio Mayor es un poco rollete. Lo que pretendemos decirte es que esperamos que nos apoyes en esta cuestión para hablar con nuestros padres.

—Pues claro que lo haré. ¿Lo dudabais? —los dos se miraron y no me contestaron.

—Sabéis, creo que la abuela podría ayudarnos a preparar a papá.

—¡Es buena idea! La única manera de que se reconozca la madurez de Adolfo es que la abuela lo confirme, y nos permitan vivir a los tres juntos —afirmó Bernardo.

• • •

En el mes de julio, visité por vez primera Madrid. Mis padres nos acompañaron a buscar una casa, donde nos alojaríamos mientras Bernardo continuaba estudiando Medicina, Julia Filología alemana y yo comenzaba COU. Ante mí se habría un gran universo. Lejos de mi casa, del colegio de los curas, lejos de mi abuela, lejos de todos los míos. Ya no era un alumno interno, ahora viviría con autonomía. Me sentía como si fuera a enfrentar una gran hazaña donde el héroe era yo mismo. Vi por vez primera el metro, tan oscuro y ruidoso. Miré a la gente: nadie decía nada. Ninguno debía conocerse. Todos se colocaban cerca de la vía. Si hubiera estado Micaela, no les habría permitido acercarse. Yo tenía casi dieciséis años, pero mi aspecto aún no era el de un hombre. No me habían salido más que unos pocos pelos en las axilas. Bernardo, a mi edad, ya tenía poblado el cuerpo. Pensé que cuando llegara a casa le diría a Micaela que me preparara yemas de huevo crudas con azúcar, ella aseguraba que eso le había hecho engordar a Julia los pechos, porque también tardó en desarrollar. Quería hacerme mayor de pronto, tenía miedo de seguir siendo niño y, aunque no me asustaban las mismas cosas que a los muchachos de ciudad, como los animales o la oscuridad, esa capital, donde nadie se saludaba, donde los adultos corrían por los pasillos del metro en las horas punta, no me entrañaba confianza y me producía un vacío tan grande como el que sentí la primera vez que marché al internado.

En septiembre alquilamos nuestra primera casa, en la calle Alonso Cano. Tres habitaciones: una para Bernardo, otra para Julia y la pequeña para mí. Por la ventana sólo se veían los huecos de las fresqueras donde los vecinos ponían la comida para conservarla más tiempo a buena temperatura.

Creí que Madrid iba a ser el paraíso, pero no podía respirar, me ahogaba la falta de tierra, de plantas, de jazmines y, sobre todo, echaba de menos mi olivo. Comenzaba a dar mis primeros pasos sobre la realidad de la existencia, del cemento, de los adoquines y del asfalto.

17

En 1936 se confirmaban los rumores del alzamiento de un tal general Franco en el Marruecos español; daba comienzo la guerra civil española.

En el pueblo no hubo frente, pero como en toda España, había una marcada hostilidad silenciosa entre la gente. La vida transcurría conscientes todos de la guerra, y lo disimulaban tratando de interrumpir lo mínimo la rutina diaria, de este modo parecía que olvidaban el momento aterrador en el que vivían. A veces, esta cotidianidad se rompía con algún hecho imprevisible, como el de aquel día. La puerta de la casa se abrió de golpe, e irrumpieron unos hombres vestidos de soldado. Se metieron sin llamar, violando la tranquilidad familiar y llenándolos de incertidumbre. Las mujeres, que estaban sentadas a la mesa camilla, permanecieron inmóviles, asustadas, inertes ante la mirada de esos desconocidos, hasta que Elena se incorporó de la silla, se les acercó y les preguntó:

—¿Qué quieren ustedes?

—Resumiendo —contestó uno de ellos—, por decisión de mis superiores y sin conocer con certeza las ideas políticas que tiene usted, la requerimos en el frente. Recoja lo que necesite, no sabemos cuándo podrá regresar a su casa de nuevo.

—Imagino que es una orden y no es posible negociar el hecho de tener que abandonar mi casa… —dedujo, con voz temblorosa.

—La necesitamos para nuestros hombres en guerra. Yo, señora, cumplo órdenes, y si usted no se atiene al reglamento, la llevaré presa —anunció el soldado.

—Iré —dijo sin contestar a las insinuaciones del militar y mirándonos. Por segunda vez, después de aquel primer día en que me contó lo de mi padre, la veía temblar.

—Señora, esperamos fuera, tiene una hora para despedirse de su familia y preparar lo que necesite —y se sentaron en el porche de la entrada a aguardarla.

Elena vacilaba, desorganizada, no acertaba qué debía recoger, daba vueltas buscando no sabía qué. La abuela Leonor, Micaela y Lucía, paralizadas, miraban sus movimientos. De pronto, se acercó a un viejo armario, se subió a una silla y sacó una pequeña maleta empolvada. La abrió, recogió algunas cosas, las guardó y la cerró con tal fuerza que su familia, asustada, salió del letargo.

—No os preocupéis, volveré muy pronto —les susurró. Los sollozos hacían luz en aquella habitación.

—Espera un poco —gritó Lucía confundida.

—Cuanto antes me vaya, todo será más fácil. No puedo aguantar más esta tristeza que me presiona el pecho, si no me marcho ahora, voy a desfallecer —dijo llorando, con su pequeña maleta en la mano.

Abrazó a la abuela, a Micaela y a Lucía. A través del abrazo se palpaba una inseguridad cubierta de miedo e incertidumbre.

—Dadle un beso a Luis, no quiero que me vea marchar —comentó mientras se perdía en el corredor de la casa y casi sin mirar atrás, como lo hacía siempre.

Esa fue la última vez que vieron a Elena en mucho tiempo. Pasaron meses sin noticias de ella. Vivían con un desconsuelo que superarían en mucho tiempo. Hasta que una tarde recibieron una carta:

14 de octubre de 1937

Querida familia:

Estoy en una especie de hospital curando a heridos de guerra. Los primeros días no podía tragar ni agua. A pesar de estar habituada a ver muertos, no puedo con estas atrocidades. Llevo mucho tiempo aquí, pero me cuesta acostumbrarme a la situación.

Es horrible ver a estos hombres deshacerse de dolor, lloran como si fueran niños y me preguntan si van a morir o cuál será su mutilación. Os aseguro que a veces no sé qué responderles. Y lo más terrible es que muchos desean mejorar con el fin de volver cuanto antes a la masacre. ¿Qué tendrán en la cabeza?

Confío en que no paséis las calamidades que aquí se cuentan sobre el hambre. Espero que tengáis lo suficiente para sobrevivir, sobre todo para mi nietecito. Aquí, desde luego, no nos falta comida.

Me van a trasladar a un hospital de mujeres. Os mandaré noticias. Dad un beso muy fuerte a Luis y enseñadle el retrato mío para que no me olvide. Os quiero muchísimo, vivo esperando que llegue el milagro del final de esta guerra y de la vuelta a casa. Un abrazo fuerte y muchos besos para todos.

Elena

• • •

Por la noche el pueblo cobraba vida. Todos sabían que había gente que estaba escondida para no marcharse a la guerra. En la oscuridad, salían de su guarida y paseaban por su casa sin que nadie las viera. Una de esas noches de pleno invierno, la abuela, Micaela y Luis estaban muertos de frío. Ante la desesperación en la que se encontraban, y sin nada que quemar, Lucía decidió ir a la casa de Sagrario. Empujó la puerta, y para su asombro, estaba abierta. Caminó hasta la cocina. Encontró a su amiga muy nerviosa.

—¿Qué quieres? —dijo con voz temblorosa y sorprendida.

—Soy yo, no te asustes. Te pido ayuda, he oído que tienes leña y tengo a mi abuela, a Micaela y al niño con mucho frío, no sé qué hacer. Hemos quemado las sillas, alguna mesa de madera y alguno que otro mueble, pero ya no tenemos más… Tienen mucho frío y no sé qué hacer.

—Espera un poco, ahora mismo te doy unos troncos; aunque no sean muchos, algo os calentarán. Como verás, no tengo casi nada, pero te ayudaré.

Lucía se sentó en una silla frente al horno que estaba en una pared. En otro tiempo su madre hacía pan y lo vendía por las casas. Recordó el olor que desprendía recién salido del fuego, ese aroma inconfundible. Le venían a la memoria las rebanadas de hogazas con aquel aceite de oliva de un color tan intenso que parecía zumo de aceitunas. Miró con detenimiento el horno, fijó los ojos en su puerta, a medio cerrar. Espió por la rendija y vio un brazo desnudo, se inclinó un poco más y distinguió un cuerpo dentro de aquel agujero, estaba quieto, en silencio, en una posición propia de los niños en el seno de la madre, casi inerte. El corazón comenzó a latirle tan rápido a Lucía que le dio tos. La cocina tenía puertas con cristales que daban al patio: se incorporó contra el respaldo de la silla y trató de ausentarse en sus pensamientos y, sin querer volver la vista hacia aquel cocedero de pan, observó los geranios helados del patio a través del vidrio. Y mantuvo en esa dirección la cabeza hasta que Sagrario apareció.

—Solo tengo esta para poder darte —irrumpió, sacándole de su letargo.

—Es suficiente, muchísimas gracias. Algún día podré agradecértelo con algo, hoy sólo puedo hacerlo con palabras —contestó mientras se levantaba y colocaba los troncos en un cubo y los tapaba con una chapa de metal. Le acompañó hasta la entrada de la casa, entonces Lucía le susurró—. Sabes que eres mi amiga, siempre lo has sido, y te agradezco profundamente todo lo que haces por mi familia y por mí. Quiero que tengas la certeza de que no estoy de acuerdo con esta guerra, ni con los unos ni con los otros, porque el sufrimiento en el que estamos envueltos todos no tiene justificación. Siempre esconderé a quien pueda para salvarlo de ella. Pero debes de ser muy prudente y cerrar bien la puerta antes de que la persona que más quieres sea descubierta porque eso puede costarle la vida.

—¿Lo has visto? —preguntó y rompió a llorar casi en silencio—. Sale por las noches para ver a su hija durmiendo, porque ella tampoco sabe que está ahí. Hoy creí que la puerta estaba cerrada, a veces abro para que pueda respirar algo de aire fresco. Está en ese agujero metido todo el día, no me explico cómo puede soportarlo —sollozó controlándose para que no se oyera.

—Siempre es mejor eso que morir. De todos modos, no le digas nunca a él que lo sé, le creará más desasosiego. No he visto nada, recuérdalo siempre. No volveremos a hablar de esto.

Ella la abrazó:

—Mi amiga Lucía, mi gran amiga.

• • •

Aporrearon de nuevo la puerta. El miedo les hizo temblar el corazón y helar los tobillos. Los gritos de la abuela Leo y de Micaela resonaban por toda la casa y se instalaban en la cabeza como un silbido. Y a pesar del paso de los años, durante mucho tiempo resonarían en la memoria de Lucía.

—¡Ella sabe de medicina, su madre es enfermera o médico! —gritaba un soldado.

Y aunque se resistió, montaron a Lucía a la fuerza en una camioneta aparcada en la calle. Nadie le explicó hacia dónde se dirigía, y Lucía tampoco preguntó, estaba aturdida, sin reparar en lo que le estaba sucediendo. No tuvo conciencia del tiempo, ausente de todo, sintió frío en el cuerpo y ganas de vomitar. Alguien le dio una manta, y de pronto, se vio envuelta en ella. Estaba húmeda, tuvo la percepción de que eran sus lágrimas las que la empapaban. Viajaron toda la noche, el rocío se adentraba en sus huesos como alfileres, pero no le dolía. Le vino la imagen de Álvaro, de su sonrisa bondadosa y tierna, por un momento Lucía se olvidó de dónde estaba porque se sentía con él en alguna parte. Sus pensamientos se interrumpieron con la voz de un desconocido:

—Va usted a los montes con nuestros camaradas.

—¿Qué me decía? —preguntó aturdida vulnerando su silencio.

—Va a prestar un servicio. La necesitamos.

—Yo no soy médico, soy maestra.

—Señora, yo cumplo órdenes y me han dicho que viniera a buscarla. A mí no me agrada tener que tirar de usted, pero qué quiere que haga, yo en su lugar colaboraría más.

—Quiero volver a mi casa. Tengo un hijo al que atender y dos personas mayores a las que cuidar —dijo acurrucada en aquella manta húmeda.

—Usted no va a cuidar más que a los camaradas que la necesitan. Eso es lo prioritario. ¿Por qué no piensa en la gente y deja de pensar de forma tan egoísta? Sus familiares no la necesitan tanto, esto no es ningún juego.

Calló. Se dio cuenta de que era absurdo discutir, no tenía fuerzas ni ganas, estaba asustada y helada. Revuelta. No soportaba el frío en los huesos, pero decidió hacer lo que le mandaran y sobrevivir. La paradoja de la vida, jamás habían participado en política, y ella curaría a republicanos, mientras que su madre, al otro lado, lo hacía con los nacionales.

Llegó al monte, el panorama era desolador, tenían montado una especie de hospital con tractores y telones. A Lucía le empezaron a temblar las piernas, y tuvo ganas de vomitar otra vez. ¿Qué podía hacer? No tenía ni idea de medicina, y la tristeza le impedía pensar. Solamente se acordaba de su madre, que tal vez estaría en un lugar como ese que veían sus ojos. Después pensó en la abuela Leonor, en Micaela, en el niño. ¿Cómo iban a subsistir? Se le paralizaron los pies, y se quedó quieta. Alguien le empujó del camión. Se arrodilló sobre el suelo arcilloso y se puso a llorar desesperada, golpeándolo. Todo era absurdo, ¿qué hacía allí? Parecía que había recorrido cientos de kilómetros en un segundo. El corazón le latía con todas sus fuerzas y parecía que quería salirse del cuerpo. Lloró, lloró y lloró.

Entonces noté una mano sobre su hombro:

—Levántate, tranquilízate y alivia tu angustia. Cuando veas lo que hay, no tendrás tiempo para una sola lágrima.

Se levantó y recogió la manta mugrienta. Al volverse miró al hombre que estaba frente a ella. Pudo ver la desesperación en esos ojos del color del cielo. Suavemente, arrancó sus lágrimas con el extremo de aquella lana áspera y mojada:

—¡No soy enfermera, soy maestra! —susurró a sabiendas de que nadie la escucharía.

—No importa, toda la ayuda que se nos preste será bien aceptada. Yo soy Javier, el médico, ¿de dónde viene usted?

—No vengo, me arrancaron de mi casa. Mi madre es doctora y no sé si me han confundido con ella —comentó mientras caminaban en dirección a los improvisados barracones y sin apenas hacer caso de lo que veía.

—¡Una mujer médico! —dijo sorprendido.

—Sí, en mi familia debemos ser todos raros porque lo vemos de lo más normal —contestó con mala gana.

—No quise molestarla. No se enfurezca con lo inevitable, trate de aceptar lo que le ha tocado, aunque sea a la fuerza. Ante esta situación, no queda más remedio —dijo cariñosamente.

Lo miró, hasta ese momento no se había percatado de que era un ser humano, sí, lo estaba viendo, pero parecía que nada le importaba. Se acercó a él y, sin saber por qué, lo apretó muy fuerte, como si fuera una persona conocida. Él aceptó su abrazo. No pronunciaron ni una palabra, era uno de esos momentos que uno jamás imagina vivir con un desconocido y que llenan de una fuerza casi imperceptible, pero arrolladora, desde el corazón hasta el alma. Después se separó un poco, y él la soltó para que continuara su camino.

Entraron, aún sin mediar palabra, en un lugar que olía a carne en estado de descomposición. Controló el vómito que la apremiaba, se puso una bata que le facilitaron, y le entregaron un material para desinfectar. Ese día cuidó enfermos hasta la madrugada. Aceptó lo que estaba viviendo, así, sin más, con un abrazo. Arrullada en su propia piel, decidió trabajar y no volver a pensar hasta que volviera a su hogar. Ya no le dolía el alma, no sentía nada, era como si estuviera viendo una historia desde el balcón de una casa desconocida, sin emociones, sin sensaciones, siendo parte de un cuadro inerte.

18

Me estaba acostumbrando al aislamiento de esa gran ciudad, en el que las personas no eran más que instrumentos desafinados de un concierto donde cada músico ignoraba la partitura del compañero de orquesta. Sí, no conocía a ningún vecino, los saludaba por las escaleras y los pasillos, pero sentía en las carnes la soledad de mi alma. Me entretenía visitando museos y yendo al cine. Era una manera como cualquier otra de pasar el tiempo. Los maratones se habían convertido en algo inherente a mí. Comenzaba a las nueve de la noche con la primera película y continuaba hasta las ocho de la mañana del día siguiente, no me sentía cansado, era uno de los placeres de aquellos momentos. Sí, deseaba con todas mis ganas agarrarme a esta ciudad, me encantaba saber que aún no conocía a nadie que fuera madrileño, se suponía que era una ciudad acogedora con todos los que procedíamos de otros lugares. Estaba entusiasmado con la capital, era tan diferente que me hacía sentir distinto. Tenía una atracción especial, impersonal, solitaria, rica, con multitud de actividades que podía hacer. Me encontraba viviendo con Julia y Bernardo y, por primera vez, me sentía independiente. Observaba que mis hermanos se hacían más mayores. Julia estaba muy enamorada de un chico llamado Vicente, el mismo que nos había visitado las Navidades anteriores en la casa de nuestros padres. Se la veía feliz. Él se había instalado prácticamente con nosotros. Colocó su tablero de dibujo en el cuarto de Julia. Ella nos había prohibido que le dijéramos a la familia que Vicente dormía en casa. Bernardo continuaba sus estudios de medicina y parecía contento con sus relaciones, aunque decía que el amor no existía, sólo la pasión de los primeros momentos. Cada día llevaba una chica nueva y le repetía continuamente a Julia:

—No te líes tanto. Hay que probar un poco de todo para saber elegir, te mueves ante el afecto, como todo el mundo. Es una mentira. Todos queremos pensar en esa persona que permanecerá con nosotros toda la vida.

—No te das cuenta de que lo que quiero es liarme, me siento afortunada, descubriendo cada instante. Todo lo veo positivo, y eso me vale —contestaba Julia molesta por la insistencia de mi hermano.

—El amor es un invento, una forma de atrapar a otra persona para que esté ahí, acompañándonos en la soledad inherente al ser humano. El amor no existe, los hombres compramos boletos caros para hipotecar el futuro. Todas las mujeres que atrapan a un hombre terminan por ser histéricas y mandonas al final de la vida.

—Tú siempre ves lo negativo, pero ¿cuántas histéricas has conocido en nuestra familia?

—Bueno, ninguna, pero nuestra familia, con todos los respetos, no responde a los patrones comunes. La abuela Obdulia, a la que quiero mucho, es particular, y no digamos sus ascendientes. Esta cualidad extraordinaria se extinguirá con estas mujeres.

—Estás muy equivocado. Yo creo en el amor eterno, lo siento, cuidaré la relación todos los días, creo en el cariño sincero, en la sintonía de la pareja, en la amistad, en el sexo…

En una oportunidad, interrumpí una de estas conversaciones:

—Tengo algo que contaros: me gusta una chica de mi clase, y quiero comprobar cuál de los dos tiene razón.

—Muy acertado momento para pedirnos que la conozcamos, ¿y qué problema encuentras en ello? —respondió Julia un poco sorprendida por mi comentario.

—Veréis, voy a traerla a casa y por ahora no quiero que la conozcáis, es más, pretendo que no estéis vosotros. Nunca he tenido experiencias importantes con nadie y prefería que, dada la situación, no estuvierais aquí.

Ellos se miraron y sonrieron sardónicamente.

—Este tiene una cara dura impresionante, pero, bueno, ¿cuándo quieres que nos marchemos? —dijo Bernardo sorprendido, mientras tomaba un trozo de queso.

—El fin de semana completo.

—Me parece que te pasas un pelo. Una cosa es que nos vayamos un rato o un día, y otra, que tengamos que buscar donde instalarnos todo un fin de semana —dijo Julia algo enfadada, mientras cortaba un poco de pan.

—Tú tienes la casa de Vicente, puedes quedarte allí. Además, él está aquí todo el día. Por un fin de semana que os marchéis, no va a ocurrir nada —respondí molesto.

—No seas tan egoísta, él deberá comprobar quién de los dos está en lo cierto, aunque necesitará un tiempo para dar la razón a alguno—insistió Bernardo sonriendo y haciéndose el gracioso.

—¿Qué fin de semana quieres? —interrumpió Julia ante los reproches de Bernardo.

—Este próximo.

—Joder, este próximo tengo que estudiar para el examen —dijo Bernardo—. Además, tienes que reconocer que nosotros jamás te hemos pedido que te marches cuando traemos a alguna persona, pero bueno... no te preocupes por mi parte. Me instalaré en la casa de mi amigo Manuel. ¿Y se puede saber por qué no te vas a su casa?

—Ella vive en un colegio mayor, no me puedo quedar allí. Además, le he dicho que este fin de semana estaba solo y que podríamos estudiar juntos filosofía.

—¡Menuda filosofía vais a estudiar! —sonrió Julia.

—Sí, estudiarás la aplicación práctica y formal de la filosofía —se burló Bernardo.

—Cambia las sábanas, para las mujeres es muy importante la higiene, y tú eres un poco cerdo, y haz la cama, que no la encuentre sin hacer, como la tienes siempre.

—Te daré condones, pues no es fácil conseguirlos, no seas tan gilipollas de dejar a una mujer preñada. Si hay algo que tienes que tener en cuenta es que no debes fiarte de ellas. Son manipuladoras y te envuelven. En lo que atañe al sexo, las mujeres son como las drogas, una vez que las probaste te enganchan tanto que no puedes vivir sin ellas y, cuando pasas un tiempo sin tener relaciones, te sientes con cierto desasosiego. Es el mono, la necesidad. Son como las arañas, se acercan sigilosamente, tejen su tela y te atrapan.

—¡Joder, Bernardo! No le digas eso. Lo importante es estar enamorado. Que te guste todo de ella y que los dos se sientan queridos. Entonces todo se convierte en magia. Hay un equilibrio, un respeto mutuo que hace más deseado al hombre y un desenfreno por tenerlo dentro que hace sudar hasta el alma.

—¡Pero, Julia, qué poeta eres! Son ciertas algunas de las cosillas que comentas, pero también te pongo en aviso de que a veces las mujeres utilizan toda esa magia para envolvernos y, cuando te atrapan, se comen el alma, y ya no puedes vivir sin ellas porque tu cuerpo palpita a través de su corazón, que es el que bombea tu vida. ¡Conque cuídate y protégete!

—Bernardo, parece que tienes resentimiento hacia las mujeres.

Hay mujeres de todo tipo. No todas hacen daño. Vosotros, los hombres, también sois la leche. A veces, me parecéis unos calculadores empedernidos. Tenéis el corazón dividido; una parte para nosotras, otra parte para vuestro trabajo, para las diversiones, para vuestros amigos, para vuestros deportes. Sin embargo, nosotras tenemos, en general, un ochenta por ciento para el amor.

—Pero ese amor del que hablas en algunas no es tan limpio. Yo, desde que tuve mi primera relación sexual con Agustina, me he sentido utilizado y te aseguro que trato de enamorarme, sin embargo, no me entrego totalmente porque tengo miedo al sufrimiento. Sé que hay muchas Agustinas disfrazadas de amabilidad, que son las peores. No, Julia, tú tal vez seas la excepción que confirme la regla, y quizás te vea así porque eres mi hermana —dijo Bernardo sonriendo levemente y sirviéndose un poco de agua.

—Voy a confesaros algo, mi primera relación no fue nada gratificante, pero no me traumatizó. Simplemente, deduje que él era un animal y que no podía ser que algo tan hermoso se convirtiera en basura.

—Yo tengo un poco de miedo, no sé qué hacer… —dije al hilo de los comentarios de mis hermanos.

—Mejor. Así tienes todo por descubrir. No te preo-cupes, solo déjate llevar —comentó Bernardo—. A propósito, Julia, ¿qué te pasó en tu primera relación?

—No creo que le sirva de mucho que se lo cuente, más bien creo que lo acojonará más, pero en fin, si os interesa… No, mejor no lo cuento —dijo secándose los labios con la servilleta.

—No seas así, mujer, peor de lo que lo pasé yo para contar lo de Agustina, y sin embargo…

—No sé, pero prometedme que no me interrumpiréis y no preguntaréis lo que yo no diga. Os contaré sólo lo que quiera.

—¡Vale! —contestamos los dos a la vez.

—En fin… Cuando llegué a Madrid, todavía era virgen. Mi inquietud era que me estaba haciendo mayor y que continuaba sin tener una relación seria. No me preocupaba en sí el hecho físico, sino el estar perdiéndome ese enamoramiento del que había leído en mis novelas. Os aseguro que no quería entregarme a nadie si no estaba enamorada. Ese era mi deseo. Cuando hacía primero de la carrera, asistí a una fiesta en la facultad de Periodismo y conocí a un chico que se dedicaba al mundo de los toros…

—¿Era torero? —pregunté sorprendido.

—Sí, bueno, no en la época en que yo lo encontré. Se había dedicado a ello entre los catorce y los dieciocho años.

—¿Por qué no lo querías decir?

—Porque sabéis que siempre he estado en contra, pero en esta relación aprendí algo: cuando somos radicales en algunos aspectos, si nos compensa la persona, perdonamos todo aquello que siempre creímos que no admitiríamos, ésa es la verdad.

—Bueno, cállate ya, Adolfo, y deja que continúe.

—Estudiaba primero de Económicas y su padre era ganadero de toros. Comentaba que desde que era adolescente se había dedicado a torear y que ya era un poco mayor para continuar en ese mundo. Era evidente que si no había triunfado, con todos los medios a su alcance, era porque no destacaba.

—¡Vaya figura! Un torero —repetí mientras me pelaba la fruta.

—Cierra el pico, pesado —ordenó Bernardo cogiendo una manzana.

—Un día me llevó a casa en el coche, y nos quedamos hablando sobre nosotros, sobre nuestras emociones, sobre lo que sentíamos. En aquel momento me pareció una persona cálida, sensible y sensual. Recuerdo que me acarició con un dedo el brazo, y se me estremeció todo el cuerpo. Era increíble lo que me hacía sentir con sus pequeñeces solamente.

—¡Oh! —susurré asombrado, mientras Julia me sonreía.

—Recuerdo que quedabas con uno que no querías presentarme, era él, ¡qué callado lo tenías, Julita! —replicó Bernardo.

—Y así fuimos viéndonos cada vez más a menudo. Un día me telefoneó, comentó que estaría en Madrid solo, que si aceptaba, podría pasar el fin de semana con él. En esa época yo estaba en el colegio mayor, y por lo tanto, teníamos mucho control con las visitas, sobre todo con las masculinas. Así es que, aunque este no era el motivo, acepté. Me recogió sobre las tres de la tarde, y fuimos a dejar mi bolsa de fin de semana en su casa. Me sorprendió toda la situación. Había comprado champaña, flores y velas. El ambiente se prestaba a lo que se preveía iba a ocurrir. Nos acercamos a la habitación para que dejara la maleta, y me tumbó en la cama a golpe de besos. Después se desnudó de la manera más rápida y fría que os podáis imaginar. Jamás había visto a un hombre desnudo más que en mi imaginación basada en la biblioteca de anatomía de la abuela y os aseguro que el torero estaba tan dotado que rompía la fantasía. Me asusté pensando que me haría un daño enorme, también me aterró su falta de romanticismo. Pero esperé porque tampoco tenía experiencia en el tema y creí que, tal vez, había leído demasiado.

—¡Olé! —dijo Bernardo intentando romper la angustia del momento, mientras Julia sonreía levemente.

—El torero se lanzó encima de mí con la espada desenfundada como si en este caso fuera yo el toro, y sin darme tiempo a reaccionar, sentí que me desgarraban las entrañas con tanto dolor que se me borró el aire. En un segundo había desaparecido toda la sensualidad, la ternura y, por supuesto, el deseo. Había brotado su parte animal cargada de pasión desenfrenada donde el único objetivo era buscar su placer. Yo quise sacarlo de mí con las pocas fuerzas que me quedaban, pero él no se percataba del daño que me hacía —se hizo un silencio, y esperamos a que Julia se tomara un respiro—. Continuaba su vaivén en la matanza del toro. El toro y él, él y el toro. Entonces lo agarré de la cintura, saqué fuerzas de donde no las tenía y lo empujé fuera de mí. Él, sorprendido, preguntó: «¿Qué te pasa?». Yo le respondí: «Mata al toro en la plaza y ten los orgasmos que quieras matándolo, pero yo no soy tu enemigo, no soy el toro». No entendió nada. Se puso violento, comenzó a decir que yo era una estrecha, que lo traía a la cama y después no quería follar, que era una calientapollas. Entonces, antes de que empeorara más la historia, cogí mis cosas y me marché. No contesté más a sus llamadas, a sus cartas, a los mensajes que me enviaba a través de un amigo común. Si de una cosa estaba segura, era que la pasión y el sexo no podían ser esa mierda.

—¡Julia! Fue una violación —dije escandalizado.

—Joder con el puto torero, si me lo llegas a decir, lo mato —espetó Bernardo afectado por la historia.

—Sí, evidentemente, me había equivocado de persona. Antes de una nueva experiencia de este tipo, tuve mucho cuidado al elegir con quién iría de nuevo y, a pesar de haber tenido un gran amor antes de mi relación actual, no logré superar ese momento hasta encontrar a Vicente.

—Me alegro de que lo hayas superado. Debe ser gratificante para ti, porque os pasáis mucho tiempo encerrados juntos —dije sin mala intención.

—No seas grosero, Adolfo. No solo estamos en la cama, sino que intercambiamos un montón de experiencias, que no se limitan solamente al cuerpo.

—¡Ah! Es verdad, me había olvidado de que tú das mucha importancia a la parte intelectual —me rectifiqué tímidamente, intentado arreglar mi comentario inoportuno.

—Me parece que te burlas de mí —dijo Julia mientras me daba golpecitos en la cabeza con los nudillos, como lo hacía desde pequeña, y prosiguió—. Lo importante, Adolfo, es que estés pendiente, cuídala, para nosotras es muy necesario sentirnos queridas. Si ella ha tenido experiencia, déjate llevar. Si no es así, indaga qué es lo que precisa. Controla tu parte animal, tu pasión y explora su cuerpo. Hazle sentir que la amas, es lo más gratificante para cualquier mujer.

—Me da un poco de miedo, de vergüenza por no saber qué hacer, por ser un inútil.

—Con eso no se nace, se aprende, todo te saldrá bien, seguro —dijo Bernardo sin moverse de la silla, aunque ya había terminado el postre.

● ● ●

Al entrar en la habitación, recordé a Bernardo, a Julia, sus consejos, sus historias y su modo de relacionarse. Ahora estaba sólo con Ana. La besé como lo hubiese hecho Lucía, Elena o, tal vez, Leonor. Puse todo mi empeño en hacerla feliz, pero ella conocía más de la vida y colocó toda su sabiduría sobre mi piel. Sus besos se volvían por momentos más azucarados. Me sentí en algún lugar adonde jamás imaginé viajar, desnudo ante mis emociones, palpando el calor que desprendía y amaba. Sí, nunca me susurraron en el tacto de la piel con tanta pasión, con tanto amor, con tanta ternura. Quería mirarla entera, pero me daba vergüenza, así que le palpé los pechos, los muslos, el pubis hasta adentrarme en sus rincones más íntimos. Sentí el calor envuelto en mí y quise retenerlo eternamente, pero el vaivén de su cuerpo me avivó la existencia y le dio fin en un llanto suave de mermelada.

Después me abrazó, y permanecimos agarrados hasta el amanecer. No me importaban el tiempo ni el mundo, ningún universo existía en mi corazón, y mi alma solo sabía articular su nombre: Ana.

19

Al atardecer Lucía fue hasta una ribera cercana al campamento, encendió un cigarrillo, se llenó el cuerpo de aquel humo silencioso y asesino que amaba. Miró el sol y se acordó, como siempre, de Álvaro. ¿Dónde estaría en aquellos momentos? Tal vez, guardado en su corazón, tal vez, en algún lugar, esperándola. Se agitaba en su mente un séquito de palabras que lo llamaban, acarició su sonrisa, saboreó su pelo con un halago y reconoció en el silencio su silueta. «¿Por qué te has ido, Álvaro, mi gran amor, mi único compañero?»

A lo lejos se oían pasos que se acercaban a ella y Lucía interrumpió su viaje. Se dio vuelta para ver quién era:

—¿Puedo acompañarte? En los tiempos que corren, es un lujo un ratito de paz —y sin esperar respuesta, Javier se sentó.

—Claro —contestó por cortesía.

—Estás muy pensativa, es mejor dejar la cabeza en el más absoluto vacío, ¿qué te parece?

—Es difícil dejar ese ronroneo, aunque sería lo correcto, te lo aseguro. Además, si quieres que te diga la verdad, a veces fantaseo con mi pasado, me desconecto del presente, y eso me alivia.

—Es un buen sistema si logras ponerlo en práctica. Esta maldita situación nos está destrozando a todos.

—¿Crees que esta lucha sirve para algo? —dijo casi susurrando en el vacío.

—No, no sirve más que para hacernos más daño los unos a los otros. La clave está en el concepto del valor. Ese que se hace real por la propia libertad y a través de la paz. Yo creo en la justicia social y soy republicano por principios, pero no pienso que lo que se está haciendo con la gente tenga que ver con la libertad en la que creí. Aquí pocos eligen luchar o no por esos principios. Te agarran en tu casa: si caes en el bando nacional, eres fascista; si caes en el republicano, eres comunista. Me he encontrado con muchas personas que no saben nada de política, pero que están matando a otras porque les han dado un fusil y les han dicho que tienen que disparar en esa dirección. No, no creo en la violencia ni en estas luchas encarnizadas. Cada mañana tengo que hacer un gran esfuerzo para poder levantarme. Siento el peso del alma como una losa en las espaldas —se lió un cigarrillo y prosiguió—. No puedo más. Solo veo gente mutilada, agonizante, y todo ¿en nombre de qué? ¿Acaso puede justificarse la guerra, el asesinato? Estoy cansado, muy cansado.

—Todos estamos hartos; en los ratitos que tengo de tranquilidad, que son escasos, me acuerdo de mi familia. ¿Puedes creerlo, Javier? He llegado a ser insensible ante tanta crudeza. Ya nada me impresiona. Hago lo que me mandáis como quien prepara un guiso. Me sorprendo a mí misma ante esta actitud.

—Puedo entenderte. Es como todo, acabas creyendo que esto es lo normal. Mutilaciones, muertes, desesperación… te aseguro que intento desviar la atención a otras cosas, pero mi pasado no es para recrearme en él.

—¿Por qué dices eso? —dijo sin percatarse de que estaba metiendo el dedo en su daño.

—Tuve un hijo, pero murió, y todavía me duele recordarlo. Mi esposa me abandonó, se largó con un marqués. No soportaba la monotonía de la vida que yo le ofrecía. Creí que nunca lo superaría, entré en un momento de mi existencia en el que sólo quería dormir. Dormir, fumar y beber. Hasta que me di cuenta de que, si quería matarme, tal vez fuera más rápido inyectarme alguna cosa o cortarme las venas. Comprendí que no tenía por qué ser una víctima y me daba asco de mi propia percepción. Tiré el alcohol, comencé a madrugar y decidí que la vida no sería una porquería por culpa de una mujer.

—¿Y ahora?

—Ahora estoy solo, solo con mi libertad, y lo detesto porque creí y luché por ella, y ahora... Una mierda, Lucía, una mierda. Una mierda... He procurado respetar cada emoción, cada momento de los demás, impedir las injusticias y ya no sé qué partido político predica eso. Pero si a mí me dicen que la guerra es el paso a la paz, por mí, todo al carajo.

Él miraba enredado en el tabaco de liar y asentía con el pensamiento perdido, en silencio. Su piel canela acariciaba el papel amarillento, sus ojos del color del mar miraban la llama del cigarrillo como si de magia se tratara, y en su alma se dibujaba un rostro ajado por el tiempo, pero que todavía desprendía sabor a niño. Simplemente, lo contempló en ese instante preciso. La emoción le ahogaba con una sensación de angustia suave y agradable. No, jamás se le borraría su imagen de la memoria.

• • •

Hacía un calor tremendo, olía a sangre reseca, y el hedor impregnaba los telones que cubrían el hospital ambulante. Javier operaba la pierna de una mujer mientras Lucía limpiaba los restos de sangre que desprendía, y así, sin más, como quien está preparando una comida rutinaria, entablaron una conversación que nada tenía que ver con la realidad que vivían.

—Me pregunto cómo tu madre consiguió estudiar, yo creo que está prohibido que las mujeres lo hagan.

—Mi madre solicitó ser admitida en la Universidad de Salamanca como estudiante de Medicina a finales del siglo pasado, es decir en 1895. Le enviaron una carta donde le decían que no era una profesión propia de mujeres y que debería pensar en algo que estuviera más relacionado con su sexo. Ante la negativa de Salamanca, presentó la solicitud en Madrid y en Barcelona. La respuesta fue la misma. Pero mi abuela Leonor, que siempre ha sido una mujer con gran empuje, habló con el cura de nuestro pueblo, él nos formó tanto a mi madre como a mí. Decidieron que, si era una cuestión de sexo, se inscribiría como varón. Así que mi madre pasó a llamarse E. León de Mena. Rectificaron sus documentos, y no me preguntes cómo lo hicieron porque siempre será un secreto entre mi abuela y don Carmelo.

—¿Por qué E. León?—continuó mientras cosía con la aguja la pierna de aquella mujer.

—Porque se llama Elena Leonor, creo que cuando le preguntaban por esa E, ella contestaba que se refería a Eduardo León de Mena. Pero lo más terrible es que, durante toda la carrera, ella fue un chico para sus compañeros. Vestía prendas masculinas, iba a los cafés de varones e, incluso, una vez asistió con los compañeros de facultad a un espectáculo exclusivo para hombres.

—¡Qué interesante! —declaró sorprendido por la historia.

—Interesante o rara, que es de lo que la han tratado en nuestro pueblo. Cuando volvía a finales de cada curso, siempre lo hacía por la noche para no encontrarse con nadie. Estaba segura de que, si alguien la delataba, la expulsarían de la universidad.

—¿En el pueblo no le preguntaban?

—Mi madre no ha sido muy extrovertida, siempre le ha gustado estudiar en exceso, y las relaciones, curiosamente, las hacía con gente más humilde que ella, por lo que eran amistades más de ayuda que de intercambio. Pienso que siempre ha sido una inadaptada. Decía que no soportaba la cursilería de las mujeres de su época, el coqueteo y la ramplonería, que prefería a las personas más humildes porque, aunque no tenían cultura, tenían la bondad más a flor de piel y todo era más simple con ellas.

—¿Y supongo que tu padre será también peculiar? —dijo cariñosamente, intentando no molestarme.

—No, mi madre no se casó porque mi padre ya estaba casado. Fue su amor durante una noche, y lo amó tanto que pidió al universo prolongar su existencia. Solo que el universo se lo concedió indirectamente con una hija, esa soy yo —repuso Lucía sonriendo y volcando el material que había recogido de la mesa de operaciones en una pileta para enjuagarlo.

—¿Bromeas? —espetó soltando el bisturí encima de la palangana.

—No, es casi verdad —dijo prendiendo fuego al alcohol para desinfectar las agujas, las jeringuillas y el instrumental que había utilizado Javier en la operación.

Recogieron el quirófano ambulante, Lucía barrió aquel espacio que utilizaban a diario, se quitó el resto de la sangre de las manos y se frotó con alcohol y agua. Y cuando todo estuvo acabado, tomaron una especie de bocadillo con pan de maíz en un espacio que habían habilitado al lado del quirófano.

—Mi madre dice que lo más importante del ser humano lo tenemos aquí —hizo un gesto señalando la cabeza.

—Por supuesto.

—Se ha empapado de los escritos de Kretschmer y de Sheldon, aunque opina que estas teorías están ya un poco obsoletas. Así que ahora quiere ir a la Universidad de Munich a estudiar neuropsiquiatría, una especialidad nueva. Lleva a cabo experimentos en un laboratorio que tiene en casa y mide el peso, la altura y no sé qué más de la gente del pueblo porque dice que tienen que ver con su forma de ser. Lo que ella hace todavía no se considera disciplina médica en España. Por eso, antes de estallar la guerra, viajaba a Madrid, a unas reuniones en un sótano viejo del Hospital Provincial, para formar una escuela con esta rama científica.

—Interesante. ¿Y qué investiga tu madre en el pueblo? —dijo mientras mordisqueaba el trozo de pan de maíz.

—Está investigando la catatonia experimental en gatos. Antes de estallar la guerra, publicó su primer trabajo, algo así como *La causa del desarrollo de la personalidad hipoparanoica*. Quiere ir a Alemania y a Austria; dice que allí están la cuna y fuente de sus investigaciones. Hay un médico vienés con el que se cartea, que, por cierto, tiene ideas muy revolucionarias.

—No tengo mucha idea de neuropsiquiatría ni de los médicos que la estudian. Vamos, caminemos un poco —interrumpió Javier y se levantó.

Fueron a la orilla de la ribera. Lucía miraba el cielo azul brillante, las colinas a lo lejos parecían acercarse, y el viento cantaba la caricia de los avellanos. Hojas secas jugaban con la brisa, y le venían recuerdos convertidos en sueños.

—¿Qué hizo tu madre cuando terminó? —dijo interrumpiendo sus secretos.

—¿A qué te refieres?

—¿Cómo consiguió la licencia?

—Pues igual que todos, solo que con nombre de hombre. Ella tiene en su título E. León de Mena. Don Carmelo, el cura, siempre ha dicho que, si alguna vez lo necesitan, tendrán que recurrir a los mismos amigos que los socorrieron para hacer su solicitud en la universidad. Es cuestión de necesidades.

—No puedo creer que nadie notara que era una mujer.

—Me comentó una vez que se sintió un poco rechazada por

sus compañeros porque pensaban que era un poco afeminado. Un día se le acercó uno de ellos, Pablo, y mientras tomaban un café, le contó que él era diferente a los demás chicos de la universidad, que en realidad no le gustaban las mujeres, que se lo confesaba a él porque lo veía distinto y, también, con mucho sufrimiento. Mi madre le dijo que ella era una mujer, que tenía que guardar su identidad porque no se le permitía estudiar, y que estaba en lo cierto en la percepción de su tristeza, porque no entendía cómo podía ser que debiera disfrazarse durante tantos años. Desde aquel día Pablo ha sido el único y gran amigo de mi madre. Ambos han mantenido siempre sus respectivos secretos. Lo sé porque ellos mismos me lo confesaron.

—¿Y cómo comenzó a trabajar?

—Sacó la plaza en el pueblo, no me preguntes con qué identidad, pero comenzó allí. Sabía que tendría dificultades en un hospital, por eso se centró en lo que le gustaba: la investigación, montando un laboratorio en casa. A la vez, se ocupaba de los pocos pacientes que venían a su consulta. Así que en el pueblo atendía partos, escayolaba brazos, piernas y mandaba preparar pócimas para catarros y otras enfermedades, siempre en un laboratorio que tenía a medias con el boticario. Al principio, los hombres no se fiaban mucho de una mujer, y las esposas e hijas no asistían por recomendación de su marido. Entonces, empezó a trabajar con gente muy humilde y que no podía permitirse el lujo de elegir. Como no podían pagarle, a cambio, le daban algún conejo, gallina o verdura que tenían en su huerta.

—¿Y ella cómo sobrevivía?

—Mi familia se ha buscado siempre bien la vida. Además, el padre de mi madre procedía de una familia de gran fortuna. Él la supo mantener. Ello nos ha permitido vivir bien.

—¿Y tú?

—Yo comencé a sentirme extraña cuando me obligaron a salir y relacionarme con la gente, siempre había vivido en mi burbuja, me sentía feliz en ella. Mis temas eran diferentes a los de otras chicas, pero Sagrario me enseñó mucho en este aspecto. Sagrario ha sido mi única amiga, y realmente fuimos educadas de forma distinta. De pequeñas jugábamos a las muñecas, y yo le leía libros porque ella no sabía hacerlo, hasta que un día le dije que por qué no aprendía, así no dependería de mí cada vez que quisiera leer algo. Me respondió que su padre se lo había prohibido, e hicimos un trato: yo le enseñaba, y ella mantendría el secreto siempre. Esa fue la primera vez de la que tengo conciencia de haber desobedecido a un adulto.

—Desde luego, menuda niña desobediente —acotó con gracia.

—Con mi poco entendimiento, no comprendía qué mal era aquel que impedía a Sagrario leer las cosas tan bonitas que tenían los libros. Todas las tardes nos sentábamos en la hierba verde que había en un rincón del jardín de casa. Alrededor estaba cuajada de una planta que llaman diente de león, allí nos escondíamos con un libro que había encontrado, el *Catón*. Ella fue mi primera alumna…

—¿Y sabes algo de tu amiga?

—Supongo que seguirá en el pueblo, cuidando de los suyos y de los míos porque es muy buena y nos ayudará siempre.

—Tengo que volver, es tarde y hay que supervisar a los enfermos, te veo dentro de un rato —dijo Javier. Se incorporó y se dirigió al campamento hospital, sacando el reloj del bolsillo.

Lucía permaneció sentada en la hierba. Se envolvió de nuevo en la imagen de Álvaro, en su tacto dulce, cerró los ojos y se acercó a su universo. Después contempló el paisaje como si estuviese sola. La quietud de la tarde dio paso a la luz de neón de una luna indescriptible. Lloró, lloró, lloró…

Sintió que el frío le hacía temblar, la brisa movía los avellanos, en el cielo las estrellas iluminaban toda la colina hasta donde su vista alcanzaba.

20

A veces creemos que todo lo que tenemos durará eternamente, yo estaba seguro de que terminaría siendo feliz con Ana. No pensé por un momento que la vida es larga y que, aunque se pase muy deprisa, no es posible estar siempre enamorado como al principio. Ana era una criatura con una belleza extrema, simpática, dulce y muy inteligente. Era lo que todo hombre puede esperar, al menos, a mí me lo parecía. Me consideraba afortunado por tener su amor. Era la primera vez que me enamoraba, y cada vez que debía separarme de ella, parecía que me robaban los sentidos. Cuando marchaba de Madrid a casa, un vacío se me abría en el alma, y el corazón entraba en un proceso de letargo del que salía cuando me encontraba de vuelta con ella.

En mi cabeza, sólo existíamos ella y yo, mi cerebro funcionaba con ese pensamiento de los niños pequeños, que creen que todas las personas sienten y piensan igual que ellos. Tal vez, la ingenuidad del ignorante. La realidad es que quería estar todos los segundos a su lado, como si temiera que me fuera a ocurrir a mí también lo que les había pasado a todas las mujeres de mi familia.

Quizás fuera yo el culpable de lo que se estaba enredando en mi propia relación, sin apenas darme cuenta.

Un día Ana me comentó que estábamos demasiados tiempos juntos y que le gustaba tener su espacio. Siempre había creído que era respetuoso en ese sentido y, por ello, me sentí dolido por sus consideraciones. No podía imaginar que no deseara abrazarme, amarme, porque para mí era como el aire. Necesitaba su presencia, su calor, su aliento. Respiraba a través de ella. Ahora sé que aquello no era natural. En ese entonces comencé a entender a Bernardo, me acordaba de Agustina y de esas telas de arañas de las que me había hablado mi hermano, y no concebía que el mundo fuera así.

Ana era mi luz, el sentido de mi vida, jamás había amado a alguien como a ella y deseaba hacerla feliz, pero también necesitaba tocarla y besarla.

—No seas pesado, estás todo el día encima —se quejaba.

—Porque te necesito —contestaba yo con una naturalidad pasmosa.

—Sí, pero las cosas no son así. La vida es más que solo nosotros, no puedes estar todo el día en mi chepa.

—La vida es lo que uno quiere que sea. Es fugaz, y en esa fugacidad puedes priorizar lo que te dé la gana. En mi caso, priman los afectos, el cariño, la pasión y el deseo. Lo demás es secundario —insistía.

—Sí, Adolfo, pero no estoy habituada a un hombre tan expresivo, mis otras relaciones fueron diferentes, y no quiero decir que sea malo, pero dame tiempo para respirar.

Yo no hacía caso porque siempre creí que lo que hacía era lo que salía de lo más profundo de mí, y por las historias que había escuchado contar a las mujeres de mi familia, que siempre habían valorado en los hombres la manifestación de los afectos, algo en lo que se nos había educado, y yo no deseaba guardar por ser tan valioso.

—Pues para mí son importantes también las relaciones con los demás, el trabajo futuro, vivir bien, tener calidad para poder disfrutar; todo eso es casi tan esencial como lo que apuntas.

—¿De qué sirve tener cosas, acumular, si nos vamos desnudos? Como nacemos, morimos, y lo único que llevamos es lo que está en nuestra piel. No digo que no sea importante tener cubiertas las necesidades básicas y un poco más para disfrutar, pero demasiado, ¿para qué? Yo quiero ver mundo, gozar de la vida, leer mucho para tener una visión de otras realidades que jamás podré conocer, pero con alguien a mi lado con quien poder regocijarme, compartir, reír, sintonizar y llenarme el alma. Por ello, priorizo el amor. Solo lo entiendo así, no es posible de otra manera.

—Tienes más fantasía acerca de la realidad que el resto de las personas. Mi madre diría que eres muy joven. Yo no creo en la eternidad de las cosas.

—Lo nuestro no acabará. En mi corazón no cabe esa posibilidad.

—Ahora tampoco en el mío. Pero estoy convencida de que, con el tiempo, nos ocurrirá. Comenzará el tedio, los días monótonos, el cansancio de la relación, y no podremos hacer nada porque aparecerá otra persona que nos resultará más atractiva, tal vez nueva. Y sufriremos. Como cuando padecemos la muerte de alguien. Uno de los dos dará el paso para que acabe.

—La filosofía de vida que yo he aprendido es que si no estamos de acuerdo, todo el amor se convertirá en odio. El paso de una emoción a otra es simplemente un instante de dolor para cambiar cara por cruz. Pero, precisamente, en ello está la sabiduría, en cambiar el amor por otro sentimiento distinto al odio, no permitirnos jamás odiar porque hace daño y nos daña —dije interrumpiéndola.

—Pero aunque borremos la fuerza del odio, volvemos a encontrar otra persona creyendo que no nos sucederá jamás y repetimos la historia. Nos engañamos, los afectos son una mentira con fecha de caducidad.

—Eres tan negativa… Para mí, es la primera vez que me enamoro, y creo que no soportaría vivir sin ti. Me consumiría, me perdería en el tiempo.

—Si alguna vez nos sucediera, te perderías y volverías a encontrarte. Es así de duro y de cruel. Yo solo creo en el momento. Es como la vida misma. Pensamos que nuestra juventud es tan real que nunca seremos mayores. Pero el tiempo transcurre tan deprisa y con tanta fugacidad que no nos damos cuenta. De pronto han pasado veinte, treinta, cuarenta años, y entramos en esa etapa de vejez que llaman tercera o cuarta edad. ¿Qué coño es eso?

—Por eso, Ana, quiero que me ames ahora, en este momento, en mi cabeza no cabe nadie más que tú. Mañana tal vez sea diferente, pero ahora mi corazón está lleno de ti, y el alma me late a través de tu cuerpo. Dentro de unos minutos, quizás todo sea una mentira, y no me arrepentiré de haberte amado hoy porque tú eres la que ocupa mi vida, solo tú y nadie más.

—Eres… el capricho de mis deseos. El capricho de ahora, mi dulce Adolfo, mi gran amor, el único.

21

Había un sol infernal. El olor áspero y reseco a sangre mortecina impedía a veces respirar. Llevaban dos años en condiciones precarias, pero Lucía había acostumbrado a la situación para tratar de no dañarse más con su propia realidad. Durante ese tiempo, recibió apenas tres cartas de la abuela Leonor, donde le comentaba que sobrevivían y que Luis estaba creciendo sin darse cuenta de lo que ocurría a su alrededor.

Javier comenzaba a ser una persona importante en su vida, era el único amigo y compañero con el que podía conversar y salir de aquella rutina que en ciertos momentos le ahogaba. Tampoco sabía qué ocurriría al día siguiente, si les bombardearían o sobrevivirían a las circunstancias. Desconocían el curso de la guerra, llegó un momento en el que no hablaban ni preguntaban sobre el tema a los heridos que procedían del frente.

—Me siento muy bien contigo —susurró Javier, casi sin venir a cuento, con los ojos sumidos en el tabaco de liar. Lucía se quedó paralizada por su comentario y, para cambiar de tema, le preguntó:

—¿Me das papel para hacerme uno?

—Claro, toma este cigarro que ya está preparado —dijo frotando la rueda de su encendedor y soplándola fuerte para avivar la llama.

Luego, solo se oyó el sonido de los pájaros y del viento, hasta que él volvió a romper ese instante:

—A veces creo que algo nos protege en los momentos más duros y que es lo mismo que me marca el camino del triunfo. Descubro en la oscuridad rayitos de luz para alimentarme y, de este modo, encuentro motivos para seguir existiendo, eso es lo que me está pasando. Entre tanto dolor y desgracias, apareces tú, obligada por los soldados, pero aquí, en este lugar de miseria, y haces que mi vida tenga un horizonte entrañable, aunque sea inmediato, ahora.

—Solo que yo lo llamo mi ángel de la guarda, busco entre las tinieblas y encuentro el instante que me haga disfrutar frente a las adversidades. En las situaciones más duras, hace que me halle con alguien que me impulse para seguir luchando. Cuando llegué aquí, no comprendía por qué este lugar. Tengo la certeza de que siempre hay una razón para todas las cosas —dijo a sabiendas de que Javier comenzaba a ser importante en su corazón.

—La única satisfacción que me mueve en este lugar es haberte encontrado, insisto, aunque sea precisamente aquí. Eres lo mejor que me ha pasado en los últimos años o, tal vez, lo mejor en toda mi vida. Aunque fui militante político, nunca soporté la guerra, la odio, pero tú haces que me funcione el cuerpo cada mañana cuando despierto a tu lado… No sé qué voy a hacer sin ti cuando esto se acabe.

—Buscaremos la manera de resolverlo, ahora no pensemos en ello. Quizás mañana nada exista. Todo está lleno de incertidumbre —dijo cariñosamente y muy nerviosa.

Entonces se oyó una fuerte explosión, como si el cielo hubiera entendido sus palabras. Corrieron al hospital prefabricado. Los enfermos y los telones ardían entre llamas que devoraban sin discriminación y arrastraban todo a su paso, como una plaga de termitas. No pudieron entrar. La gente gritaba aterrorizada mientras el fuego altivo y sereno continuaba su carnicería. Los soldados intentaban apagarlo, pero era inútil. Olía a carne quemada. Casi todos estaban muertos. No tenían medicinas porque estaban dentro, nada… La impotencia le impedía llorar, la había dejado sin lágrimas.

—¡Por qué, Dios, por qué! —gritaba un hombre tirado en el suelo.

Ante el espectáculo, se quedó paralizada, las piernas le temblaban, y tenía ganas de vomitar. No podía avanzar un paso entre aquellas explosiones, y la gente huía despavorida. Buscó a Javier, que había desaparecido. Corrió de un lado para otro, la gente se amontonaba a su alrededor. Buscaba algo para poder socorrerla. María, otra enfermera, ayudó a colocar a los heridos en filas, tumbados a la intemperie. Vio salir a Javier de entre el fuego con un enfermo encima. Gritó:

—Buscad medicinas, en aquel pabellón ha quedado algo.

Caminó deprisa mientras sus ojos oteaban fugaces el desolador paisaje, era el castigo de la maldad, el árido campo donde las plantaciones eran cuerpos humanos que se mimetizaban con la tierra quemada.

Javier envió a un soldado para pedir ayuda. Al alba, vinieron a buscar a los supervivientes para trasladarlos a otro hospital. Los montaron en un camión en dirección a alguna parte.

—¿Te has fijado, Lucía? De nuevo tu ángel nos ha protegido. Podríamos haber estado dentro, era lo habitual. Sin embargo, no ha sido así. Estábamos juntos. Nos hemos salvado —espetó Javier en un extremo del camión mientras se protegía del frío.

Entre aquellas capas mugrientas en las que estaban envueltos,

caminaron a no sabían qué parte. Se le veían los dedos soste-
niendo la colilla del último cigarrillo.

Se hizo silencio durante horas, después se acercó a él y le agarró la mano:

—Estoy un poco cansada, ya no puedo más, es mucho tiempo,
hay días que sólo tengo ganas de desaparecer. ¿Cuándo terminará
esto? Pienso en mi hijo, sé que cuando vuelva, se encontrará con
una desconocida. Mi madre estará sufriendo otro infierno como
yo, mi abuela estará afrontando la vida con Micaela para poder
comer. Es tan dura la incertidumbre cuando piensas en los
otros… —susurró, casi perdida.

Lo abrazó y sintió sus latidos a través del pecho. Tal vez vivían
con el mismo corazón, tal vez era lo que les daba la vida. La sal de
sus lágrimas le empapaba el rostro dando luz a la ternura.

● ● ●

Y llegaron a otro monte. Los alojaron en los alrededores de un
pueblo pequeño. A los enfermos los trasladaban a otro hospital,
pero Lucía y Javier debían preparar una casa para instalar a los
heridos que continuaran llegando y atender las órdenes recibidas.
La casa estaba deshabitada y olía a humedad. Entonces, mientras
lo ponían todo en marcha, solo eran los dos en aquel lugar lúgu-
bre y sórdido que debía convertirse en hospital.

Un día, como salida de la nada, apareció una niña por la puerta
y atravesó el corredor. Lucía creyó que era una fantasía escapada
de un cuento. En medio de aquel lugar perdido y casi abandonado, se presentaba una criatura de aspecto frágil, sucia, que sonreía como dándoles la bienvenida:

—¿Son ustedes de aquí? —les dijo, como si aquel territorio
fuera el suyo.

—¿De dónde has salido tú? —le preguntó.

—Señora, yo soy Clarisa, para servirle a Dios y a usted —contestó con las manos enlazadas en la espalda y segura de lo que decía.

—¿Pero de dónde sales? —insistió Javier, que permanecía a su lado.

—Pues usted disculpe, pero salgo de mi casa, de mi pueblo. Yo siempre juego por aquí, con mi piedrita. ¿Quiere usted que se la enseñe? Es muy bonita —desconcertada, Lucía se acercó, observó su juguete y la cubrió con un abrazo como si se tratara de su hijo. Ella se emocionó y se quedó en silencio, confusa, sin entender el porqué de su reacción, no estaba acostumbrada a que nadie la abrazara. A partir de entonces, Clarisa los visitaba a diario. Controlaba exhaustivamente las reparaciones que hacían para asegurarse de que todo fuera correcto.

Clarisa tenía siete años. Su padre era republicano y estaba en el frente. Su madre había parido nueve hijos, y ahora, la paga que le llegaba de su marido como soldado era muy pequeña, por eso se dedicaba a vender café que traía de Portugal atravesando la frontera y, por supuesto, de contrabando. Le habían querido cortar el pelo por roja, pero su fuerte carácter lo había impedido, nadie se atrevería a hacerlo con la madre de Clarisa. Sin embargo, la niña se paseaba por el pueblo investigando dónde encontrar algo para poder jugar. Tenía su piedrita, como ella la llamaba, que decía que era una pelota. No quería que a ningún niño se le antojara, por lo que la había convertido en una piedra y así, a nadie le daría envidia y, por lo tanto, no se la quitarían. Un día como tantos otros apareció por la casa.

—¿Puedo entrar? —dijo asomando la cabecita.

—Claro, pequeña —respondió Javier mientras colocaba unas sábanas para distribuir un espacio.

—Tengo un poco de frío, mis botas katiuskas están rotas, y por este agujero entra el maldito aire.

—No tienes edad para utilizar esas palabras.

—Pero tengo tanta humedad en los pies, que si la maldigo, tal vez se marche a otras botas. ¿Puedo coger este semanario nacionalsindicalista?

—¿Es que sabes leer? Es de hace un año —preguntó Lucía sorprendida.

—No, señora, pero sé cómo se llama.

—Bien, coge lo que quieras.

La miró de reojo y vio a Clarisa envolviéndose los pies en el papel del periódico. Después los introdujo en sus botas.

—Ya está, ahora seguro que se calentarán.

—Ven aquí, tengo unos calcetines que, aunque son de militares, calientan —dijo Javier casi de inmediato, sorprendido por la escena.

—¿De verdad voy a tener calcetines, señor? —preguntó saltando con un pie y sacándose los papeles con las manos.

Javier los colocó en los pies de la niña y observó cómo se iba dibujando la sonrisa en sus labios. Entonces los interrumpió el rugido de la puerta y unos pasos que se adentraban por segundos hasta donde nos encontrábamos.

—¿Viven ustedes aquí? —dijo un soldado con camisa y pantalón marrón claro.

—Bueno, aquí trabajamos, aunque todavía no hemos montado el servicio, pero nuestra idea es preparar un hospital. Somos médicos —dijo Javier un poco nervioso y desconcertado por el color de la ropa de los militares.

—¿A qué gente del frente?

—Todavía no sabemos, nos han sacado de nuestras casas y nos han traído a este pueblo. No tenemos certeza si el servicio será para su ejército o para el contrario —respondió Javier mintiendo mientras tragaba saliva.

—¿Ustedes son nacionales o rojos? —preguntó irónicamente.

—Nacionales, por supuesto —respondió sin apenas titubear.

Entonces se acercó a la niña, creyendo que era la hija de ambos y le preguntó:

—Niña, ¿cómo te llamas?

—Clarisa, señor para servir a Dios y a usted.

—¿Y qué, te gusta esto? —y colocó la mano con el símbolo de los falangistas—. ¿O esto? —y colocó el puño alzado.

La niña volvió la vista hacia Javier que permanecía pendiente de su respuesta. Le sudaba la frente a pesar del frío que hacía. Clarisa les miró en busca de respuestas. Lucía le hizo una señal con el gesto, aparentando que se retiraba el pelo de la cara con el dedo pulgar y la mano más recta que nunca, y la niña lo comprendió. Despierta, como siempre, alzó la mano al estilo de los nazis y dijo:

—Me gusta hacer esto, señor, es lo que nos gusta a todos.

Javier y Lucía respiraron fuerte y se tranquilizaron. El soldado les comunicó:

—No tienen que montar nada para continuar curando. La guerra se ha terminado. Hemos ganado.

Salieron de la casa, abrazándose los tres, lloraron de felicidad y besaron tanto a Clarisa que comenzó a protestar por tanto arrumaco. No imaginaron en aquellos momentos el coste del fin de la guerra en sus vidas.

—Me voy a buscar a mi madre —dijo Clarisa en un tono desenfadado, ausente de la importancia del momento.

Lucía, de inmediato, comenzó a recoger todo para marcharse a casa lo más velozmente posible. Javier aguardaba inalterable y observaba sus movimientos.

—¿Vendrás conmigo? Allí nadie te conoce, podemos vivir tranquilos —comentó mientras preparaba una talega vieja con las cuatro cosas que tenían.

—¿Estás segura? Soy republicano, ha ganado el Frente Nacional y no sé cuánto podré mantenerme en el anonimato.

—Quiero que vengas conmigo, mi familia ya lo sabe. Todos te están esperando. Te ayudaremos y te protegeremos —dijo acercándose a él, cogiéndole las manos y colocándolas alrededor de ella.

Solos, el silencio se hizo un espacio, su piel le pareció más suave que otras veces, percibió la claridad a través de su tacto dulce y se hizo luz como la mañana. Ya no tenía miedo.

• • •

Llegaron a casa. Elena corrió a abrazarla cuando oyó gritar desde la puerta a Micaela.

—¿Cómo estás, Lucía? —dijo sin poder contener las lágrimas.

—Muy bien, estoy muy bien —respondió mientras saltaban locas de contentas.

Se acercó un niño.

—Es tu mamá —dijo Micaela mirando a Lucía.

Él la besó casi con miedo. Lucía se agachó y se abandonó a aquella emoción. Tenía frente a ella un cuerpecito que ya no reconocía. Lo apretó tan fuerte que comenzó a llorar.

—¡Ha vuelto mi niña, mi Lucía! —gritó Leonor que volvía en aquel instante de no se sabe qué sitio.

Parecía mentira, después de tanto tiempo, estaban juntas otra vez.

—Aunque tenemos pocos víveres, me las compondré para preparar algo para vosotros —dijo Micaela.

—¿Y tú, mamá, cuándo has vuelto? —preguntó Lucía.

—Ayer, pero como han ganado los nacionales, a mí me han traído rápido de nuevo a casa. Espero que ahora la gente se calme y no haya más revanchas, creo que ya es suficiente. Estamos llenos de odio con esta guerra.

Entonces Lucía se percató de que había olvidado presentar a

Javier, él había permanecido observando el espectáculo. Lo agarró de la mano y lo sacó de aquel rincón en el que se había quedado inmóvil, en un instante recordó que en otro momento su querido Álvaro había aguardado en ese mismo lugar, el primer día que había venido a casa a buscarla:

—Mamá, abuela, Micaela, él es Javier. Del que os he hablado en tantas de mis cartas.

—Bienvenido a nuestra familia, hijo, todos te estábamos esperando, eres bienvenido a nuestro hogar, eres bueno para ella, lo serás para todas nosotras —dijo Elena mientras lo abrazaba.

22

—No sé qué hacer, estoy desesperada. Vicente dice que nos casemos. Me da miedo comentárselo a papá, creo que me he jodido la vida —dijo Julia entre lágrimas.

—Tal vez prefieras abortar, dicen que en Londres está permitido y que hay viajes para eso, preguntaremos a Bernardo si quieres —respondí tratando de consolarla.

—No, eso sería para mí algo peor. Entiéndeme, no soy quién para juzgar a las personas que lo hacen, pero yo no puedo plantearme esa cuestión, siempre he creído en la trascendencia que una criatura puede llegar a tener y no puedo romper con mis principios. No estoy embarazada por una violación, sino por alguien a quien amo. Tengo que ser fiel a mis convicciones, es lo único que me queda —dijo rompiendo a llorar otra vez, tumbada en el sofá de nuestra casa.

—Bueno, Julia, no llores, se resolverá todo.

—Sí, es una decisión exclusivamente mía, nadie puede decidir por mí, pero me gustaría estar en estos momentos en la piel de otra persona. Y si lo tengo, ¿cómo lo mantendré? Tendré que pedir ayuda, me preocupa la reacción de papá y mamá.

—Tal vez puedas ocultar el embarazo, y luego lo daremos a un orfanato o en adopción…

—Estás loco o qué, eso no lo haría jamás, ¿crees que puedo llevarlo en mi vientre y luego desprenderme? No. Sé que voy a tenerlo… aunque deba dejar todo en la vida, no puedo hacer otra cosa. Es mi responsabilidad, tenía que haber sido más cautelosa… ¿Y papá?

—Di mamá, porque papá no te reprochará nada.

—Adolfo, estoy asustada, quiero que me acompañes a plantear la situación en casa. Después, según la reacción de ellos, decidiré el camino que seguiré.

—Creo que te equivocas, tendrás que clarificar lo que tú quieres y puedes, y después informarlos de la situación si es necesario. Si no sabes qué hacer, habla con la abuela Obdulia. Ella te aconsejará y mantendrá el secreto, si ha de serlo, hasta la tumba. ¡Qué mala suerte que Bernardo esté de viaje! —dije mientras preparaba algo para cenar.

—Sí, pero tú me ayudarás —se incorporó y dejó de llorar.

—Claro que sí, no te preocupes, yo te acompañaré a casa. ¿Cuándo nos marchamos? Ahora prepararemos algo para comer, lo necesitas —y busqué en el armario alguna pasta para hervir.

—Te echo una mano. Si no te importa, nos vamos mañana, que es viernes.

—¿Nos acompañará Vicente? —puse el agua en el fuego.

—No, para qué, prefiero que vayamos solos —abrió una lata de bonito para poner a la pasta.

—Bien, te aseguro que ahora no pienso con claridad —abrí la lata de tomate frito para mezclarlo. Después saqué la pasta del agua, la lavé con un chorro de fría, mezclé todos los ingredientes, y nos sentamos a cenar:

—Hoy no creo que pueda dormir, tengo un desasosiego que no me permite estar tranquila, me cuesta respirar.

—Es normal, pero ya verás que todo se resuelve. Por si te sirve, la abuela hubiera dicho que esto tiene que traer algo positivo. Verás que es así —comenté.

Acompañé a mi hermana durante toda la noche: cenamos, fumamos sin cesar hasta la madrugada, dormimos apenas un rato y, por fin, marchamos a la estación a coger el transporte que nos llevaría a casa.

Me dio la impresión de que el tren aumentaba el número de paradas. Julia vomitaba cada media hora. El embarazo no podía causarle tanto malestar. Era evidente que la angustia provocaba todos sus trastornos; ella nunca había sentido miedo, pero ahora estaba aterrada. Sí, esa era la causa por la que ya no le quedaba bilis para expulsar. Sentí pena por ella. La observaba mientras estaba recostada. ¿Qué sería de su vida si decidía tener ese hijo? ¿Y sus estudios? ¿Sus ilusiones? Este niño no entraba en sus planes. No estaba seguro de la reacción de nuestros padres. ¿Y Julia? Todos sus proyectos en un pispás habían dado un giro en su existencia. Julia, mi querida hermana, la que se comía el mundo, estaba ahí, vomitando la angustia. Como si me adivinara los pensamientos, se acercó a mí y, acurrucada, se pasó todo el trayecto llorando. Ocho horas llorando. Yo la consolé como pude, pero su alma estaba rota y asustada.

Llegamos a la estación a las cuatro de la tarde. A través de las ventanillas, en un segundo, pude ver la silueta de mi padre. Esperaba en un banco y leía el periódico. Estábamos de nuevo en casa, aunque no era fiesta, llovía y hacía un frío que me helaba la piel.

● ● ●

La abuela intuía que algo pasaba. Siempre tuvo un don para detectar lo que sucedía. Así que nos invitó a café con perrunillas, como de costumbre, sólo que esta vez lo tomaríamos Julia y yo, sin ninguno de mis hermanos:

—Bueno, ¿cuál es la causa de vuestra aparición sin Bernardo y sin ninguna fiesta que se preste a esta venida inesperada?

—Simplemente, nos apetecía —dijo ella nerviosa, ocultando la mirada a la abuela.

—Pero ¿no se lo piensas decir? —le pregunté entrecortado en un intento de ayudarla.

—Me da tanto miedo hablar de ello que quiero negar la evidencia. No sé qué hacer —y rompió a llorar de manera desesperada.

—¿Qué te pasa, niña? —dijo la abuela Obdulia un poco asustada. Se levantó y se acercó a Julia para conso-larla.

—Estoy embarazada, eso es lo que me pasa —dijo en aquel estado de desesperación.

Le cogió las manos y se las apretó, respiró profundamente y cerró los ojos antes de hablar. Me pareció que era mucho tiempo el que permanecía en silencio y noté que también mi abuela estaba desconcertada:

—¿Qué vas a hacer? —le preguntó con un hilo de voz casi imperceptible.

—No lo sé, no sé si tenerlo y, si lo tengo, no sé cómo voy a mantenerlo.

—Puedes trabajar y sacarlo adelante, yo te ayudaré, y tus padres también lo harán. Pero lo más importante es saber que eres tú la responsable de esa criatura y que tendrás que renunciar a muchas cosas de la vida por atenderla. Esto no es un juego. Debes comprender que, a veces, no hay marcha atrás en las decisiones, pero si tú no quieres cuidarla, otros se encargarán de ello.

—¿Y mis estudios? ¿Mi vida? Todo es una pesadilla. Tendría que haber puesto remedio para no embarazarme, y esta es la consecuencia, pero para mí abortar es peor, no puedo, no me lo perdonaría.

—Sabes que abortar tiene sus riesgos, yo no hablo del aspecto legal, que ya es importante, sino del riesgo de perder la vida. Puedes morir en la práctica.

—Ya.

—Hagas lo que hagas, el hecho te marcará siempre. Ahora lo único que debes tener claro es si serás una buena madre: no puedes traer al mundo a un ser que rechazas porque eso sí tendrá consecuencias para ti y, sobre todo, para él. Es injusto quitártelo del medio a sabiendas de que hay gente que se quedará con el bebé, empezando por tu madre. Es preferible que te sientas culpable por darlo en adopción, aunque sea dentro de la propia familia, a que ese niño se sienta rechazado toda su existencia. ¿Y el padre?

—El padre es Vicente, está en el último año de la carrera, aún no ha terminado, tendrá que acabar sus estudios.

—Pregunto si lo quieres y si él quiere a ese hijo.

—Creo que sí, abuela, y también me apoyará en lo que decida, supongo.

—¿Y tus padres?

—Lo que más me preocupa son ellos, no me atrevo a planteárselo. Estoy avergonzada. Mi madre me matará.

—No seas tan drástica. Posiblemente es la primera vez en tu vida que tienes que decidir tu destino. Cuidar un bebé es algo natural, te sale, no hace falta estudios. En cuanto a la vida que llevarás, solo lo sabrás cuando la experimentes. Y si algo no te gusta, siempre podrás cambiarlo. Tienes que cuestionarte si realmente quieres a ese niño, si lo vas a cuidar como se merece toda criatura y qué harás con el padre: si te casarás o lo sacarás de tu vida. Eso es lo que te debe preocupar, y no sólo tus padres, que pasarán a un segundo lugar. Ellos aceptarán lo que tú decidas, les guste o no. Pero el rumbo que tomarás solamente lo marcarás tú, y es muy posible que esta decisión haga girar tu vida en otra dirección para siempre.

—No sé… no sé, abuela —lloraba desconsolada Julia.

—Nosotros podemos apoyarte e, incluso, facilitarte algunas cuestiones, pero la responsabilidad es tuya. Es tu camino el que decidirás y, en última instancia, tú sola; eso es lo único importante —dijo la abuela con todo el cariño que la caracterizaba.

—Tengo tanto miedo. El matrimonio me suena a fin.

—Eso es lo de menos. Procedemos de generaciones donde el matrimonio no ha sido prioritario. Tal vez para tu tatarabuela Leonor, que era bastante religiosa, era una cuestión de vida o muerte, sin embargo, mi madre fue madre soltera. Y aquí me tienes. En cuanto a tus padres, lo único que les dolerá será verte sufrir, pero si te ven feliz, te aseguro que no será ningún trauma.

—¿Y mi madre?

—Tu madre es aparentemente conservadora, pero en realidad, no lo debe ser tanto, cuando se casó con tu padre, que a su vez estuvo educado por mí y, desde luego, no respondo al prototipo de mujeres de mi tiempo. Esto no te lo digo con orgullo, sino para que aprendas que se pueden aceptar las diferencias sin más sufrimiento. Entiendo tus miedos, pero nuestra libertad tiene siempre un coste. Si tú quieres, yo te acompañaré a hablar con tus padres. Pero serás tú la que se lo digas, es tu responsabilidad. Una vez que hayas decidido qué hacer, me lo comentas.

● ● ●

Tal vez porque habían aprendido de la abuela, que resolvía los problemas sin dramatizar, mis padres no dijeron nada delante de mi hermana, pero sé que sufrieron mucho y que mi madre lloró desesperada porque mi hermana apenas tenía diecinueve años. Julia propuso casarse en una ceremonia sencilla. Quizás, para tranquilizar a mamá. La celebraron en Madrid y se marcharon los dos a un pequeño apartamento que alquilaron en la calle Raimundo Lulio.

Vicente alternaba los estudios de arquitectura con los trabajos que le iban surgiendo. Mamá y papá continuaban pasándole a Julia la misma paga que cuando vivía con nosotros. La abuela y Micaela mandaban siempre paquetes de comida para nuestra casa y para la de mi hermana. Ella continuó engordando. No quería ir al pueblo en ese estado y se quedó en Madrid durante todas las vacaciones. Yo la visitaba siempre que podía:

—¿Qué tal te va con Ana?

—Empiezo a pensar que la relación de pareja es distinta a como imaginaba. Creo que se ha suavizado la pasión. El amor evoluciona en otra cosa. Pero sé que nunca he querido a nadie tanto como la amo a ella. A veces la miro y me parece que no estoy siendo sincero porque no le digo todos los días lo que la quiero. Otras, le pregunto por tal o cual cosa, y ella está en otros universos, se ha marchado con la cabeza a algún lugar. No me preguntes a dónde.

—Empiezo a creer que eres cornudo —me dijo riéndose.

—No seas mala, Julia, ella no me fallará nunca.

—Todos fallamos. Tú también lo harás.

—No, yo soy diferente, estoy seguro. Y tú, ¿le has fallado a Vicente?

—Creo que me he fallado a mí misma. No me cuestiono nada, si me va bien o mal con él. Además, apenas lo veo, está con exámenes y, ahora, solamente deseo parir. Tengo miedo. Espero que Bernardo esté en el parto, eso me tranquilizará.

—Hija, pareces deprimida —puse a calentar el agua para hacer un café.

—Más que eso, empiezo a olvidarme de lo que era antes con Vicente, ahora se ha convertido en otra cosa: en el dinero que nos queda para terminar el mes, en la compra que puedo hacer y en ver si me queda algo para ir al cine —respondió mientras preparaba las tazas.

—Tal vez sea esa la realidad, no los montajes que inventamos sobre la vida para hacerla más amena.

—Es curioso que me esté sucediendo a mí, me ha cambiado tanto la vida que no me planteo ningún futuro. Creo que este es un bebé que no debería tener. Ahora ya es tarde para dar marcha atrás. No se lo digas a nadie, pero es lo que pienso —confesó Julia y rompió a llorar. Se sentó en una silla de la cocina, casi desfondada.

—No llores, todo irá bien, ahora estás deprimida porque te ves gorda, en reposo y un poco sola. Pero cuando llegue el bebé, estarás feliz con tu hijito. A mí me hace una ilusión grandísima. Seguro que serás muy dichosa, ya lo verás —pero no creía en las palabras que pronunciaba.

—Adolfo, a veces trato de buscar la razón de la felicidad de ser madre y te aseguro que no la encuentro. He tenido que dejar mis estudios porque no puedo compatibilizarlos con mi embarazo desde que debo estar en reposo. Estoy harta de ocuparme sólo de la casa. ¿Y total, para qué? Vicente ha continuado su vida, sus estudios, aunque ahora tenga que trabajar en las chapuzas que salgan, pero ¿yo, qué he hecho?

—Puedes presentarte a alguna asignatura, puedes estudiar mientras estás ahí en reposo, deja de quejarte y cambia el rumbo en la dirección que quieres —dije malhumorado por el victimismo en el que había entrado mi hermana.

—Sí, vale, y cuando nazca el niño, ¿qué?, tendré que cuidarlo y no tengo ayuda para armonizar esa tarea con las otras cosas que quiero hacer.

—Tú lo decidiste. ¿Por qué no te quedaste con nosotros en el piso y continuaste con los estudios, aunque tuvieras un niño? Te hubiéramos podido ayudar.

—Porque no puedo sacrificaros con una responsabilidad que es exclusivamente mía y de Vicente. No es justo. Vosotros tenéis que continuar.

—También puedes dejarlo con mamá; ella, Micaela y las abuelas lo cuidarán de lujo, tú lo sabes. Julia, si no quieres ayuda, no te quejes ni a ti misma. Eso es lo que creo.

—Tienes razón, pero… ¿llevar al niño al pueblo con mamá? Me parece demasiado. Ya es suficiente con mi embarazo. Además, se supone que tengo que dar un hogar a esta criatura. Necesitará un padre. Todos son motivos para empezar una relación. No puedo pretender continuar viviendo en una burbuja como si nada pasara mientras me crece la tripa. No —afirmó sin escuchar casi mis palabras.

—Deja ya de sacrificarte, no quieres la ayuda nuestra, la de nuestra familia, sabes que lo cuidaríamos muy bien. Creo, Julia, que tienes una amargura dentro que te envenena. Tienes que luchar por mejorar de una puñetera vez. ¡¿Es que ya no quieres a Vicente?! —exclamé.

—Claro que lo quiero —rompió a llorar de nuevo—. Lo que ocurre es que ahora la vida me resulta más difícil. Quizás, más real. Esto no estaba en mis planes…

—No te preocupes, todo saldrá muy bien. —Me acerqué y la abracé—. Se arreglará, no te preocupes, todos te ayudaremos, pero déjate —repetí, esperando compensar mis palabras.

Se hizo un silencio convertido en tristeza, podía sentir su dolor a través de mis manos mojadas por sus lágrimas. Le di un pañuelo de los que me había regalado Micaela, con mis iniciales, y le pregunté para zanjar el momento:

—¿Cómo le pondrás?

—Papá será el padrino, pero el nombre lo elegirás tú.

—Lo llamaré Nuno, el gran desconocido.

Ella sonrió, bajó la cabeza y añadió:

—Por fin llega a nuestra familia el gran forastero.

23

La vuelta fue más dura de lo que cabía esperar. Javier y Lucía se habían instalado con toda la familia en la misma casa, con la única intención de poder subsistir economizando lo poco que tenían y poder compartirlo entre todos. La escuela continuaba sin abrirse. En casa, Lucía se dedicaba a despachar con la abuela en el estanco que habían asignado a la madre por su ayuda al Frente Nacional. Por otro lado, el trabajo de ella y el de Javier aportaban escasos alimentos, la gente no tenía dinero e intercambiaba los servicios médicos por especias cuando era posible. Lo que realmente les permitía no pasar hambre era el estraperlo de Leonor. La abuela siempre decía que lo que les salvaba era que a su madre la hubieran llevado presa los falangistas y que después hubieran ganado la guerra, tal vez eso los había librado del exilio en algún país vecino. En principio, sirvió para protegerlos, pero les asustaba el futuro de Javier, que siempre se había definido como republicano y había participado activamente con ellos, porque pese a estar lejos de Barcelona, temían que alguien lo supiese y lo delatara. Él ayudaba en la consulta a Elena, que había reanudado sus investigaciones y persistía en querer ir a Alemania a estudiar. Hacían pócimas y ungüentos para tos ferina y catarros. Los dos se habían hecho de un reconocimiento profesional, hasta tal punto que venían de otros pueblos e, incluso, de otras provincias buscando los remedios preparados por ellos. Por lo demás, la vida transcurría sin otro incentivo que el de sobrevivir.

El estanco les permitía el estraperlo de tabaco. La abuela era la encargada de dar el número de fumadores que había en el pueblo al Estado. Siempre añadía algunas personas inexistentes, y esas cajetillas fantasma las intercambiaba por trigo. Este, a su vez, se reducía a la mitad, puesto que estaba prohibido molerlo y había que pactar con don Victoriano. Cada tres noches iban juntas a verlo a su molino de cebada:

—Aquí estoy de nuevo, ¿tienes las gallinas preparadas? —decía la abuela.

—Sí, señora, todo está dispuesto —respondía el hombre.

Entonces la abuela sacaba el trigo que llevaba escondido en la parte trasera de su tartana y, con la ayuda de Victoriano, se disponía a moler.

—Cinco cajetillas y parte del trigo es lo acordado —la abuela entregaba el material mientras se hacía la harina.

—Ahora sacaremos las gallinas. Mañana vendrán seguramente de la Fiscalía de Tasas, no nos dejan ni a sol ni a sombra —dijo un día Victoriano apoyado en la muela.

—Es su trabajo, qué le vamos a hacer, lo terrible es que nuestra propia gente se convierta en enemigo. Ya no podemos fiarnos de casi nadie.

—Es verdad. Ahora usted me dirá qué hacemos. Si no nos arriesgamos, no podemos comer. Fíjese, a mí me denunció un guardia civil al que estoy harto de darle pan. La gente a veces es desagradecida —espetó y continuó con lo que hacía.

—Cierto, estamos en una etapa donde todos hemos padecido de alguna forma la tortura, sentimos envidia de situaciones mejores, entonces, hacemos cosas raras, estamos perdiendo los valores que nos han enseñado, que es lo peor —respondió la abuela, que esperaba sentada a que todo estuviera listo para llevárselo.

—Así lo creo. ¿Y han pasado por el estanco los de la Fiscalía? —dijo don Victoriano acercándose a ella para hablar bajito.

—El otro día. No sólo miraron el tabaco, sino mi casa entera, me quitaron todo el jabón que teníamos hecho. Cuando lo encontraron, buscaron el aceite. Pero el aceite no estaba porque no nos quedaba.

—Es tremendo, ¿cuándo terminará todo este trance?

—Mientras haya hambre, no se reconstruya todo y no comiencen a crecer las espigas en los campos, nada. Han pasado muchos años sin siembra y sin hombres que la trabajen. No hay nada. Una cáscara de naranja en la calle dura un segundo. La gente se muere de necesidad.

—Y no se acabe con la cartilla de racionamiento, ¿no cree? ¡Ojalá termine toda esta miseria!

Entonces la abuela le dio un cepillo de barrer a Lucía mientras ella empuñaba otro.

—Limpia bien, Lucía, no puedes dejar ni un grano de trigo, esto nos cuesta la cárcel.

Después de que recogieron hasta el trigo inexistente, don Victoriano sacó unas gallinas de un cuartucho, que comenzaron a corretear como locas encima de las máquinas, tras algún grano perdido.

—Estos animales hambrientos son la mejor idea que me ha pasado por la cabeza. No dejan ni rastro, además me engordan, claro, lo que pueden, pues es la única comida que hacen —comentó. Y se reía, con un cigarrillo de picadura entre los dientes.

—Mejor que sea así, vámonos, que estas locas nos comen también a nosotras a picotazos —dijo la abuela en tono desenfadado. Y empujaba a su nieta con la talega encima.

Colocaron el saco en la parte trasera del coche, no sin antes mirar alrededor, y salieron en dirección a casa.

—Ya conoces, Lucía, el juego que me traigo. Sé que no está bien, que hay mucha gente que no tiene nada, pero si no es así, no podríamos sobrevivir. A veces me siento francamente mal porque pienso que nosotros estamos en una situación privilegiada y que es sólo por error. A tu madre podrían haberla cogido los republicanos, pero fueron los nacionales. Ella hubiera curado de igual manera a unos que a otros. Sin embargo, esto ha supuesto que nos asignen un estanco, que a su vez me permite trapichear.

—No sufras, abuela. Eso es lo de menos. Ahora lo único que me importa es que no descubran el pasado de Javier. Curiosamente, temo por él y no por mí, yo me siento más protegida. He oído que continúan matando a la gente. El otro día encontraron cerca de la ribera a tres hombres y una mujer. Cuando llegaron a por los cadáveres, nadie sabía qué había ocurrido. Alguien comentó: «No se ha perdido nada, son cuatro rojos».

—¿Qué ha pasado con la gente en esta maldita guerra? ¡A dónde vamos a llegar! Tú no tengas inquietud, siempre hay una solución para los problemas. Lo único que no la tiene es la muerte.

—Lo que temo por Javier es precisamente eso.

—Escúchame, no vivas con la incertidumbre, lo que tenga que ocurrir, sucederá. Es absurdo anticipar acontecimientos que, a lo mejor, son infundados.

Lucía no dijo nada. Calló. Permanecieron todo el tiempo en silencio hasta que llegaron a casa. Una vez allí, metieron la tartana por la parte trasera y cerraron a cal y canto. Después cogieron el pequeño hatillo de trigo y lo guardaron detrás de un viejo baúl. Por la mañana temprano, levantaron a Luis, él era el único que cabía por el agujero instalado en el doblado. Elena y la abuela habían construido una falsa pared de ladrillos. En la parte superior de la esquina habían dejado un agujero pequeño, con una falsa ventanilla por donde solamente entraba el cuerpecito del niño. Él era imprescindible tanto para el almacenaje como para coger cualquier alimento:

—¡Despierta, niño! —decía Elena sin explicar por qué motivo lo llamaba.

—Ahora mismo, abuela —respondía mientras se levantaba apresurado, a sabiendas de su obligación.

—Te recuerdo lo de siempre, aunque pienses que soy un poco pesada. Nunca comentes a nadie lo de nuestra pequeña despensa, ni a tu mejor amigo. Si lo haces, te quedarás solo porque nos llevarán presas a tu madre, a tu bisabuela Leonor, a Micaela, y a mí. ¿Lo has entendido? —insistía Elena.

—Sí, jamás diré nada, aunque me corten la lengua.

—Muy bien, mi niño, muy bien —repetía dándole miles de besos en las mejillas.

• • •

Habían pasado unos meses desde el final de la guerra, la abuela continuaba con el estraperlo, Lucía se había acostumbrado a la rutina de todos los días, de modo que no había vuelto a pensar en el peligro que podía correr Javier. Comenzaba el verano, y el cielo se resistía a entrar en la estación, por lo que la casa seguía vestida de primavera.

—Mamá, han llegado algunos soldados al pueblo, dicen que vienen de descanso. La gente los está alojando en las casas —dijo Luis, casi sin cruzar la puerta de la calle.

—¿Cómo que vienen de descanso? —espetó Lucía asustada.

—Eso es lo que dice Sagrario.

Salió hacia su casa y la encontró llorando, sentada en la mesa camilla; tenía un pañuelo blanco con el que se secaba las lágrimas y se sonaba la nariz. Al verla, dijo:

—No sé qué hacer, Lucía. No tengo ganas de vivir. Él continúa en el horno. Tiene miedo de salir, y ahora estos soldados. Han venido con una orden para instalarse aquí mismo. ¿Qué voy a hacer?

—No te preocupes, hablaré con mi madre. Buscaremos un lugar en mi casa para él hasta que pase todo esto.

—¿Y si te llega a ti otra orden?

—Espero que eso no ocurra jamás. No sólo por ti, sino por mi propia familia, siempre tenemos algo que ocultar.

—Lo sé, pero ¿cómo lo trasladaremos?

—Confía en mí, no te apures.

Esa misma noche introdujeron a Eusebio ampliando el agujero en el doblado por donde Luis se colaba para buscar los alimentos. Lo colocaron dentro y volvieron a tapiar la pared para que quedara de nuevo la ventanilla disimulada. Micaela y Lucía se ocuparon fundamentalmente del tapiado. Sagrario lloraba mientras veía a su marido cubrirse con ladrillo y arena.

—Tal vez deje de tener pánico algún día. Dice que tiene que permanecer escondido, que la guerra no ha terminado. Por más que le insisto, no me cree. Yo, todas las noches, le rezo a Dios para que entienda —balbuceó entre lágrimas sordas Sagrario.

—Ese día está cerca, no sufras más —comentó Elena mientras la llevaba a la cocina para prepararle un poco de leche que le habían dado a Javier a cambio de unas pastillas de Aspaine para la tos.

24

Julia me llamó por teléfono, estaba muy nerviosa y apenas podía articular palabra:

—Adolfo, no sé dónde está Vicente, pero me encuentro muy mal. Me duele mucho la tripa y también la espalda; creo que ha llegado el momento.

—Voy ahora mismo, en cuanto busque a Bernardo para que se venga inmediatamente. Está en la biblioteca de la universidad.

Bernardo había venido de Francia porque quería estar con Julia en el momento del parto. Mi hermana se lo había pedido con insistencia, y él, que siempre mostró una predilección especial por ella, se había tomado unos días con la excusa de investigar sobre una parte del trabajo que estaba llevando a cabo con su beca.

Corrí hasta la biblioteca de la Facultad de Medicina, dejé el coche mal aparcado y bajé a toda prisa. Hice un barrido con la vista, pero no lo vi. Estaba a punto de gritar, mis nervios no me permitían mantener la atención y me froté los ojos. De repente, tenía a mi hermano frente a mí, con cara de asustado, como si hubiese visto la aparición de un fantasma:

—¿Adolfo, estás bien? —estaba extrañado de mi aspecto.

—Estoy como una moto, Julia se ha puesto de parto y tiene unos dolores tremendos. No sabe dónde está Vicente y me ha llamado para que vayamos urgentemente. —bajé la vista hacia mis pies y noté, atónito, que tenía puestas las zapatillas de estar en casa.

—¿Tienes el coche?

—Sí, ¿te has fijado cómo vengo con estas zapatillas de pana y tan viejas? No me di cuenta.

—Eso es predecible en ti. Siempre has sido un despistado, pero la verdad, ¿no estás observando que la gente te mira los pies? —dijo burlándose de mí.

Recogió sus papeles y salimos corriendo. No veía dónde había aparcado y tampoco lo recordaba:

—Eres único para los casos de urgencia, ¿dónde coño has metido el coche?

—No lo sé, no me acuerdo…

—¿Crees que algún taxista nos cogerá si ve tus alpargatas de la época del internado? Además, por aquí jamás pasa un taxi si no trae a alguien. Estamos jodidos…

Entonces grité:

—¡Eh, taxi!

—Me sorprendes, Adolfo, ¡qué suerte la nuestra! —dijo abriendo la manilla del coche.

—Vamos a Raimundo Lulio, mi hermana está a punto de parir sola en su casa.

—Pues corramos —dijo el taxista.

—Nos va a esperar para llevarla al hospital, si hace usted el favor —dijo mi hermano.

—Esperaré, bueno… pero no crea que me hace mucha gracia. Tres niños han nacido en mi taxi, y llevo solo veinte años en la profesión. Una vez, recuerdo que ahí mismo donde va usted, dio a luz una señora. Cuando llegamos al hospital, el camillero se quedó asustado. La madre tenía al niño cogido entre las piernas y el cordón umbilical sin cortar. Ella decía que tenía mucha facilidad para parir, que era su noveno hijo. Me puso el coche pringado…

—Mire, yo soy médico, así que no se apure que nos dará tiempo a llegar, si no llamaría a una ambulancia —dijo Bernardo un poco descontrolado por los comentarios del taxista.

—Casi médico… —susurré.

—Bueno, espero no molestarlo, pero es muy joven para tener experiencia, y lo de las embarazadas no lo llevo bien, sabe, por eso de las prisas, el parto aquí… en fin.

—No tendrá problemas, sólo estamos nerviosos —repuse.

Llegamos a la puerta de la casa, corrimos hasta el portal, abrimos y subimos en el ascensor, los pisos se me hacían interminables.

Llamamos, y abrió Julia.

—Me encuentro fatal, ¿por qué habéis tardado tanto?

—Ya estamos aquí, estarás bien —dijo Bernardo intranquilo.

—Llévame al hospital, no puedo más del dolor.

—Tranquila, todo irá bien —repetía él.

—Vámonos, por favor —insistía mi hermana.

El taxista salió del coche y abrió la puerta para que Julia se acomodara. Con ayuda de los tres, consiguió ubicarse, por momentos se sentía peor. Yo, cuando me pongo nervioso, comienzo a vomitar. Ante mis arcadas, el taxista me reprochó:

—Pero ¿quién está de parto, la muchacha o tú?

Hay poca gente que, sin conocerla, me caiga mal, pero este hombre empezaba a caerme gordo.

—Perdone, señor, pero es un poco acojonado este hermano mío. Excuse usted esta palabra en un médico, pero no encuentro otra —se disculpó Bernardo.

—En mi taxi está prohibido hablar mal, sea médico o abogado, pero la verdad, me da más miedo el acojonado que la parturienta, temo que me ponga el coche perdido de pringue.

—No se preocupe, sólo son arcadas, pero no vómito, tranquilo… —le aseguré, aunque quería asesinarlo.

—No sé, no sé… —decía y me controlaba por el espejo retrovisor.

—Esto es un horror, llamad a papá y mamá, necesito que vengan —susurró Julia, casi sin fuerzas, ausente de nuestros comentarios.

—Por supuesto que los llamaremos, pero tranquilízate, no gastes oxígeno, por favor —le respondió Bernardo, pendiente de ella.

—Es un momento, muchacha, y luego, cuando vea a su chiquillo en los brazos, no se acordará —interrumpió el taxista, pero Julia apenas hacía caso.

—Es verdad —repliqué yo por decir algo, ya que mi estómago amenazaba continuamente la tapicería del hombre.

—Usted, tranquilo, tranquilito, que le temo —me repitió el conductor y añadió—. Ya estamos aquí.

Pagué y rápidamente fui a buscar una silla de ruedas, pero Julia ya no estaba. Bernardo se había marchado con ella. A lo lejos, oí gritar al taxista a pleno pulmón y a carcajadas:

—¡Entre los vómitos y el despiste, cuando llegues a ver a tu hermana, posiblemente el niño esté haciendo el servicio militar! —yo me quedé paralizado ante el comentario, nunca había sentido tanta rabia por un desconocido. Después, y sin contestar, entré en el hospital y busqué a Julia, que estaba con Bernardo en la recepción:

—Soy estudiante de medicina y su hermano, estaré con ella —anunciaba Bernardo.

—Muy bien —dijo el camillero mientras se marchaban.

—¡Adolfo, llama a Vicente y localiza a la familia! —gritó Julia con una fuerza inesperada.

Los tres se perdieron en el corredor, y yo me dirigí la cabina para avisar a todos. Mis padres llegarían por la tarde, la abuela y Micaela los acompañarían. A Vicente no lograba encontrarlo.

El parto fue rápido, pero yo me sentí desolado en aquel corredor interminable. Olía a hospital, y continuamente pasaban médicos y enfermeras, ausentes de mi existencia. «¿Dónde estará el maldito Vicente? Bueno, no tengo que preocuparme, dejé el recado a una becaria del estudio, se lo habrá dado... supongo.» Comencé a fijarme en unas grietas que tenían las paredes, posible fruto del movimiento de la estructura, y permanecí entretenido en aquel acto absurdo hasta que Vicente irrumpió:

—Acaban de darme tu mensaje, he venido corriendo.

—Está con Bernardo, es un niño. Dentro de un rato podremos verlo, yo tengo unas ganas locas de ver a Julia y de conocer al nuevo inquilino.

—Vaya día para nacer...

—¿Esperabas que fuera el día de la Hispanidad, el del descubrimiento de América o qué?

—No sé por qué he dicho esto, la verdad.

Salió Bernardo, nos comunicó que Julia estaba bien y que no podríamos verla hasta la tarde, pero Vicente podría pasar un segundo, y así lo hizo.

Por la tarde llegó nuestra familia completa. Julia se encontraba muy bien. Todos estábamos locos de contentos con el nacimiento del bebé y entramos juntos a la habitación, casi no había espacio para nadie más.

—Acércame al bebé —pidió la abuela Obdulia.

Lo cogió en los brazos y lo besó muchas veces. Después se lo devolvió a Julia. Ella lo tomó dulcemente y, mientras lo mecía, anunció:

—Ahora que estamos todos os diré cuál será el nombre de esta criatura: se llamará Nuno.

—¿Por qué? —preguntó la abuela con una expresión entre sorprendida y contenta.

—Porque así se llamaba tu padre. Ese gran desconocido, sin rostro, sin cuerpo, pero que siempre ha estado enredado en nuestra vida. Es hora de personalizar en algún miembro de la familia el nombre de nuestro bisabuelo. A decir verdad, gracias a él existimos todos.

Vi cómo se le caían las lágrimas a mi padre, a la abuela y a Micaela.

—Me haces muy feliz —dijo Obdulia mientras la besaba.

—La idea fue de Adolfo, le dije a él que eligiera el nombre, pero el padrino serás tú, papá. Es lo único con lo que puedo agradecerte lo mucho que me quieres.

Mi padre se acercó, agarró fuerte la mano de Julia y permaneció con ella todo el tiempo que estuve dentro. La imagen correspondía a uno de esos momentos en la vida que quedan guardados en la memoria para siempre.

Me miré los pies y contemplé con asombro que tenía un agujero grande en la zapatilla derecha, por donde asomaba el dedo gordo del pie. Todo el día había olvidado que no tenía puestos zapatos, pero curiosamente, para mi familia, mis alpargatas habían permanecido invisibles.

25

A veces tengo la impresión de que sus pensamientos están en otro lugar, no sé si tiene fantasmas del pasado. Pero no me gustaría seguir en la ignorancia por el temor de hacerme daño. La preocupación, la intranquilidad producen gran desasosiego —mientras hablaba con su madre, Lucía respiró hondo, volvió a cruzarse de brazos y se acomodó en la silla del laboratorio donde estaba sentada.

—Bueno, ya se verá, en algunos casos no podemos anticiparnos a los acontecimientos, tal vez debería hablar con él —respondió Elena mientras desinfectaba algunas jeringuillas.

—Es verdad, pero estoy asustada, tantas personas controlando que no haya ni un solo republicano cerca. Antes eran unos los que hacían verdaderas barbaridades a la gente y ahora las hacen los otros. ¿Cuándo terminará esta venganza? Yo creo que jamás acabará —opinó mientras la ayudaba.

—Es cierto.

—¿Y ahora qué? ¿Otro hombre que se escurre entre las costuras de mis manos? ¿Y cuál es la explicación?

—Que dentro de la mente tenemos un esquema integrado, tal vez el de muchas generaciones, pero no lo incorporamos a través de palabras y actos. No puedo decirte con exactitud cuándo se cuela en nosotros esta información, pero está guardada desde muy temprana edad en nuestra cabeza. Y de pronto, se pone en funcionamiento. Desde mis primeros estudios, pensé que esto era así, por lo que procuré educarte de otra manera para que no se repitiera mi historia en tu vida.

—Pero hay cosas que no logro entender, no creo que yo hiciera algo para que él se muriera.

—Por supuesto que no, creo que a ti te eduqué para que supieras mantener una vida en pareja amando a un hombre. De hecho, la has tenido con Álvaro y la vuelves a tener con Javier.

—Sí, pero todas tenemos el mismo final, nos quedamos solas. Estamos malditas —replicó casi en un susurro.

—No creo en esa maldición de la que hablas, hay que buscar siempre una razón por la que llegamos a las situaciones, las maldiciones son parte de las creencias y prejuicios que tenemos y, desde luego, nada que ver con las razones lógicas de las que trato.

—Entonces tendré que pensar que todas nosotras deseamos la soledad —la interrumpió Lucía—. Yo me enamoré de Álvaro, fui feliz con él, y se murió. Ahora encuentro otra persona, otro amor, y resulta que su forma de pensar pone en juego su vida. Esto me suena a que me quedaré de nuevo sin él.

—No digas eso.

—Parece que el dolor es inherente al amor. Es el precio que hemos de pagar para que nos quieran —comentó mientras la ayudaba a limpiar el mortero que utilizaba para las pócimas.

—El dolor es anterior o posterior al amor. Pero jamás inherente. A mí, me ha hecho daño amar, pero fue posterior a vivirlo. Es el coste final, porque, probablemente, no haya nada eterno, ni siquiera las cosas más simples. Siempre he creído que los sentimientos puros no permanecen inmutables, es como la propia vida, se desgastan.

—Entonces, ¿cuál es la realidad? Solo el amor a los padres o a los hijos.

—Ni siquiera eso, ni la simplicidad del afecto hacia ti, siendo tú mi hija. No te he querido de la misma manera cuando eras un bebé que cuando eras una muchachita o ahora mismo. Siempre te amé, pero evolucionó en mí la manera de quererte.

—¿Qué pretendes decirme?

—Que pensamos, cuando tenemos una emoción fuerte, que nadie podrá arrebatárnosla jamás, sin darnos cuenta de que es el tiempo, y no nosotros, el único encargado de acabar con todo. El maldito tiempo, solo él es el culpable. Anida en nuestra vida desde el momento de nacer. Y opinamos que es nuestro aliado. ¡Qué equivocación! —ensimismada en sus pensamientos, continuó—. Nos hace pasar de un estado a otro y convierte una emoción en otra. Sí, lo que no conseguimos los seres humanos, lo consigue el tiempo —hizo un silencio y prosiguió—. Yo me enamoré una vez, pero el tiempo no cambió la emoción, tal vez porque no viví esa relación de forma natural. No experimenté la transformación porque él sólo vivía en mi cabeza. ¿Qué habría ocurrido si hubiésemos compartido la vida? En mi caso, la pasión evolucionó en tristeza, así de simple, porque la historia se cortó sin un final. Y esa transformación hizo que no volviera jamás a conquistarme el corazón ningún hombre, a pesar de que varios lo intentaron. Mis parejas apenas me producían pasión un momento. No quise entregarle el alma a nadie. Sólo supe disfrutar los instantes, y a veces, imaginando que esa pasión la estaba viviendo con tu padre.

—Entonces, ¿qué?

—Que eso confirma que el amor eterno no existe; cuando se confunde el hombre con el tiempo, se precipita el final de la pasión. Hay que transformar la pasión en otra cosa si se pretende que dure siempre. Eso lo sé, no se puede esperar que las primeras etapas de una relación se repitan del mismo modo a lo largo de la vida. Con el tiempo se convierten en ternura, en sintonía con el otro, en algo más profundo que la pasión del primer momento, y ahí comienza el punto de inflexión en la evolución de los vínculos. Empezamos a fluir con la vida y, si logramos saltar la barrera de ese pequeño espacio, conseguiremos lo que buscamos en el cambio, porque nosotros mismos también cambiamos. Es ese instante efímero hacia el vacío, o caes o encuentras tu apoyo para siempre. Quizás sea lo que nos haga tener conciencia de la existencia, tener la certeza de pertenencia.

—¿De pertenencia?

—Sí, es probable que no nos demos cuenta de que está en nuestra cabeza y de que todo se desvanecerá con nuestra muerte. ¿A dónde irán nuestros sueños, nuestras emociones, nuestros sentimientos, igualmente…?

—¿Igualmente, qué?

—Si es cierto lo que creo, todo está aquí, en nuestra mente —y se señaló la cabeza, mientras repetía—: en nuestra mente.

—¿Y entonces…?

—Entonces, toda mi vida desaparecerá cuando yo muera. Y la siguiente cuestión es ¿quién guardará mis emociones hacia ti, hacia mi madre, hacia los hombres con los que he estado, hacia las personas a las que he curado y querido?

—Nosotros, tu familia, todos los que te rodeamos —comentó Lucía casi sin pensarlo.

—No, vosotros guardaréis vuestros recuerdos, vuestras vivencias, pero no los míos. Los míos desaparecerán conmigo. Todo se esfumará, incluso el sufrimiento. La transmisión de experiencias, el camino que fuimos incapaces de seguir… —volvió a perderse con la mirada vuelta hacia Lucía, pero no la veía—. ¿Sabes hija? Quise que fueras feliz en este terreno porque jamás conseguí serlo yo, fui incapaz de intentarlo. Creí que era lo más importante de la existencia. Ese fue el camino que deseé marcarte. En cambio, tu abuela Leo priorizó la independencia económica y la libertad por encima de todo. Ella creía que ese era el verdadero rumbo. ¿Por qué? Sufrió por no ser valiente. Como resultado, no me preparó para tener a un hombre permanente en mi vida. Me crió como a ellos. Y yo daba miedo a los varones, sabía demasiado, no respondía a lo que se esperaba de una mujer.

—Sí, le he oído decir que la relación de la pareja es algo artificial. Pero ¿qué camino es el correcto? —susurró asustada por la conversación.

—Será el que te hayamos grabado desde pequeñita, queriendo siempre lo mejor, pero también dependerá de lo que tú hayas interpretado, de todos los mensajes que, sin querer o queriendo, hayas recogido. Estoy convencida de que es una manera de no sufrir, de adaptarse, eso es lo que va formando parte de nuestra personalidad.

—Pero tal vez lo que servía en un momento, no sea válido cuando crecemos. Porque las situaciones van cambiando.

—Ese es el peligro, mecanizamos tanto esos esquemas que llega un punto en que seguimos respondiendo del mismo modo, aunque la situación varíe, y eso no es bueno para nosotros. A veces, para no sufrir, tomamos alguna decisión que resulta válida en un momento determinado, pero no podemos aplicar esa misma respuesta reiteradamente porque ese modelo no es efectivo todo el tiempo. Y lo que alguna vez fue útil, si se repite, nos hace esclavos. ¿Quieres un café? En esta habitación hace un frío infernal —dijo cambiando de tema y se sirvió uno.

—Gracias, mueve el brasero a ver si da un poco de calor —y se agachó para mover el carbón con la badila.

—Yo, personalmente, creo que después de tres generaciones se proyectará lo que ambas estábamos buscando —comentó mientras se ponía más café de un puchero en la jarra.

—¿Cuándo has llegado a esa conclusión? ¿Crees que eso es posible?

—Siempre reflexiono sobre estas cuestiones, es lo que me interesa de la vida, aunque aún no puedo demostrar todo lo que investigo. También hay muchas otras teorías que conozco, pero de las que discrepo —se hizo silencio. Dio un sorbo al café y prosiguió—: después de nacer tú, la abuela me repitió mil veces: «No aceptarán que seas madre soltera, pero no cometas el error de creer que el matrimonio es algo mejor. Eso es mentira. Las mujeres somos meros objetos sometidos a la voluntad de los hombres. Ellos son los que hacen su voluntad, y nosotras, las esposas *de*. La realidad es que ellos son de poca utilidad. O tal vez, sirven para que nosotras seamos cornudas». ¿Qué te parece?

—¡Vaya! A mí nunca me comentó eso —Lucía sonrió sardónicamente y sorprendida por lo que le contaba.

—Sí, yo soy una proyección de lo que tu abuela quiso para ella. Deseó tenerme, me ha amado incondicionalmente durante toda su existencia. Aceptó, como no lo hubiese hecho nadie, que yo fuese madre soltera. Inventó el pasado de tu padre de cara a la gente. Me hizo vestir de hombre durante años para que pudiese ir a la universidad y aceptó a todos los amantes que quise, sin reproches. Pero eso no me hizo feliz porque siempre he sido una persona inadaptada, diferente, y eso reporta también desconsuelo, aunque tu abuela no lo creyera —dijo removiendo de nuevo el carbón.

—Ves, estamos malditas, tres generaciones con tres estilos de vida diferentes y con el mismo final.

—Yo he sido feliz en todos los demás aspectos, te lo aseguro. No hables así, parece que se trata de un hechizo, y creo que te he dado explicaciones claras y suficientes. Llevo investigando esto toda mi vida. Ya te dije que inconscientemente repetimos esquemas. Actuamos sobre la base de las emociones y las pautas que recibimos. Esto se graba, como quien comienza a hablar: lo hace de una manera determinada según el país donde se eduque y así lo aprende y lo mecaniza. Después, con el tiempo, puede darse cuenta de que esa forma de articular le hace daño, pero no sabe hacerlo de otro modo porque es su lengua y repite siempre la misma forma y obtiene el mismo resultado.

—¿Y cuándo se supone que sabes hablar con corrección?

—No lo sé, pero estoy convencida de que desde muy temprana edad. Podría arriesgarme a decirte que hay un período de aprendizaje precoz y que, a partir de otra edad, lo único que se hace es repetir lo adquirido. Aunque lo de la corrección ya es otra historia porque se integra lo que se puede y siempre en función de lo que hace menos daño. El ser humano es un superviviente de las emociones.

—¿Por qué la abuela no logró la felicidad? —le interrumpió Lucía, sin reparar en todo su discurso.

—Porque cuando se dio cuenta, era demasiado tarde. Ya estaba casada. Hacía lo que todas las mujeres y tenía que obedecer a su marido porque así eran las cosas, y no podía sobrevivir de otro modo. Pero invirtió todo su esfuerzo en hacer realidad otro sueño. Tu abuela Leonor ha sido una mujer muy especial. Aguantó las infidelidades de mi padre, que tuvo una amante casi toda la vida. Pero él la respetaba en todos los aspectos, menos en este, porque nunca se sintió correspondido. Yo creo que mi madre tuvo mucha culpa porque nunca intentó amarlo. Y cuando no se ama, no se puede esperar otra cosa.

—¿Quién era esa mujer? —dijo tranquila.

—¿La amante de tu abuelo? —preguntó y tomó un sorbo de café.

—Sí.

—Era una mujer casada llamada Inés. Estaba con un hombre que prefería tener cuernos a trabajar. Por lo que permitía que su mujer visitara otra cama: la de tu abuelo. Creo que tocaba la persiana de su casa para avisarle de su llegada, a lo que el marido contestaba: «Inés, levántate, que está ahí el señor Miguel».

—Pobre abuela y pobre abuelo. Los dos me dan pena.

—Lo más especial era que tu abuela lo sabía, él negaba la evidencia, y ella se lo permitía. Era su juego, el de ellos. Tu abuelo murió joven, pero mi madre no quiso saber nada más de maridos. Siempre me sugirió que hiciera lo que quisiera, pero que nunca me casara. Alguna vez me comentó que se sentía culpable y en deuda con mi padre.

—Somos una familia de novela —dijo, ayudándola a mover unos botes de especias.

—Bueno, cada familia tiene su historia, que puede ser novelada. De pequeña te trasmitimos una imagen falsa de la realidad esperando a que crecieras, al final decidimos no cambiártela porque había funcionado. Lo de Álvaro fue para nosotras tu regalo, aunque muriera tan joven. Y lo de Javier, otro triunfo.

—No sé, mamá. Es la fuerza vital, y no la gente. La abuela fracasó en su relación, tal vez por las circunstancias, tal vez porque aceptó la situación y no se enfrentó a su familia por temor. ¿Y tú?, también por miedo no has querido tener a nadie a tu lado. Has utilizado a los hombres como objeto de deseo, y lo respeto, pero no le has entregado el corazón más que a uno solo: mi padre. Has hecho como la abuela, aunque dando la vuelta por otro camino.

—Tienes razón, pero tu camino no es el nuestro.

—Yo no sé a dónde me dirijo ahora. Nos enamoramos en un momento difícil. Donde se tiene todo tan incierto que no piensas mucho en el mañana. Pero el mañana llega y con esto, la necesidad de tener a alguien a tu lado, la motivación de cada momento.

Muchas veces le prometí a Álvaro no quedarme si en algún momento llegaba el tedio, y también lo he hecho con Javier. Pero no damos la oportunidad de que llegue ese instante porque siempre ocurre algo que lo impide. Te confieso que ahora amo a Javier casi tanto como a Álvaro. Y temo no saber saltar ese obstáculo y caer al vacío.

—No temas a nada porque tú, hija mía, tienes suerte. Sabrás saltarlo a la perfección para evolucionar y continuar amándolo. Has podido amar a dos personas, y eso es un regalo.

—Me da miedo el futuro incierto de Javier, eso sí me asusta.

—No pienses en el futuro porque no hay futuro, como tampoco pasado. Todo es presente. Para lo único que sirve el pasado es para tener referencias y no cometer los mismos errores. En cuanto al futuro, no existe. Nos pasamos la vida programando algo que no llega jamás. ¡Qué absurdo, querer controlar lo incontrolable! Hay que buscar dentro de nosotros mismos la tranquilidad, y eso sólo se consigue comunicando nuestras turbaciones —dijo su madre apagando la llama de la lámpara de carburo de la habitación, para que se marcharan.

· · ·

—Quiero saber la verdad, estamos juntos, pero solamente veo a un hombre al que no puedo dirigirme porque lo encuentro en otros mundos —dijo Lucía mientras se metía en la cama y buscaba arrullarse en su cuerpo.

—No quiero dañarte —susurró y la abrazó.

—Ya me haces daño con tu actitud. Prefiero saber qué piensas, qué pasa porque lo peor en la vida es la incertidumbre.

—Mi gran problema no radica en lo que pienso, sino en lo que quiero. Sé, Lucía, que eres la persona a la que más he amado. Tal vez fueron las circunstancias, el momento o, simplemente, la realidad. Cuando te encontré, yo estaba acabado. Sí, me salvaste la vida porque yo ya no tenía historia. Me llenaste el corazón de savia nueva. Pero ahora… —tomó aire y giró hacia el frente, incorporó la espalda sobre el cabecero y lió un cigarrillo—. Se rumorea que soy republicano, tenemos la mala suerte de que alrededor hay muchos maquis, y los requetés que hay en este pueblo me vigilan porque desconfían de mí. Hoy me dijo en privado alguien cercano a tu madre que me van a matar, y de nuevo la sensación de muerte… No quiero renunciar a la vida contigo.

—¿Qué estás diciendo? No vamos a permitir que eso te suceda. Nos marcharemos —dijo sentándose de inmediato en la cama, mientras sentía un hormigueo que le impedía respirar.

—No, no puedo ponerte a ti y a tu familia en peligro. Me marcharé yo, y tú dirás que te he abandonado, lo tengo todo pensado —encendió el pitillo mirando a la nada.

—Eso no lo voy a aceptar, tú no me dirás lo que debo hacer con mi vida.

—No me lo hagas más difícil, ¿crees acaso que es lo que quiero? Sabes que si me descubren, tendremos problemas todos, incluida tu familia. No hay otra opción.

—Siempre hay otras opciones —dijo asustada, se levantó de la cama y se sentó en la descalzadora.

—Lucía, siempre quise tener una vida como la que tenemos, deseaba encontrar algún lugar donde echar raíces. Creí encontrarlo cuando llegué aquí. Todo era perfecto: una familia, un hijo y una profesión que podía ejercer en mi propia casa y con alguien como tu madre. Todo un sueño. Pero la realidad es que no puedo ser tan egoísta de pensar sólo en mí y poneros en peligro a todos, hasta a tu hijo. Tú sabes lo que significa que me descubran, y no sólo mis antecedentes serán los responsables, sino que todos seréis culpables por protegerme. Tu abuela se quedará sin el negocio del tabaco, tu madre no recibirá un paciente más porque le quitarán la licencia de médico, y tú ya no podrás enseñar a los niños porque serás una maestra roja. ¿No te das cuenta?

—Si tú estás en peligro, yo también, así es que nos vamos los dos. Cuando pase todo, volveremos —afirmó casi sin creérselo.

—No, Lucía, eso no va a pasar. ¿Y tu niño qué? Ahora tú estás protegida por tu madre. Eso es suficiente, pero yo tengo que usar la razón, tenemos que usarla, Lucía —dijo en tono desesperado por su incomprensión.

—Déjame elegir, déjame decidir lo que quiero —volvió a insistir.

—No te puedo dejar elegir porque no tienes esa opción y, además, jamás os pondría en peligro, ni a ti ni a los tuyos. Te aseguro que, cuando todo esté más tranquilo, sabrás de mí. Pero ahora me marcharé solo.

Sintió un vacío indescriptible sentada en aquel sillón, no le quedaban fuerzas para sostenerse y le ronroneaban las piernas en un suave baile a pesar de no estar parada. Se apoyó en el respaldo e intentó sacar energía de donde no había ni la menor gota. Entonces preguntó:

—¿Cuándo te marcharás?

—No lo sé. Cualquier día, es mejor que no lo sepas —se acercó a la descalzadora y se sentó a su lado en el suelo.

No dijo nada. Simplemente, calló. De nuevo se sentía sola. El azar le regalaba un billete sin rumbo a su soledad de mujer. Y empezó a rezar al universo cada amanecer para que estuviera con ella otro día.

Una mañana se despertó al alba, encontró la cama vacía y preparó un café mirando a la puerta que daba a la calle, casi con miedo. Delante de aquel café ya casi frío que había preparado para Javier, no se atrevía a pronunciar su nombre. Cansada de esperar, lo buscó por el jardín, por las habitaciones, en la consulta, en el laboratorio. No se animaba a preguntar a nadie y, ante la mirada de todas, corrió a sentarse en la cocina con Micaela y, en silencio, comenzó a dar vueltas a la cuchara en el café frío, ausente de una realidad ciega. Entonces su madre se acercó, la abrazó y le susurró al oído: «Se ha marchado, no quiso despedirse para que no sufrieras más».

Lloró su falta durante montones de noches. El despertar de las mañanas era eterno porque el pesar le impedía soñar. Todos los días deseaba morirse, le dolía el cuerpo, y el vacío ahondaba haciendo la herida más grande de su existencia.

26

Recuerdo que volvía de las vacaciones de Navidad y fue a buscarme al tren. La vi por la ventanilla esperar en el andén, y el corazón me dio un gran vuelco, tanto que me entró la tos. Bajé y le di un abrazo y la besé, pero ella no reconoció mis labios. No hablaba, y mientras bajábamos las escaleras del metro en dirección a mi casa, intenté romper aquel momento desconocido para mí con cualquier tema:

—Hemos estado todos juntos, Nuno está precioso, creciendo. Parece el juguete de la casa. Aunque Julia está muy desmejorada. Creo que está sufriendo o tal vez el niño no la deja dormir. Ahora se ha quedado un tiempo allí. Necesita los cuidados de la abuela Obdulia y de Micaela.

—¿Por qué habláis tanto de vuestra abuela? Es como un dios para vosotros. Parece que la queréis más que a vuestra madre —comentó Ana sujetándose a la barandilla mientras caminaba.

—Yo la quiero más que a mi madre. Es la persona que llenó mi corazón desde niño. Siempre me he sentido protegido por ella. Pero no quiere decir que a mi madre no la quiera. Sin embargo, mi abuela siempre fue especial para mí.

—Creo que mis padres son más normales que los tuyos. Pero

me parece que mi madre nos quiere más a nosotros que a mi padre —comentó mientras aguardábamos el metro.

—¿Por qué dices que los míos no son normales? Mis padres siempre han priorizado el afecto entre ellos al de los hijos. Siempre lo han dicho y no lo han ocultado, y la verdad es que me parece bien. Mi madre nos lo repite claramente: «Tu padre es lo primordial en mi vida», y lo vivo con naturalidad, tal vez por la cantidad de veces que nos lo ha hecho saber.

—Sin embargo, mi madre dice que nosotras somos lo mejor que le ha sucedido, el habernos tenido.

—Es otra manera de ver la vida. No es mejor ni peor.

—Yo no lo veo así, Adolfo, pero no discutiré contigo sobre este asunto —molesta, dio por finalizada la conversación.

Cogimos el metro hasta Cuatro Caminos, bajamos por la calle Maudes hasta Alonso Cano. Llegamos a casa, comencé a deshacer la maleta mientras continuaba mi verborrea sobre las vacaciones y colocaba la ropa en el armario de la habitación. Ana me interrumpió:

—Adolfo, estas vacaciones he tenido una historia con otro chico —me lo dijo de frente, sin siquiera sentarse en la silla que tenía delante.

Me volví y me apoyé sobre la cajonera del armario porque las piernas comenzaron a temblarme. No sabía qué contestar, qué preguntar. Un montón de hormigas me apretaban el pecho y me impedían respirar. El cuerpo me avisaba que había corrido una carrera de fondo. Ella me miraba, y yo evitaba llorar, aunque era lo que deseaba.

—No sé qué hacer, no sé si te quiero o lo quiero. Te dije que esto acabaría pasando —comentó en un tono lastimero.

—No me hagas más daño —dije enfadado—. Puedo soportar que hayas tenido una historia con otro hombre, pero no puedo aguantar que continúes dudando. ¿Qué nos ha pasado?

—Algo estaba sucediendo, tal vez por tu parte, tal vez por la mía. Pero esto es la realidad, y no quiero continuar engañándote.

—Gracias por tu sinceridad, pero hubiera preferido que me lo hubieras dicho cuando aclararas tus emociones. Yo no había percibido que esto estaba sucediendo, por lo tanto, no me culpes de algo que no me compete —contesté casi sin ganas de hablar.

—Lo siento, creí que era mejor decírtelo, además, necesitaba hacerlo.

—¿Necesitabas decírmelo para qué? Para tranquilizar tu conciencia y que yo tenga que agradecerte que seas una persona honesta. Pues no me ayudas. Te aseguro que me llenas de incertidumbre, de intranquilidad y de tristeza. Preferiría que me hubieras dicho que nada sucedía y que me hubieras engañado si es que ibas a decidir seguir conmigo, o tal vez, que me dijeras que te habías enamorado de otra persona y que me abandonabas. Todas esas posibilidades las aceptaría, pero esto me causa mucho dolor.

—Siempre has preferido falsear la realidad —aseguró molesta.

—Perdona, pero lo único que desearía es una actitud clara, no este doble juego de no sé a quién elegir.

—Sacas las cosas de las casillas e interpretas lo que te parece. Es lo que hay —insistió.

—Ana, no quiero seguir hablando ahora porque me duele tanto que creo que mis palabras sólo te harían daño. Necesito estar solo, preferiría que te marcharas a tu casa —dije despacio, convencido de lo que decía.

Ella cogió su bolso, guardó su tabaco dentro y se colocó la bufanda. Después se puso el abrigo y se lo abotonó despacio, esperando que yo dijera algo, pero no lo hice. Se acercó a la puerta de la calle y giró el pomo como si temiera romperlo:

—Adiós, si quieres algo, estoy en casa.

—De acuerdo —contesté.

Recordé las palabras de mi abuela: «Si una relación está mal, damos cabida a la entrada de otra persona en nuestra vida», «Nadie se enamora si no hay un motivo o una necesidad», «Cuando te sientes ahogado, solo en compañía de quien fue y es tu pareja, pero que ya no está en ti, esperas la primera gota de oxígeno que te ofrece cualquier ser humano cercano». Tal vez Ana, la abuela, todos tuvieran la certeza de que el tiempo marchita las relaciones, produce óxido en el corazón, acaba convirtiéndolas en hastío y tedio. Pero yo me resistía a creerlo porque esperaba saltar a ese momento en el que el afecto se hace sólido. ¿Qué motivo había dado? ¿Dónde me había quedado?

Había heredado el insomnio de mi familia. Cuando las cosas no me iban bien, me encerraba en mi habitación, acompañado sólo por un ronroneo interno que me producía un tremendo dolor de cabeza. Por eso me levanté muy temprano y decidí hablar con Ana. Tenía que decirle que no era ella sola la culpable. Deseaba que supiera que la perdonaba y que teníamos derecho a darnos otra oportunidad, y que quería seguir amándola. No podía terminar de golpe todo el amor que le tenía porque alguien se hubiera colado un segundo. Sí, tal vez fuera bueno para comenzar de nuevo, para el *regeneracionismo* de la emoción, como lo llamaba yo. Esperaba que entendiera que no debíamos tomar caminos diferentes para continuar creciendo, que podíamos hacerlo juntos. No podía perderla. El solo hecho de imaginarlo me desajustaba.

Marqué el teléfono y vi cómo desaparecían los números a medida que los iba presionando. Me froté los ojos y aparecieron de nuevo. Recordé a Micaela, a mi olivo, al viento que me contaba historias de otros lugares. Esperé el sonido chirriante a través del auricular. Miles de pensamientos me venían a la cabeza en forma de agujas:

—Sí, dígame.

—Ana, soy Adolfo.

—¿Qué hora es?

—Muy temprano, pero no podía esperar más.

—Adolfo, no estoy sola, hablaremos en otro momento.

Sentí el tañido de un golpe en la cabeza. No podía respirar, se me paralizó la mano en el auricular, convertida en una estatua de mármol inerte. En un segundo, me transformé en un adorno mortecino de una pared cualquiera. Los alfileres aumentaban minuto a minuto y parecían guadañas que me arañaban el alma. Un leve mareo hacía que se movieran los hilos del teléfono. Miré el libro que estaba leyendo, *Días de sal*, y el color rojo del dibujo de la portada se volvía en mis ojos una mancha de sangre en medio del papel. Mi alma estaba atrapada en el desconsuelo. Lloré, lloré, lloré.

• • •

Madrid, 10 de enero de 1979

Querida abuela:

Lo firme, lo poderoso, lo sólido es aquello que apreciamos y admiramos como modelo de nuestro ser, es el placer de la reflexión. Admiro por ello a Kant, a Nietzsche y a Schopenhauer: ninguno de los tres necesitó a mujer alguna porque encontraron la fuerza en su interior.

Estoy buscando en mí la fortaleza para disfrutar de todo lo que poseo. Espero encontrarla dentro de todo lo apreciable y valorable de la vida.

No deseo volcar emociones en los demás, sino vivirlas a través de las mías. ¡Qué maravilloso descubrimiento entender lo inexplicable!

Te quiero.

Adolfo

La respuesta no se hizo esperar:

La Sesma, 14 de enero de 1979

Mi querido Adolfo:

Recibí tu carta, y aunque no sé con exactitud qué te está ocurriendo, lo cierto es que te equivocas. El placer de las cosas no está simplemente en el poder de la reflexión ni en la solidez ni en la firmeza de nuestro ser. Es muchísimo más sencillo. La firmeza de nuestro ser está en la capacidad de amarnos y de amar. Jamás he sentido tanto poder como cuando he estado enamorada de un hombre. He amado a mi hijo, a mi madre, a ti, pero de forma diferente. Eso es lo que ha dado fortaleza a mi existencia. La reflexión está muy bien, pero es el polo opuesto a la emoción, y por tanto, no se puede analizar desde el mismo punto de vista. Busca la relación entre sentir y pensar, jamás la encontrarás. Y de ningún modo, en el mismo momento. Te aseguro que nunca te dará tanto placer reflexionar como sentir amor por una pareja. Si lo has perdido, inténtalo de nuevo con otra. Hay muchas mujeres esperando ser amadas por ti. En cuanto a los tres filósofos que me nombras, sabes que no ha cabido en la historia de la filosofía tres pensadores tan geniales, pero en sus relaciones con mujeres fueron tres desastres. En ese aspecto, no te fíes de ellos.

Te quiero siempre.

Tu abuela Obdulia

27

—Sagrario me comentó que lo había visto pasear con una mocita. Él no me ha dicho nada, pero ayer bajó a la cocina y comió un poco de pan de centeno saboreando cada mordisco que daba, eso significa algo. He comprobado que es la manera especial de comportarse de los que están en ese estado de embobamiento. Sí, no te rías. Es la filosofía de la cazuela. Así la llamo yo —dijo Micaela mientras zurcía un calcetín.

—Pero ¡que imaginación tiene! Lo cierto es que no nos damos cuenta, pero es un mozalbete que se está haciendo mayor —le comentó Lucía a su madre y a su abuela.

—Bueno, tiene pocos años, tampoco podemos tratarlo como una persona mayor, pero le hemos obligado a hacerse grande. Os he repetido innumerables veces que soy buena observadora, me basta mirar vuestro aspecto ante la cuchara para deducir cómo estáis. Sé leer cada instante de vuestra alma sólo mirando la forma de alimentaros: si estáis tristes, apenas saboreáis las delicias; si os encontráis radiantes, apreciáis cada bocado como quien saborea la vida. No es necesario ser instruida y estudiar para deducir algo que no está en ningún libro. Es el simple hecho de la observación detrás de lo que se aparenta.

—Eres única, y ahora dime qué le pasa a Luis —preguntó mientras se acomodaba en la mecedora debajo de la parra.

—Lucía, te repito que son observaciones de Sagrario, yo no lo he visto, pero según comenta ella, anda como atolondrado detrás de una mocita que se llama Soledad.

—Pero qué dices, si es un niño.

—Se pasa días escribiendo cartas y quemándolas para que lleguen al cielo. Yo le dije que si hacía eso, se cumplirían sus deseos. Además, está como en las nubes.

—Todavía es joven, pero esperemos que no tenga la maldición de las mujeres de esta familia, es varón y conseguirá librarse —comentó un poco desenfadada.

• • •

Luis mojaba en la leche el trozo de pan de maíz que había hecho Micaela, tenía un tazón blanco de porcelana que guardaba el calor como ningún otro objeto. Era la primera y última comida hasta las cinco de la tarde. Disponíamos de una oveja que le habían regalado a mi madre y que en esos momentos era como un lingote. La teníamos en el patio y la ordeñábamos todos los días. El animalito no contaba con mucho para comer y tenía las ubres secas de tanto apretarlas para aprovechar la última gota. Aquella cocina siempre me había parecido especial, tenía una ventana que daba al patio, podían verse los geranios y la parra virgen mientras desayunábamos. Siempre había ese olor a café de puchero, desde las primeras horas de la mañana. Micaela ponía a calentar el agua y molía un poquito de café con mucha malta en su molinillo de hierro, giraba la rueda como si de una noria se tratara y dejaba caer los granos sobre el cajetín inferior, que luego recogía con tanto cuidado que parecía polvo de oro. Después lo ponía en agua hirviendo, le daba dos vueltas con una cuchara de madera, lo apagaba y lo dejaba reposar.

—Aquí huele a cafelito —comentó Elena—. Buenos días, Luis, hoy tengo que hablar contigo.

—Espero que ningún mayor te haya contado que cometí una impertinencia porque no es verdad —contestó dejando el último trozo de pan en el plato.

—Creo que no —dijo y se sentó a su lado, puso la taza de café sobre la mesa, dio un sorbo y la depositó en el plato—. Quiero decirte que me marcho a Alemania, en principio, por poco tiempo, nueve meses. Me gustaría que me acompañaras. Tienes nueve años y la oportunidad de conocer un país relevante de Europa que tiene un historial importante en los estudios de neuropsiquiatría que estoy investigando. Me han ofrecido estudiar en Munich, y no quiero desaprovecharlo. Tengo sesenta años y necesito un acompañante. En cuanto a ti, tendrás la oportunidad de conocer otras cosas.

—¿Y cómo me entenderé?

—Te voy a dar algunas clases de alemán, aunque te aseguro que yo aprendí con un amigo alemán de la universidad y lo he practicado sola, después lo estudiaremos correctamente allí. Porque irás a la escuela.

—¿Y qué hago con todo lo que tengo aquí, con mis amigos?

—Todo puede esperar si decides ir. Tu madre está de acuerdo si tú quieres.

—¿Y por qué quieres irte?

—Quiero conocer las fuentes originales de esta disciplina, que aquí no está suficientemente desarrollada. Además, tengo la oportunidad de investigar con algunos discípulos de los pioneros en esta dirección del conocimiento. Y eso es mucho para mí, contando con la edad que tengo.

—Pero, Luis, tu abuela siempre ha querido ir allí, desde que tengo uso de razón anda con esa cantinela. ¡Qué tendrá esa dichosa Alemania! A mí me da pena y miedo, pero yo soy Micaela y no Elena.

—¿Necesitas eso de verdad? ¿Y quién atenderá a tus enfermos? —preguntó Luis, en busca de otra excusa para no tener que tomar la decisión.

—Vendrá mi amigo Pablo, como siempre. Él se ocupará de mis enfermos y se instalará aquí en el pueblo. Dice que tiene ganas de marcharse de Salamanca, que ha sufrido mucho en la guerra y desea cambiar de aires, así que los dos nos beneficiamos. Por otro lado, con respecto a mí, quiero vivencias inefables, huellas profundas, que serán fundamentales para mi formación y decisivas para continuar con mis investigaciones.

—No sé qué me dices con esas palabras raras, pero yo no quiero ir. Si mi madre y tú pensáis que es lo mejor, no me quedará más remedio. Pero por mí, no voy —y se le saltaban las lágrimas.

—Será una experiencia única en tu vida, te lo aseguro.

—¿Podremos vivir con lo que ganes allí? —preguntó, dando el último sorbo de leche con fastidio, aunque tenía hambre.

—Bueno, lo intentaremos. Por lo menos, allí no ha habido guerra recientemente, y no pasaremos tantas calamidades como aquí —con un paño limpió la mesa.

—¿Y dejaremos aquí a la bisabuela, con tantos años?

—Tiene setenta y ocho, pero está muy bien.

Él siempre había disfrutado de una estrecha relación con su abuela, una confianza que jamás había conseguido con su madre. Era la que lo acariciaba con palabras en las noches de desasosiego, la que le curaba el alma cuando se sentía solo, la que le infundía ternura, que expresaba únicamente con él. Sabía que ella lo protegería en ese gran viaje. Se levantó, con lágrimas en los ojos, colocó el tazón en el fregadero, sacó un cacharro de agua de una tinaja que tenían en la cocina, enjuagó el recipiente y lo puso a secar. Después, sin decir nada, se marchó.

—¿No crees que es muy pequeño para llevártelo? —comentó Micaela mientras secaba los platos.

—Él no lo sabe, pero le hará mucho bien —respondió.

—Ese niño ha sufrido mucho, sin padre, con una guerra en medio, y ahora lo sacáis del lugar donde se encuentra seguro, lo separáis de sus amigos —insistió Micaela.

—Tal vez tengas razón, y deba marcharme sola. Creo que es una oportunidad para él, simplemente. Pero es cierto lo que apuntas. Micaela, siempre piensas y estás más allá de donde nosotras alcanzamos.

—Por eso tengo razón, y debes marcharte sola. ¿Alguna vez te dije que eres muy espléndida? —sentenció con una de sus frases lapidarias.

—Me sorprende porque no me considero así de especial. Todo lo que soy se debe a mi propia filosofía, creo que cuanto más das, más recibes. Y no me refiero al aspecto económico, sino a todo aquello que no es tangible, como el afecto, el cariño. Por eso debes compartir lo que tienes, y si puedes con los que están a tu alrededor, mejor —contestó Elena y también enjuagó la taza de café que acababa de usar.

—¡Ay, hija! Espero que ese viaje sea lo mejor y que Dios te ayude.

—Me gustaría mucho creer en algo que me ayude y me proteja. Me encantaría tener la seguridad de otras vidas, de encontrarme con todo lo que he conocido, con los míos. Pero tengo la desgracia de pensar que debemos hacer agradable esta existencia porque es lo único que puede darle sentido. Por eso estoy limitada. A veces pienso que mi mente es tan simple que no alcanza a tener experiencias sensibles y que el universo escapa a mi comprensión.

¿Cómo entender al creador con una mente tan limitada? Somos tremendamente soberbios los seres humanos.

—Lo que me estás diciendo es demasiado complicado para mí —aseguró Micaela, y dejó el trapo doblado sobre el fogón.

—Nos creemos seres excepcionales, hemos dominado este mundo y lo hemos adaptado a nuestras necesidades, pero no somos más complejos que otros organismos que habitan la Tierra. Sin embargo, únicamente en nuestra especie los miembros se matan entre sí. El problema es la emoción, nuestro sistema está preparado para sentir, y eso a veces es un inconveniente —dijo sin escuchar a Micaela.

—Enamorarse es un problema —comentó mientras abría la puerta para que entrara el aire del patio.

—No, para mí enamorarse es una sensación que pone todo el cuerpo en marcha, y eres capaz de sentir cosas que jamás percibirías a no ser que te pusieran gafas de aumento mágicas. Y es algo maravilloso, aunque dure poco, ¿acaso nunca has estado enamorada?

—Pues no. Y te aseguro que no tengo interés. Yo creo en mi Dios y es al único hombre que amo. Y aunque sé que él me perdonaría, no falto a misa los domingos ni aunque me maten. Tengo miedo de que me tachen de roja y me lleven presa.

—Bueno, sí, debes ser cautelosa. Mi madre con sus misas me ha salvado a mí.

—A ti te salvó que te llevaran al frente los falangistas.

—También es verdad.

—Ojalá que a ese niño no le pase lo mismo que a vosotras cuando encuentre esposa y amor.

—Sí, espero que a él nunca le sea familiar el desamor y la soledad.

—¿Crees que puede sufrir las mismas situaciones?

—No, se acabarán con nosotras. Él es hombre, por suerte, su

billete tiene un rumbo diferente, ten fe. Y ahora, vamos al mercado, hoy tal vez traigan sardinas y especias. Tenemos un poco de
dinero y podremos comprar: tú elegirás el mejor pescado, y yo,
algunos productos para las cataplasmas de mis enfermos.

28

No tenía noticias de la existencia de Javier, no hubo cartas, llamadas, nada. Pero continuaba recordándolo todos los días. En sus noches de insomnio, creía verlo aparecer en la oscuridad, pero se esfumaba en el rocío con la suave caricia de la mañana. Tantas noches en vela, creyendo que el tiempo se lo traería, sin darse cuenta de que eso no sucedería jamás. A veces parecía que ya no tenía fuerzas, entonces miraba a Luis y en sus ojos veía los de Álvaro. Su hijo se hacía mayor, los años pasaban casi inadvertidos, hasta que un día le comentó:

—Tengo dieciséis años, he terminado séptimo de bachillerato y quiero estudiar abogacía. Deseo marcharme a Salamanca, si te parece bien.

—Buscaremos un lugar en la ciudad donde alojarte. Tu abuela la conoce bien, le escribiremos para que nos aconseje.

—No creas que no siento tener que marcharme, aunque por momentos pienso que he sido educado por demasiadas mujeres, pero me vendrá bien —dijo sonriendo y contento por la respuesta.

—A mí me da mucha pena, pero entiendo que es lo que debes hacer.

—A veces me planteo cómo no he salido afeminado porque sería lo normal dados los antecedentes que tengo. Me habéis cuidado, me habéis protegido, aunque también he sentido la dureza en la fortaleza vuestra para no ser un blandengue. Te confieso que no me he sentido extraño, pero sí diferente al resto de los niños de mi edad.

—Ya estamos con las rarezas de la familia, eso aquí se vive con naturalidad, no des más vuelta a lo inevitable. Posiblemente, en un futuro tengas una familia numerosa, sólo así podremos normalizarnos todos —dijo bromeando sobre el tema.

—Te confieso que me encantaría tener seis o siete hijos, imagínate, mamá, una familia grande, con abuelas como tú y como Micaela, como Leo o Elena, porque ella tiene una vitalidad que nos dará vuelta a todos.

—Tal vez mi abuela Leonor no llegue a conocerlos, sin embargo, creo que la tuya es una buena estrategia. Yo siempre quise tener más hijos, pero tu padre murió joven, y con Javier la situación no era oportuna. Debo confesarte, porque ya eres mayor para entenderlo, que cuando me quedé embarazada de ti, no fue mi mejor situación. Tu padre se estaba muriendo, y yo vivía a través de él. Pero tú le prolongaste la existencia porque él quería verte crecer. Los médicos nunca entendieron como sobrevivió tanto tiempo, pero yo sé que se obligaba a despertar cada mañana por verte. Hasta que el cuerpo no le aguantó más… Sí, le regalaste vida y me regalaste vida a mí también porque, a partir de aquel momento, fuiste el único motor de mi existencia. Tú eres la esencia de lo que más amé. Te estoy agradecida por eso, te he amado de otra manera que a tu padre, pero con la misma fuerza…, no sé si he sabido demostrártelo. No me han hecho falta más hijos porque tú me has llenado el corazón entero.

—Nunca me habías hablado de este modo.

—Tal vez nunca creí que lo necesitara, pero quiero expresártelo ahora porque es mi momento —dijo y lo abrazó.

• • •

—Tengo ochenta y ocho años, y ha llegado el momento de morir —dijo la abuela Leonor María.

—¡Qué dices, abuela! —replicó Lucía enfadada.

—Que ya no me aguanta el cuerpo. Quiero paz en mi alma, después de catorce años sin ir a la cama y durmiendo en ese sillón, ha llegado el instante esperado.

—Justamente, todos nos preguntamos por qué no te vas a la cama.

—Porque ya tendré tiempo, cuando me muera, de estar tumbada. Yo duermo, pero en mi sillón.

—¿Quieres explicarme a qué viene esto de morirse?

—Una persona sabe que ha llegado el momento cuando siente el peso de la vida, y yo ya no quiero más. El mío es éste, y estoy preparada. He vivido feliz, he conseguido prolongarme en vosotros, he visto crecer a mi bisnieto. Pero el cuerpo se me consume, y estoy cansada. Hay que dejar espacio a los otros. Además, yo creo en la otra vida, por tanto, mi existencia perdurará. Y os estaré esperando allá adonde vaya. Sabéis que, para abrir caminos nuevos, soy única. Espero encontrarme con mi amigo Carmelo y, tal vez, con tu abuelo, aunque no sé si después de tantos años lo habré perdonado. O quizás él tampoco me haya perdonado a mí.

—¿De qué tenía que perdonarte?

—No fui la esposa que él esperaba, lo sé. Pero eso ya pasó.

—No ha llegado tu momento, tienes que aguardar que vuelva mi madre. No es justo que le hagas esto y que me dejes aquí. Deberás esperar para morirte. Tal vez unos años más.

—Entonces esperaré, no me queda más remedio, pero mañana o en unos años me meteré en la cama para no despertar, me cuidaréis mientras agonizo, y acometeré mi objetivo. Quiero un amanecer arropado por la nada, no deseo llantos para marcharme en paz y así, sola y tranquila, buscaré de nuevo ese camino de vuelta a la infancia.

29

—Ha dicho el general Franco que somos neutrales, pero ¿qué pasará con Elena en ese país? Tiene que volver como sea. Ese loco está llevando la guerra a Europa. Ella oye caer las bombas a su alrededor y dice que no pasa nada, que sigue con sus estudios sin más. No lo puedo creer, estoy más que preocupada —comentó asustada, mientras liaba un cigarro de picadura.

—Lucía, habla bajito o tendremos problemas. ¿Has cerrado la puerta? —le preguntó Micaela al oído.

—Sí, claro, ya sé que no me pueden ver fumar o pierdo mi licencia de maestra, ¡cómo han cambiado los tiempos!

—Dicen que los alemanes tienen buenos refugios y que la vida sigue con normalidad, pero yo no lo creo. Le tenemos que escribir y decir que debe volver, aunque ella asegure que allí no hay peligro. Si se hubiera marchado con Luis, volvería por no ponerlo a él en riesgo. Pero al estar ella sola, me extrañaría que regresara —opinó su abuela Leo.

—Echo de menos a Elena y la recuerdo permanentemente. A veces le pongo un plato en la mesa y, cuando me doy cuenta de que no está, lo retiro. Otras, me digo: «Voy a hacerle patatas guisadas con guindilla y pimienta, que tanto le gustan». Comienzo a picar la cebolla y lloro. Reparo en mi torpeza, pero siempre culpo de mis lágrimas a la cebolla —dijo Micaela, y se zarandeaba en la mecedora con las manos apoyadas en el regazo, mientras tejía un pañito de ganchillo.

—Me estoy haciendo vieja. Cualquier día decidiré morirme, pero ya sé que no es el momento, tengo todavía preocupaciones por resolver. En principio, decirle a esta loca de la medicina que tiene que venir a casa. Si no la convenzo yo, creo que nadie lo conseguirá, y si hay que ir a buscarla, no nos quedará más remedio que emprender el viaje. Te aseguro que no tiene conciencia de que su vida corre peligro, esta mujer siempre ha sido así. Menuda hija tengo, es más obcecada que su madre —declaró Leo.

—Os aseguro que esa mujer no tiene miedo a nada, vendrá cuando quiera, por más que lo intentemos —agregó Micaela tranquilamente, como si no le importara el comentario de Leonor.

—Yo no puedo dormir, conozco muy bien la situación. ¿Por qué se marcharía? —preguntó Lucía desconcertada.

—Porque siempre lo quiso. No es hora de lamentaciones, Lucía, es hora de soluciones. Voy a hacer algo por ella, me voy a rezar.

Leonor dio por terminada la conversación y salió con un portazo.

● ● ●

—¿Por qué me quieres tanto, Micaela? —le preguntó Leonor.

—Porque has sido la madre que nunca tuve, me has dado un espacio en tu casa, que he sentido mía, y me has respetado, ¿te parece poco?

—No tengo conciencia de haber sido tan buena —dijo burlonamente mientras la ayudaba a meter aceitunas enteras dentro de un calcetín para machacarlas.

—Pues sí, y de verdad te lo agradezco. Nunca olvidaré tu acogida cuando me separé de mi marido, tampoco cuando, recién llegada, me enseñaste a leer, a escribir y me dijiste que debía estudiar... —comentó al mismo tiempo que aplastaba las olivas verdes del calcetín con la maza de madera sobre la lancha de pizarra.

—Y que tú contestaste: «No, señora, a mí eso no me va, yo sería feliz llevando la cocina, organizando la casa como a mí me gusta» —Leo la interrumpió y apretó el calcetín.

—«Pues creo que te equivocas», me sugeriste. Y te equivocaste tú porque hago lo que más me gusta. Cuidar de todos vosotros. Cocinar para que saboreemos el placer de las pequeñas cosas. En primavera, me encanta ponerme a hacer ganchillo debajo de la parra del patio. Ahí coloco la mecedora y me siento dueña del universo. Oigo a los pájaros cantar sus melodías y creo que yo me siento más feliz que ellos, disfrutando de la tarde. ¡Ay, Dios mío!, cualquiera pensaría que esto no es nada. Sin embargo, me siento tan bien que no puedo imaginar que la felicidad sea otra cosa —dijo y puso el agua a hervir en el fogón.

—Yo, a veces, no sé lo que es, se me olvida la existencia. Sobre todo, desde que se marchó mi hija. Parece que me falta algo, no sé qué. Echo de menos las conversaciones, su fuerza —Leo apretó con vigor el calcetín para tratar de escurrir las gotas de la mezcla con el agua caliente.

—Tú también eres fuerte —dijo Micaela sacando más aceitunas del saco de tela para volver a hacer aquel mejunje.

—No, yo he sido más frágil, la fuerza siempre estuvo en ella. Quizás le enseñé así, pero siempre fue una muchacha rara, me refiero a que no era como las demás, muy lista. Y mi nieta es la mezcla de las dos.

—Si analizamos, como diría Elena, un poco vuestra historia, no podemos afirmar que hayas sido lo que llamamos *normal* —dijo Micaela con ironía y repitió el ritual del agua una vez más.

—Este aceite va a salir mejor que la última vez porque se junta con el toque de humor que le das a todo. Mira que estamos pasando calamidades, aunque hemos de reconocer que muchas menos de las que esperábamos. La gente pasa hambre y se muere. Las cartillas de racionamiento son para los que tienen dinero, pero el que no, ¿qué hace? —dijo molesta por la situación, pero sin parar de apretar el calcetín.

—El que no tiene nada viene aquí a que se lo dé *usted*, así que no puede morirse, ¿qué haremos si no está? —contestó Micaela bromeando.

—No exageres, hacemos lo que podemos, nuestra situación es mejor.

—Y hay que dar gracias a Dios por facilitarnos el estraperlo a nosotras, por eso come la familia de Sagrario, la señora Mercedes, su hija y la pobre mujer esa que tiene el niño con la cabeza tan gorda —dijo Micaela.

—Hay que ver qué muchachito, Elena decía que no iba a vivir mucho, pero lo que es la vida. Y que le dure a la pobre, es lo único que tiene, todo el día con ese niño en los brazos, a mí me da una pena que no puedo con ella.

—Y me contó que mataron al marido en la guerra, así que se quedó sola. Aunque en algunos casos es casi mejor. ¿Te arrepentiste de haberte casado?

—No, no es arrepentimiento, es otra cosa. Mis padres me casaron con un buen hombre, pero yo no lo quería y no fui capaz de decir que no, de manera que ésa fue mi condena, y lo condené a él. Pero la vida se encargó de arrasar las ilusiones suyas y mías. En mis rezos le pregunto a Dios qué debo entender para cambiar nuestro destino.

—No digas eso, a veces es mala suerte y ya está, no hay que buscar explicaciones a todo.

—Yo no soy como mi hija, con esa idea de un Dios tan raro. Yo creo en el Dios de siempre, en la bondad de Jesucristo, pienso que él me reprocha el sacrificio innecesario que hice con mi casamiento y el castigo al que sometí toda la vida a mi esposo. Quizás por eso le permití que visitara otras alcobas. Dicen que el hijo que tiene su querida es de mi marido y no del suyo.

—Bueno, cuántos hombres hay que tienen otros hijos fuera de su familia. Los hombres son así de chuletas, y nosotras somos unas fulanas si hacemos lo mismo. Así es el mundo, ¡y qué le vamos a hacer!

—Pero para que ellos funcionen así, tiene que haber mujeres dispuestas a darles ese momento.

—Así es. Aunque para mí no es tan dramático, una servidora cree que está mejor así como está. No me gusta la vida de matrimonio porque lo que a mí me ha aportado un hombre ha sido hacerme sentir el cubo de los desperdicios. Me han pegado, maltratado y doy gracias de no haberme embarazado y haberme podido escapar. Entiendo que todos no son así, pero mi experiencia no es para tirar un solo escopetazo.

—Nunca se sabe lo que es mejor. Mi hija dice que te marcan un camino y comienzas a caminar con los zapatos que te calzan y, cuando quieres cambiarlos porque te das cuenta de que ya no te sirven, no sabes cómo manejar los nuevos y habituarte a ellos. Llegas a la conclusión de que tienes que continuar usando los viejos porque el esfuerzo que supone cambiar es tan grande que no tienes fuerzas ni ganas de hacerlo y aceptas el futuro como llegue. Y me parece que en eso tiene razón.

—Esas son las ocurrencias de Elena. Ayúdame a colocar otra olla de agua caliente, hay que moler todas estas aceitunas —Micaela

corrió a un lado el agua para que se enfriara y el aceite se depositara en la superficie.

—Me hago vieja, Micaela, y en el balance, después de haber
pasado el tiempo, deduzco que no quise amarlo. La rabia la vol-
qué en él y, aunque lo respeté, no le di ninguna oportunidad. Y lo
cierto es que él me quería.

—¡Ay, Leo!, así es, cuando nos damos cuenta, el tiempo ha pasado. ¿Y qué?

—A veces me despierto en la noche y lo veo llorando, esperando que lo quiera, y se marcha con su querida en el último
momento. Otras, sueño que estamos compartiendo la vida y que
reímos, y que nos amamos sin parar, ¿será la culpa que me persi-
gue en los sueños?

—Pues no lo sé, pero tienes suerte, porque para mí soñar con
mi marido es una pesadilla. Despierto y me levanto rápidamente,
me arrodillo junto a la cama y doy gracias a la Virgencita por encontrarme sola —acotó sonriendo y machacando las aceitunas
con hueso incluido. Las dos rompieron en una gran carcajada.

—Te voy a contar mi gran secreto, Micaela —le dijo entre mis-
teriosa e irónica—. Cada vez que tenía que dormir con mi esposo
pensaba en mi gran amor y fantaseaba que estaba con él. Después
tenía que rezar porque sentía que en mi cabeza engañaba a mi
marido, y eso era pecado.

—No entiendo nada.

—Sí, imaginaba que era Pedro, porque así se llamaba, nunca
más repetiré su nombre. Me venía a la mente su cara, sus ojos, su
forma de mirarme. Entonces cerraba los párpados y viajaba con
él hasta el infinito, pero cuando los abría, me daba cuenta de que
a mi lado no estaba él, sino mi esposo.

—Te quedaste prendada eternamente de él, como Elena de
Nuno.

—Eso es, eternamente prendada como mi hija. Puede que ella deba estudiar esto, porque ocurre. A veces me pregunto qué habría pasado si esa relación hubiera continuado, tal vez habría sido diferente.

—¿Nunca te has planteado verlo a solas y acabar con la fantasía del pasado? —sugirió Micaela.

—Estás loca, ¡con casi noventa años que tengo! Sé que él se casó y yo, cuando lo veo, aparto la vista, a pesar de la edad que tenemos, porque una sola vez lo miré a los ojos y pude comprobar que me contemplaba desde el alma.

—¿Y eso qué es?

—Que todavía quedaban aquellos sentimientos, y me asusté tanto que no he vuelto a mirarlo nunca más. Pero ni el tiempo ni la muerte me preocupan. No quiero que termine su recuerdo. Temo que me lo arrebaten. Guardo las ilusiones en mi memoria, para mí sola y deseo morir con ellas. Está oscureciendo, ¿dónde está Lucía?

—Ha salido con ese amigo suyo, dice que así no piensa en Alemania ni en Europa y que se despeja con él. Dice que es una buena compañía. Pero lo que yo creo es que está enamorado de ella.

—¿De veras lo crees?

—Sí.

—¿Y ella?

—No la veo muy ilusionada. Se está volviendo vieja como nosotras —opinó Micaela y guardó los barreños dentro de la despensa.

—Tú no eres vieja, yo sí. Pero ese hombre, ¿no estará casado?

—No, ese es viudo, mejor dicho, dicen que…

—¿Me quieres explicar quién es?

—No sé exactamente quién es, sé que es abogado y soltero.

—Pero ¿no dices que es viudo?, ¡vaya lío que me estás armando!

—Bueno, parece que tuvo una amante hace mucho tiempo y que ya no la tiene.

—Entérate de lo que pasa con esa muchacha, no quiero que la historia de mi hija se repita en mi nieta. Y que sea demasiado tarde para evitarlo.

—Creo que Lucía es bastante mayor para saber qué es lo que tiene que hacer.

—Por supuesto, pero debe saber dónde se está metiendo, aunque decida continuar, y ahora no está su madre.

—Pero, Leo, tiene cuarenta años. Estamos sacando las cosas de su sitio, no sabemos si es solo amigo, amante o qué. Además, ¿quiénes somos nosotras para controlarla?

—Tienes razón, Micaela, creo que estoy un poco asustada, no me permitas cometer el error de entrometerme en la vida de los demás y pretender manipularla. Nunca lo hice, y no me gustaría hacerlo ahora con mi nieta.

• • •

—Con Javier no estabas casada, por lo tanto no lo tienes que pensar —le dijo Pablo mientras hacía unos preparados para un paciente en el antiguo laboratorio de Elena y Lucía, a su lado, toqueteaba un aparato que estaba sobre la camilla.

—Sí, pero lo que trato de decirte es que no sé si volverá, si debo esperar, si tengo derecho a volver a estar con otro hombre. Javier se marchó sin despedirse, sin un adiós después de tres años juntos si contamos los de la guerra, y yo interpreté que volvería algún día. Es lo que estoy esperando. Ahora aparece Eduardo, que no es un amigo porque creo que comienzo a tenerle cierta estima. Aunque te aseguro que no siento lo mismo que en las otras dos ocasiones.

—Cada persona es diferente, única, no es sustituible. Tienes cuarenta y un años y dos relaciones a tus espaldas. Sabes que una jamás volverá y, con respecto a la otra, supongo que no cometerás el error de esperar como lo hizo tu madre. Sólo debes sopesar que el tiempo te marchitará y al final te darás cuenta de que la vida ha pasado y estás en el mismo punto en el que empezaste —dijo apartándola suavemente mientras ponía unos botes de cloruro sódico en la estantería de los tarros.

—Pero lo suyo fue distinto, ella no esperó, no quiso saber más de él.

—Javier no te ha escrito ninguna carta, no te ha dicho dónde está, no sabes si está vivo o no. Hace un año de su partida, y continuamos sin ninguna noticia. En cuanto a tu madre, tienes razón, se obligó a no verlo más. Pero ahí la tienes, con su edad y recordándolo como si hubiera sido ayer cuando le dijo adiós. Ella me confesó que no hay un solo día en el que no se acuerde. Algunas veces pienso que eso es lo que le ha permitido estar enamorada eternamente. Porque la imaginación supera a la realidad. Pero sé que no le gustaría encontrárselo más porque te aseguro que toda su magia desaparecería. Y ahora vete y descansa, no fuerces las cosas, déjate fluir, eso es lo importante —le aconsejó Pablo mientras se levantaba y la acompañaba a la puerta del laboratorio.

—Gracias por todo, desde que te conozco, eres el padre que nunca tuve.

—Me llenan de orgullo tus palabras. Sabes, tengo que cumplir ese papel, se lo prometí a tu madre, que es mi mejor amiga. Aunque te aseguro que es un placer ejercerlo.

Se acercó y la besó en las mejillas con ese calor que siempre lo rodeaba.

30

—Desde que Bernardo marchó a Francia, me siento raro, parece una tontería, pero saber que hay alguien viviendo en la casa, aunque no lo veas, hace que uno se sienta acompañado —comenté a mi hermana Julia.

—A nosotros nos cuesta vivir solos, siempre hemos sido familia numerosa, y nos han acostumbrado a estar rodeados de gentes, porque ¿cuántos recuerdos tienes en los que estuvieses solo? —y sin esperar continuó—. Además, te lo he dicho mil veces, necesitas a alguien que te mime. Me refiero a una mujer, es muy agradable estar acompañado por alguien que te quiera, que te aporte, que te haga ver la parte más positiva de la vida. Ahora, lo que está claro es que para estar mal con una persona, mejor solo.

—Tal vez sea eso, estoy en una etapa mala en mi vida afectiva. Lo único de lo que estoy orgulloso por el momento es de mi carrera. Por cierto, me han propuesto quedarme en el departamento de Metafísica, y eso me llena de felicidad, figúrate a lo que he llegado, sólo me interesa el aspecto profesional. Me dedicaré a escribir y a la investigación como si fuera un huraño.

—Bueno, ya se te pasará esta racha, y te lo digo yo. Pero por otro lado, lo que has querido siempre es investigar y escribir. Eso es genial, vamos a celebrarlo. Tengo un vino muy bueno que me regaló Micaela para Vicente. La verdad, es para las ocasiones especiales, y ésta es una de ellas —dijo Julia y se levantó en dirección al armario donde guardaba la botella.

—Podemos dejarle un poco para que él también lo pruebe —contesté y busqué dos copas.

—Me parece bien, pero sólo si nos sobra —respondió mientras trataba de sacar el corcho.

—Trae, ya lo hago yo, tú siempre has sido patosa con el sacacorchos —abrí la botella y llené las copas, le di una a ella y brindamos como si celebráramos el acontecimiento más entrañable de nuestra historia. Julia la posó sobre la mesa y puso un disco de Cat Stevens.

—Me encanta este hombre, sus canciones me parecen una maravilla.

—¿Dónde está Nuno? —pregunté sin hacer caso a su comentario.

—Se lo llevó Mencía de paseo. Iban a comer con Alvarito y Martín, y les apetecía llevárselo. La verdad es que para mí es un descanso.

—¿Cómo se ha adaptado Mencía a Madrid?

—Creo que bastante bien, desde que viven los tres juntos aquí al lado, se llevan mejor. Deberías visitarlos, se quejan de que ya no vas verlos desde que estás con el doctorado.

—Estás tú para controlarlos.

—Sí, claro, es mi papel de siempre —dijo con tono irónico—, pero sabes que para ellos, nosotros somos los mayores, y les gusta que estemos pendientes. Aunque se desenvuelven bien, debes pasarte por la casa porque son más jóvenes, y nuestros padres estarán más tranquilos si los supervisamos.

—Tienes razón, pasaré a hacerles una visita, la verdad es que me gusta estar con ellos de vez en cuando, pero te confieso que desde lo de Ana, estoy medio gilipollas, no me relaciono con casi nadie.

—¡Tampoco es eso, hijo! Deberás aprender que no todas las mujeres son iguales. Te lo he repetido mil veces. Cualquiera diría que has tenido un montón de experiencias y que todas te han salido mal.

—Me parece tan difícil enamorarse... ¿Te has fijado qué historias de amor tan bonitas hay en nuestra familia? ¡Y nuestra vida es tan vulgar! Es también tristísimo.

—Por favor, no seas tan irónico. ¿Vulgar? Yo no me considero así. O tal vez sí, pasamos por la vida con penas y sin glorias.

Volvió a llenar la copa con vino.

—¿Qué te pasa, Julia? Te encuentro como enfadada con el mundo, no lo dices, pero puedo deducirlo por tu actitud.

—Mi querido Adolfo, siempre tan inteligente, observas mi comportamiento y notas la rabia que desprendo —apoyó la copa en la mesa, cogió un cigarrillo y lo encendió.

—Julia, no lo decía con intención de herirte.

—¿Qué crees que me pasa? —y sin esperar respuesta, continuó—. Estoy harta de cuidar al niño, necesito dar un giro a mi vida, creo que si yo no me sintiese tan frustrada, atendería a esa criatura como se merece y mi relación con Vicente iría mejor. No me gusta la vida que llevo, cada mañana me cuesta levantarme, ponerme en funcionamiento. Todos los días lo mismo, despertarme, dar de comer a Nuno, dormirlo, preparar su comida o la nuestra, volver a darle de comer, volver a cambiarlo, lavar la ropa, planchar, arreglar la casa... ¿Cuánto tiempo me queda así? Porque voy a enloquecer.

—Creo que deberías tener otra actividad que no fuera exclusivamente la de ama de casa —respondí.

—¿Y qué hago con Nuno? A veces me siento fatal, es como si

depositara toda mi rabia en él, pobrecillo, esta criatura no tiene culpa. Pero inconscientemente lo hago responsable de mis frustraciones —apagó la colilla del cigarrillo en un plato pequeño que servía de cenicero.

—Pues, no puedes hacer eso. Evita lo evitable. ¿Se lo has comentado a Vicente?

—Nuestra relación se ha deteriorado mucho desde el nacimiento de Nuno. Me culpa a mí de haberlo tenido, aunque no lo quería, y tiene razón. Lo cierto es que el amor es muy bonito cuando no hay problemas. Los verdaderos sentimientos se demuestran cuando la realidad te impone con dureza determinados reveses, y uno se pone el traje de soldado y se lanza a la lucha. Pero detrás de cada hecho heroico hay un ser frágil.

—Tendrás que poner orden también en tu relación. Organiza tu vida de otra manera. Yo puedo cuidarlo algunos días, y nuestros hermanos, otros. Siempre nos hemos ayudado, y ahora, si nos necesitas, sabes que estaremos.

—A veces me parece injusto tirar tanto de la familia —encendió otro cigarrillo compulsivamente.

—Pues estamos para eso. Pero creo que tu mayor problema lo tienes con Vicente. Eso es lo primero que tendrás que resolver —me serví más vino y prendí un cigarrillo casi a la par de ella.

—¿Desde cuándo fumas?

—Desde que me dejó Ana.

—Pues vaya legado, hijo.

—¿Cómo lo vamos a hacer?

—Mencía me comentó que al próximo curso de la facultad asistirá en el turno de mañana y que puedo contar con ella todas las tardes, pero no sé, no me parece bien.

—Sabes que Mencía no hace nada por compromiso, si te lo dice, es porque no le importa. Podemos organizarnos entre los dos. Ella tres tardes y yo las restantes. Si alguna vez no podemos por algo en particular, tiraremos de Alvarito y de Martín —planeé en función de lo que me decía, al tiempo que sacaba algunas almendras de una caja que había encima del aparador.

—Bien, si es así, podré volver a la facultad y asistir al turno de tarde. ¿Y cuándo estudiaré? Ése es otro de mis problemas.

—Por las mañanas lo que puedas, y que te eche también una mano Vicente, digo yo que algo tendrá que aportar —sugerí pelando una almendra.

—Bueno, haré lo que pueda, de todos modos no tengo por qué aprobar el curso completo, puedo hacerlo poco a poco. Pero tú ahora estás un poco liado, y el próximo curso, que es cuando comenzaré, probablemente lo estarás más.

—No hagas tanto problema, Julia, el próximo curso daré clases y me dedicaré a investigar. Muchas lecturas las puedo hacer en casa. Si te lo ofrezco, es porque puedo, y conste que no estoy haciendo sacrificios —aseguré mientras pelaba otra almendra.

—Adolfo, gracias de todo corazón. Parece que esto me anima, se lo explicaré a Vicente para que colabore en lo que pueda y quiera —se acercó y me volvió a llenar la copa.

—Hablaré con Mencía para ponernos de acuerdo —dije echándome un trago grande de vino.

—Nos hemos tomado toda la botella, no hemos dejado nada para Vicente, pero tampoco tenía intención.

—Qué mala eres —reí y le ofrecí una almendra pelada.

—Otra cosa que tendré que hacer es buscar dinero para la matrícula. Sabes que estamos muy justos. Hablaré con papá —dijo masticando.

—Julia, sabes bien que para eso tengo. Mi beca me da para pagar el alquiler y algo más. Es probable que me suban el sueldo. Si lo prefieres, puedo darte yo el dinero.

—No, prefiero pedírselo a papá, él se molestaría si no lo hiciera.

—Me parece bien.

—Cuando vayas a casa, quiero ir contigo.

—Te avisaré, ¿llevarás a Vicente?

—Iré sola con Nuno.

—El mes pasado estuve allí y están todos muy bien. La abuela, la bisabuela y Micaela están como una rosa ¡y de coco no digamos!

—La verdad es que hemos tenido suerte con la familia. No podríamos pedir más.

—Te avisaré, aunque lo más probable es que sea el próximo puente.

—Iremos.

• • •

—¿Crees que Julia ha heredado la piel de agua de esta familia?

—¿Por qué dices eso, hijo? —contestó la abuela Obdulia.

—Porque ella tampoco es feliz. También se le torció el destino, como a todas las mujeres, como a todas vosotras. Creo que aunque quiera muchísimo a Nuno, el ser madre tan pronto ha roto sus expectativas de desarrollarse en otros campos. Y sobre todo, ha deteriorado la relación con Vicente. Porque un niño desune, en contra de todo lo que cree la gente. Tienes que estar pendiente de él, protegerlo, quererlo, y la energía de la mujer se orienta hacia otras cosas en detrimento de la pareja. Por supuesto que el niño no es culpable, pero es la situación que crea. Además, cambia la vida de la pareja de manera inevitable, y se rompe la magia. Ella estaba tan enamorada de él, y ahora la observo extraña, ha perdido su frescura, su espontaneidad.

—Un niño influye, pero también depende de la cohesión entre ellos. Creí que eso se había terminado con el nacimiento de tu padre. Pero no, la vida siempre te espera para darte una sorpresa. No obstante, seguro que Julia encuentra el lado positivo. Nos ha ocurrido a todas. Y todas hemos logrado ser felices, aunque sea a través de la imaginación. Y a la hora de la verdad, eso es lo que cuenta; hay que olvidar todo el mal, suavizar el dolor con la caricia de la vida. Disfrutar de cada minuto, de estar contigo hoy, de conversar ahora, de saborear este pastel, de tomar conciencia de los instantes de felicidad. Porque créeme, Adolfo, lo demás es mentira. No hay momentos eternos ni quietud en el tiempo. Hemos inventado un mundo para convencernos de que todo tiene sentido, de que somos perfectos y la vida es maravillosa. Pero a medida que va pasando el tiempo, más te decepcionas de la existencia. Así de sencillo. La vida es un cúmulo de experiencias con pequeños pellizcos de felicidad. Hay que buscar esos pellizcos.

—¿En qué crees tú? —le pregunté sin pensar demasiado.

—Me acabas de hacer una de las preguntas que ha estado ronroneándome en la cabeza desde que tengo uso de razón. Pero te voy a contestar lo poco que sé. Creo en el hoy, en todo lo que envuelve el aquí. Cada día que pasa, le agradezco al cuerpo que me permita vivir otro día y cada noche, cuando cierro los ojos, me pregunto si despertaré al día siguiente. Me gustaría tener fe en que sobreviviré en el futuro, en otra vida, pero no puedo convencerme, y eso me crea mucho más desasosiego. Sería más fácil inventarme un mundo adonde nos marchamos, en el que volvería a ver a mi madre, a mi abuela y a todos vosotros cuando os toque el momento. Pero siempre he creído que era una manera de dar sentido a la existencia humana, de dulcificar la muerte, de rebelarnos ante la impotencia de que se nos arrebate la vida.

—Yo, de pequeñito, creía en la fuerza de Dios, pensaba que Él estaba en mí. Y sabía que me protegía y me ayudaba siempre que lo necesitaba; por ello, no buscaba ninguna demostración porque lo sentía en mí. Pero en mi adolescencia y tras el internado, ya no me servía. No busqué otra cosa que complementara mi fortaleza, y esta desapareció y nunca más la sentí dentro del alma.

—Cuando uno es pequeño, cree que todo es mágico, por eso, los reyes magos existen y no necesitan puertas ni ventanas para entrar en las casas: son mágicos y entran cuando quieren, y los niños creen en eso porque disfrutan creyéndolo y porque tienen un cerebro tan poco evolucionado que no existe la relación causa-efecto. Lo mismo les ocurre cuando les hacen creer en la existencia de alguien fuerte y superior al que llamamos Dios. Creen en Él, lo sienten y lo viven porque su cabeza quiere que exista de ese modo. Y de verdad pienso que es bueno para ellos esa figura de protección, lo dramático es descubrir que los reyes no existen, que eso lo inventaron nuestros padres y que es fruto de una historia que alguien contó. Duro, ¿verdad? Esa es la trascendencia aplicable a casi todo lo que hay en esta vida, así de simple.

—Pero Dios no puede tener esa explicación tan simple.

—Dios para mí es una evidencia, yo no puedo razonar con este cerebro tan simple, como diría mi madre, un axioma tan complejo. Ella, que investigó toda su vida ese órgano, considera que los seres humanos no tenemos la percepción de un montón de sustancias que existen a nuestro alrededor, que están ahí junto a la mesa, como sonidos que no detectamos y colores que no vemos, ¿Cómo vamos a razonar la existencia de Dios con un instrumento tan primario?

—A veces, nos ofuscamos y no tenemos la capacidad de distinguir. Pero realmente me gustaría creer que muchas cosas son verdad para sentirme mejor en el mundo.

—Te confieso que me gustaría tener creencias más claras. Porque veo que eso tranquiliza el alma y la vida. Tener fe en Dios, como algo humano, que nos cuida y nos protege, eso es maravilloso, y ojalá lo tuviera tan dentro de mí que no me cuestionara su existencia. Pero resulta que mi concepto se dispersa tanto que hasta podría calificarse de simplista. Creo en un Dios, como partícula, como semilla del universo, pero que tal vez ya no exista o tal vez continúe dando principio a otros mundos. Sin embargo, no imagino que esté pendiente de unos seres diminutos de un planeta en una galaxia. Esto es absurdo, tanto como creer que somos los seres elegidos. El hombre es tan orgulloso que se erige en el centro del universo. Tantos siglos de evolución y no hemos avanzado nada.

—Cada día el desarrollo tecnológico y la ciencia progresan a tal velocidad que nos descolocan, pero realmente la especie humana no ha evolucionado, poco hemos avanzado desde el siglo iv antes de Cristo, cuando los presocráticos comenzaron a preguntarse por la sustancia primera.

—Llegará el momento en que el propio hombre se destruya. Porque cada día inventamos más desarrollo para mejorar nuestra vida, y eso está bien, pero la ambición, la avaricia y la envidia se extenderán como una epidemia. Estoy segura. Sólo hay que analizar los siglos de nuestra existencia para comprobarlo. Estamos estancados y, en algunos casos, retrocediendo. No puede aportarnos nada positivo.

—Pero a lo que íbamos, ¿tú no tienes miedo a la muerte y no ir más allá de la tierra donde estás enterrada? —dije encendiendo un cigarrillo.

—Pienso que morir debe ser como dormir, no te darás cuenta, por tanto, no sufrirás. Sé que el cuerpo está preparado para la aceptación de ese momento y no tengo miedo —respondió mi abuela mientras encendía otro—. Un viaje a ningún lugar adonde tengo que marchar sola, y eso me descoloca, me gustaría aprender a morir como lo decidió Leonor o, tal vez, como lo hará Elena cuando ella quiera, o como cualquiera de las muertes que han sido un dulce viaje.

—Seguro que así será. Tú no puedes ser muy diferente a tus antepasados. Todo se aprende, la vida, el destino y la muerte.

31

Lucía continuaba con la incertidumbre de alguna noticia de su madre. Se había trasladado de Munich a Suiza con otros colegas. Lo que en un principio eran nueve meses, se habían convertido en un año y medio. Europa estaba en guerra, pero parecía que ella se mantenía al margen de los acontecimientos y, a través de sus cartas, comentaba que no sentía miedo alguno por lo que estaba sucediendo a su alrededor y que su vida no estaba en peligro.

Ella, todas las mañanas, buscaba el cielo a través de la ventana y, con la mirada fija en el horizonte, imaginaba a su madre y a Javier rumbo a casa de nuevo. Después, cogía la manta y se dirigía al pinar como si de un ritual se tratase. Intentaba tener la mente ocupada para no pensar en ellos y en la situación que estaban viviendo todos. Parecía que en esos momentos podía olvidarse y tranquilizarse. Se sentaba siempre bajo el mismo árbol, en el mismo tronco. Extendía una manta a la sombra de su copa, sacaba los anteojos y se ponía a leer. Nadie la molestaba en esos ratitos, allí no había gente, sólo de vez en cuando podía percibir alguna persona paseando en la lejanía.

—Buenos días, mi nombre es Soledad —interrumpió un día una mujer, para su sobresalto.

—Buenas, yo soy Lucía —le contestó, apoyó el libro en el suelo e intentó incorporarse.

Ella, algo nerviosa, daba vueltas alrededor de un árbol y parecía que temía acercarse a Lucía. Agachaba y alzaba la cabeza sin atreverse a mirarla, se ponía la mano en la boca, la apoyaba en la cintura y la dejaba caer, como si no encontrara lugar donde posarla.

—No se moleste, simplemente, quería hablar con usted. Si no es en este momento, en otro, donde me diga y a la hora que quiera, ¿cuándo podría escucharme? —le dijo al fin.

—Discúlpeme, pero no recuerdo si la conozco —respondió ya incorporada, acercándose a ella.

—Usted no me conoce, pero yo a usted sí.

—¡Ah! Pues no sé, si quiere podemos hablar ahora o, si lo prefiere, podemos ir a mi casa —le contestó, un poco desconfiada.

—No, a su casa no —se apresuró a decir, como si la palabra casa se asemejara a diablo.

—Entonces, nos sentamos aquí, si desea, la manta es grande y podremos acomodarnos las dos —y le ofreció un espacio.

—Bien está.

Observó a Soledad mientras se acomodaba: tenía los ojos verdes, era guapa, joven, aunque llevaba en la piel la marca del tiempo, ese tiempo que surca el rostro y lo convierte en la huella resquebrajada del dolor. Sacó un pañuelo pequeño de tela áspera, se secó la tez antes de sentarse y se colocó frente a Lucía. Después, con la cabeza agachada, sin mirarla, dijo:

—Mire, no sé por dónde empezar, y conste que recurro a usted porque estoy desesperada y he oído que también ha sufrido mucho y que es buena persona —se hizo un silencio. Y aclaró la voz— creí, durante muchos años, en un hombre por el que no me he sentido correspondida. Yo servía en su casa como empleada.

Un día me dijo que me amaba, y tras esquivarlo innumerables veces, le entregué todo lo que tenía —entonces volvió a coger aire mientras su vista se perdía en aquel pañuelo—. Yo era una adolescente que pensaba que la edad no importaba y que la gente no mentía en lo relacionado con los sentimientos. Me quedé encinta y, para que nadie se enterara de mi estado, no salí de la casa durante todo el embarazo. Di a luz en un cuartito con la ayuda de otra criada, que me arrancó al niño de los brazos nada más nacer y se lo entregó al padre. Él me dijo que lo llevaría a un internado porque era la mejor manera de que recibiera una buena educación —rompió a llorar desconsoladamente y se le salpicaban las manos con las lágrimas.

—Tome mi pañuelo, está más seco —le ofreció, mientras le agarraba la mano con todo el cariño que podía dar a una desconocida.

—Todavía lloro, todavía no puedo controlarme, pero trataré de seguir mi historia para que usted pueda ayudarme.

—Si quiere puede parar, no es necesario que me lo cuente, simplemente dígame en qué puedo colaborar.

No entendía cómo una desconocida le contaba así, sin más, sus secretos más guardados.

—Comencé a estar muy triste, lloraba todo el tiempo y no podía soportar la idea de no ver más a mi criatura. En los momentos de más dolor, él me consolaba y me repetía que era lo mejor y que, cuando estuviésemos casados, nos lo traeríamos. Yo soñaba con ese momento. Pero él no me pedía en matrimonio. Así es que un día, cansada de esperar, le recordé su promesa. Insistió en que era pronto, en que había que dar tiempo al tiempo. Y, mientras aguardaba el casamiento y el retorno de mi niño, me engendró otro hijo.

—¡Cuánto lo siento! —exclamó Lucía torpemente, sin darse cuenta.

—Pues ya ve lo tonta que puede llegar a ser una.

—Lamento mi comentario —se disculpó avergonzada, casi sin mirarla.

—No importa, lo cierto es que él repetía que se casaría conmigo una vez que diera a luz al segundo, y yo, creyéndole porque así lo necesitaba, preparé todo para tener mi propia familia. Di a luz a una niña, en el mismo lugar en el que había venido mi otro niño y con la misma ayuda. Sólo que esta vez, no permití que me quitaran a mi bebé. Y mientras criaba a mi hija, esperaba el matrimonio prometido. Pero yo seguía siendo una sirvienta en su casa. Eso sí, disponía de una habitación que no compartía con el resto de las criadas. Un día, cansada, hablé con él y le dije que cumpliera su palabra, que la niña se estaba haciendo mayor, que a mí me gustaría visitar al niño en el internado, pero no podía porque, según él, los jesuitas lo echarían sin compasión si se enteraban de que el padre y la madre no estaban casados. Una vez hecha mi demanda, me aclaró que nunca tuvo intención de casarse conmigo, que tenía un nivel social en el que yo no tenía cabida porque no había sido educada para ello, y que estaba seguro de que lo entendería. Que lo único que podía hacer por mí era mantenerme, siempre y cuando no incumpliese lo pactado con respecto al niño.

—Pero lo que no llego a entender es en qué puedo asistirla —interrumpió desconcertada ante tal confesión.

—Escuche, por favor. Él me ha mantenido durante siete años. Tiempo que llevo sin ver a mi hijo; ésa fue la condición que me impuso: podía quedarme con la niña, pero al niño no debía verlo jamás. El caso es que no pude soportar más y me enteré de que mi hijo estaba en el Colegio de los Escolapios, que no eran jesuitas como me había informado. Cogí un tren y fui a verlo. Más bien, a conocerlo.

—Me parece muy bien, vaya sinvergüenza, disculpe mi vocabulario, pero a veces no puedo parar la lengua —estaba atenta a aquella historia que le resultaba conmovedora.

—Los curas me permitieron ver a mi pequeño, que se había hecho mayor, así es que me acerqué a él, lo abracé y le susurré: «Soy tu madre». Él me contestó: «Mi padre me dijo que eras fea y que por eso no venías a verme, pero tú eres muy guapa». No supe qué decir, solo lo apreté contra mi cuerpo y contuve el llanto para que tuviera un buen recuerdo de mí. Enseguida me pidió: «Ven a verme, no me dejes otra vez». Cuando salí de allí, lloré toda la pena que una persona puede guardar durante toda su existencia, pero lo peor sucedería después. El padre se enteró de mi visita y no sólo me ha retirado la manutención, sino que me ha prohibido que vuelva a ver a mi hijo, para lo que ha dado orden expresa en el colegio.

—No logro entender en qué puedo socorrerla, yo no soy abogado.

—Pero sí conoce a alguien que puede echarme una mano si usted es capaz de persuadirlo.

—¿De quién se trata?

—De Eduardo.

—No sé si es el tipo de caso que suele llevar, no obstante hablaré con él y le explicaré. Deme su dirección para volver a comunicarme con usted.

—Siento el daño que le puedo reportar, pero estoy desesperada. No se trata de Eduardo el abogado, sino de Eduardo el hombre. Lo que pretendo es que usted hable con él, como padre de mis hijos, y le haga entender que no puede privar a un hijo de su madre. Con respecto a la paga, me da igual, me ganaré la vida de alguna manera. Mi hija no tendrá la comodidad que cabría esperar, pero de verdad, no me importa. Ella es sana y sabrá ganársela. Pero dígale que me permita ver a mi hijo.

Parecía que el estómago le mordía con dientes voraces, le recorría sigilosa una nube de polvo en los ojos, y los pies, aunque en reposo, cantaban una melodía desacompasada.

—Estoy ofuscada y no logro entenderla.

—No hay mucho que entender, tal vez que digerir. De verdad lo siento. Cuando llegué aquí, pensé que usted lo sabía, al menos que conocía la existencia de un hijo. Pero a medida que avanzaba la conversación, me he dado cuenta de que estaba ausente de todo. Lamento el daño que le hago, no era mi intención, pero estoy desesperada y no sé qué hacer. Necesito ver a mi hijo —dijo llorando Soledad, mientras se incorporaba y comenzaba a dar vueltas de nuevo alrededor del árbol.

Las piernas comenzaron a temblarle de nuevo, aunque continuaba sentada, sintió un sudor frío. Derrotada, un vapor le esculpía impaciente los ojos. Allí quedó frente a las palabras de aquella mujer que le hablaba en otra lengua. Su cuerpo era una caja de resonancia golpeada desde la cabeza, y el dolor le llegaba al alma. Vacilaba: estaba confiando en una completa desconocida. Luego no pudo más y acompañó en el llanto a Soledad, que repetía una y otra vez:

—No sé a quién recurrir.

—Tranquilicémonos —tomó aire y prosiguió—. En estos momentos no sé cómo actuar porque estoy confundida. Tengo que tener la cabeza más clara para… no sé qué. Déjeme su dirección y deme un poco de tiempo, yo la mandaré llamar con alguien.

Llegó a la casa después de haber andado sin rumbo, sus piernas continuaban cantando melodías desafinadas. No sabía qué creer. Una desconocida se había acercado y había dado un giro a su universo. No podía soportar el aire que respiraba. De pronto, se asomó la luna, y permaneció quieta durante muchos segundos. Perdió la conciencia de la vida, de su existencia. No aguantaba la presión en el alma, el peso de su corazón y volvió a casa. Encontró a su abuela y a Pablo frente a la chimenea, se incorporaron:

—¿Dónde has estado? Te marchaste hace mucho tiempo, Pablo estaba esperando para verte y despedirse.

—No lo sé —y tras estas palabras, rompió a llorar. La abuela, asustada, se acercó a ella.

—¿Qué te ocurre? —se preocupó Pablo, también desconcertado.

—Hoy una completa desconocida me ha contado una historia que ha hecho cambiar el rumbo de mi existencia. No sé qué debo creer. De pronto, ha huido la luz, y todo se convierte en una danza oscura de formas.

No contestaron, estaban expectantes. Solo la miraban, intentando descifrar lo que les estaba contando. Rompió a llorar otra vez, Pablo la abrazó y con su calor pudo soportar el peso de las lágrimas. Entre llanto, temblor de voz y momentos de tranquilidad, les contó lo sucedido. Escucharon con mucha atención y, después de un rato de silencio, la abuela preguntó:

—¿Ya has decidido qué hacer? —y añadió—: Tal vez mañana puedas pensar con más claridad.

—No lo sé, ¿qué harías tú? ¿Y tú, Pablo?

—Lucía, debes encontrar la respuesta sola. No sirve lo que yo te sugiera o lo que te diga Pablo. Podrías hablar con Eduardo, sopesar si realmente quieres continuar con una persona que no te ha contado su pasado, analizar si tú no le has dado cabida a su confesión o, simplemente, pasar todo por alto pensando que esa señora se inventó un cuento por no sé qué circunstancias. Pero la realidad es que deberás enfrentarte a la decisión que tomes. Busca el equilibrio, ahí siempre encontramos las respuestas.

—¿Qué equilibrio? Ahora no existe, no puedo soportar el dolor de un engaño, si es que es un engaño. Ahora estoy harta, cansada de todo, no tengo fuerzas ni para respirar, me molesta el oxígeno, la luz y hasta mi propia presencia.

—No sé qué decirte, lo único cierto es que ninguna de las mujeres de esta familia se ha parado ante los obstáculos: ni tu madre ni Micaela, ni yo. Las personas no encuentran la salida desde la oscuridad, seguro que en todo hay algo que aprender. Las cosas no son porque sí, siempre hay una razón, sacarás lo bueno de esto en algún momento.

—Yo también lo creo así —dijo Pablo, encendiendo la pipa con el poco tabaco que le quedaba—. Me refiero a la manera de interpretar la vida de forma diferente a como pretendo aleccionarte algunas veces. Y sé que tus creencias no cuadran con las mías en innumerables ocasiones porque no te convencen o, simplemente, porque para ti ya están pasadas de moda. Pero fíjate, todas las mujeres en esta casa tienen un mismo final. La abuela Leo, y perdona por lo que digo —se dirigió a la abuela—, permitió que su esposo tuviese una amante porque ella no lo quiso lo suficiente; Micaela salió de estampía, aterrorizada con la figura del marido, y tu madre casi no llegó a tenerlo, aunque no haya un solo día en que no se acuerde de él. Ninguna hizo nada por mantener el amor, por tratar de ser más feliz con un hombre. Aceptaron lo que les vino y disfrutaron de los recuerdos. Sin embargo, tú, a pesar de todo, fuiste feliz, primero con Álvaro, después con Javier.

—Pero con dos finales duros para la protagonista —le interrumpió—. Uno murió, y el otro desapareció de mi vida. Por no contar el tercero, que no es más que un espectro. El resultado continúa siendo el mismo. Tres mujeres, tres relaciones diferentes y todas con una dosis de fracaso por no saber qué hacer para cambiarlo o porque la propia existencia se encarga de romper los momentos de felicidad. Continuamos atrapadas en ese camino sin retorno.

—Lo que pretendo decirte, es que tú tienes suerte. Podrías no haberte enterado, establecer una relación formal y luego sentirte engañada… Si debía suceder, esto es lo mejor o, tal vez, es producto de que, en definitiva, tienes que esperar alguna noticia de

Javier. Algo tendremos que aprender de esto. Piensa qué hacer y hazlo —dijo Pablo con la seguridad que lo caracterizaba.

Durante muchas noches esperó despierta al lucero del alba, su gran compañero. Con él azucaraba las mañanas de la acidez de las noches, hasta que el tiempo, como siempre, acarició sus sueños y susurró las nanas para no volver a despertarse.

32

Los días pasaban con rapidez, y yo apenas me daba cuenta. Bernardo iba a permanecer en Francia dos años más, se había enamorado de una francesa y, aunque resultara extraño, estaba totalmente loco por ella. Julia estaba empezando a ser feliz con sus estudios. Asistía a la universidad y obtenía resultados excelentes, siempre había sido la más inteligente y lo estaba demostrando. Su relación con Vicente estaba debilitada, él apenas estaba en su casa, lo hacía exclusivamente para dormir y desayunar. El resto del día, incluida la cena, no sabíamos de su existencia. Nos explicaba que el trabajo no se lo permitía, así es que Mencía, Alvarito, Martín y yo nos turnábamos para cuidar a Nuno. Julia tenía poco tiempo para la casa y para el estudio, y eso le servía de escape para no pensar en su vida. Pero la ausencia y la falta de colaboración de Vicente le hacían cada vez más insostenible la relación. Las discusiones se centraban en el mismo tema y no les importaba que nosotros fuésemos testigos. En una oportunidad, mi hermana, enfadada y a grito pelado, le reprochó:

—Eres un egoísta, no colaboras en las tareas cotidianas, mis hermanos me ayudan cuidando a nuestro hijo para que yo pueda estudiar, pero la verdad es que la obligación también es tuya.

—Nadie te obliga…— contestó Vicente.

—Pero ¿qué coño te pasa?, ¿cómo que nadie me obliga?, ¿pretendes que deje al niño en manos de nadie?, ¿solo?, ¿que lo dé en adopción o lo regale?

—Desvarías —la voz de Vicente demostraba la más absoluta tranquilidad.

—Pues explícame qué has querido decir. Me siento tratada como una maruja, y no es que tenga nada en contra de las marujas, pero no me gusta estar pendiente de todo, no me siento bien, podrías colaborar en hacerme un poco más agradable la vida. Encima esta recompensa, decirme que nadie me obliga. A veces siento que no me entiendes. Nuestra relación es basura. ¿Cómo hemos llegado a este punto?

—Julia, te complicas la existencia, ¿por qué no te tomas las cosas con más tranquilidad? Sabes, yo sí que no puedo dejar de trabajar. Creo que lo que no te gusta es ser madre. Hemos metido la pata con esta criatura, nos hemos jodido el futuro, pero recuerda que fuiste tú la que decidiste tenerlo. Ahora no me eches en cara que te sientes mal, que no te gusta lo que haces porque tal vez a mí tampoco me guste que Nuno esté de mano en mano cada tarde.

—¿Cómo puedes decir que hemos metido la pata después de…?

—Jamás se lo diría a él, pero sabes igual que yo que nos ha descolocado. Conste que lo quiero muchísimo, que ya no hay vuelta atrás en lo que decidimos, pero no te quejes continuamente de lo que tenemos, porque eso es lo que hay. Te quiero, Julia, de verdad que jamás quise a nadie como a ti, pero por momentos te siento más lejos, y eso no nos reportará nada. Nos abrumará el cansancio del día a día, hasta que el hastío nos convierta en dos desconocidos. Cuentas conmigo, con tus hermanos, con tu familia. Trata de buscar dentro de ti lo que esperas de los demás, así no sufrirás decepciones.

—No creo que me digas de verdad que cuento contigo. Es muy fácil para ti el discursito. Lo lanzas y te marchas de casa. Cuando vuelves, no te has enterado de nada de lo que ha sucedido durante el día, porque tú llevas otra vida, la que te gusta.

—Quizás porque aquí tampoco estoy a gusto.

—Me haces sentir culpable contigo y con este niño. No recibe los cuidados que merece, a veces lo regaño sin razón y pienso que es debido a mi frustración, otras creo que soy mala con él. Lo cierto es que no soy feliz. Me acuerdo muchas veces de mi abuela, ella me habló de la importancia del cuidado del bebé y de que tenía que amarlo. Y lo quiero. Pero no estoy a gusto con mi vida. Siento que me he achicado, que algo debe cambiar porque, si no estoy bien conmigo misma, no puedo estar bien con lo que hay a mi alrededor.

—¿Qué podemos cambiar? —dijo Vicente intentando buscar una solución.

—No lo sé. Quizás esto sea transitorio, y cuando Nuno me necesite menos, podremos buscar una vida más acorde con lo que pretendemos o, al menos, con lo que yo quiero.

—Pero ¿qué es lo que quieres? —le preguntó, abrumado por sus palabras.

—Quiero disfrutar de las tardes como lo hacíamos antes tú y yo, quiero desarrollarme profesionalmente, quiero ser una buena madre. Pero si me pongo a ver, encuentro que estoy fracasada. No tengo tiempo para estudiar, que es lo que siempre me ha gustado hacer. Envidio a mi hermano Adolfo porque tiene la vida que yo desearía, y para rematar, esta criatura sin padre y con una madre nefasta. ¿Qué te parece?

—Yo no lo veo tan dramático.

—Tú no estás en mi piel. Tú apareces a las tantas de la mañana porque tienes mucho trabajo, según dices, y lo entiendo. Pero ponte en mi lugar y siente de qué manera la tierra te va arrastrando como una masa insólita de contorno difuminado a través de esa piel de agua. Y te levantas cada mañana, alerta, para buscar la sinfonía que te haga vibrar como sirena, pero no la encuentras porque el maestro de orquesta se ha marchado. Y la piel del agua sigue su curso buscando aromas, olor a hierbabuena, pero cada atardecer encuentra ronquidos que taladran los tímpanos, y entonces solo buscas en tu mente una cuerda pendida inexorable.

● ● ●

—He llevado a Nuno con Mencía, la verdad es que lo cuida muy bien. La presentación de los proyectos en la galería nos va a permitir tener una noche para nosotros y, además, tienes que ejercer de esposa —le dijo Vicente mientras se colocaba la corbata.

—Me duele la espalda, pero te acompañaré, voy a ducharme.

—No me sale el nudo, ¿puedes intentarlo tú, antes de irte al baño?

—Claro. Mira que he dejado las llaves del coche en tu chaqueta, no vayas a olvidarlas.

—Ponte guapa, es un momento importante para mí y para mi futuro.

—Sí, hijo, procuraré hacer un papel excelente para que todo te vaya lo mejor posible, sabes que en eso soy experta —dijo Julia desde la ducha.

—No seas tan borde.

—Tienes razón, mis hermanos siempre me tacharon de eso, y mi padre me repetía que, a veces, tengo veneno en la boca —Julia había terminado de bañarse y se estaba secando.

—Luego estaremos solos y aprovecharemos para estar juntos.

—Lo necesitamos, quizás podamos salvar el naufragio —empezó a ponerse rimel en las pestañas.

—A lo mejor es solo un oleaje que hay que superar. —Vicente la besó en el cuello.

Salieron de la casa y cogieron el coche, que estaba aparcado cerca.

—Es tarde, date prisa o no seremos puntuales.

—Siempre igual, si me hubieras avisado antes, todo habría sido más fácil.

Vicente se apresuró en un cruce sin respetar el *stop*; desgraciadamente, no había visto un coche que se acercaba y, aunque frenó de golpe, se empotró contra él. Julia salió lanzada por el parabrisas y terminó incrustada entre los barrotes de una reja. Vicente bajó, aturdido, a buscarla y la encontró tumbada y sin conciencia, tirada en medio de la acera. Empezó a deambular sin saber qué buscaba, se arrodilló a su lado y se puso a gritar.

—¿Cómo estás? ¡Pidan una ambulancia, por favor! ¿Cómo estás? ¡Qué alguien nos ayude! —no sabía si alguien lo escuchaba.

Le agarró la mano y la encontró caliente. Entonces pudo ver cómo Julia abría los ojos y sonreía.

—¿Estás bien? No te muevas hasta que vengan a ayudarnos.

—No puedo moverme, algo se me ha roto…, pero me voy a recuperar, ahora sólo quiero descansar —y volvió a cerrar los ojos.

—No te duermas, no debes hacerlo —le dijo llorando, siempre a su lado.

—No me voy a morir, no llores —Julia continuaba con sus bromas incómodas en momentos inoportunos, aunque estaba casi sin fuerzas.

Alguien llegó, le cogió la mano y les dijo:

—Soy médico, tranquilos, que nadie la mueva hasta que llegue la ambulancia. No se duerma, señorita, no se duerma.

Los minutos que tardaron se hicieron eternos para todos. La

ambulancia la recogió en un acto aparatoso, pero efectivo, y cuando llegaron al hospital, la sometieron a todas las revisiones previsibles en estos casos. Vicente buscó una cabina telefónica y me llamó.

—Adolfo, ven a Puerta de Hierro, al hospital, hemos tenido un accidente, y tu hermana está bastante mal.

De repente, las piernas comenzaron a temblarme, me dolía el estómago, y sentí un leve mareo. Corrí, con la sensación de que algo muy grave les ocurriría a todos. Lloré de impotencia y de miedo mientras llegaba al hospital. Estaba asustado por ella. Entré apresurado y encontré a Vicente sentado y desolado. Al verme, me abrazó:

—No sé cómo ha podido sucederme. No entiendo cómo a mí no me ha ocurrido nada, y ella está en cuidados intensivos —me dijo secándose las lágrimas con la manga de la camisa.

—Pero ¿cómo está? —le pregunté impaciente.

—Tiene rota la cadera derecha, tocadas tres cervicales y traumatismo craneoencefálico. No sé cómo ha podido sucederme, no lo sé —repetía, lloraba y se movía de un lado a otro.

—Tranquilízate, tienes que tener calma, seguro que se recuperará. ¿Puedo verla?

—Ahora está en cuidados intensivos, dentro de un rato vendrá el doctor y nos dirá. ¿Avisarás a tus padres? Creo que deberíamos hacerlo.

—Sí, claro. Ellos deben saberlo. También llamaré a Bernardo. Tiene que venir de Francia rápidamente. Me sentiré más seguro con él aquí mientras mi hermana esté en el hospital.

—Pues, hazlo. Yo no tengo fuerzas para nada. Cuidad vosotros al niño, yo no me moveré de aquí.

—Me marcho para decírselo a mis hermanos y para encargarnos de Nuno, después volveré con Julia —traté de mantener la calma, pero estaba desesperado.

251

33

Lucía oía llorar a su corazón cada mañana cabalgando por un sendero desconocido. No sabía si le dolía más la soledad acompañada de un extraño o la presencia de una emoción desconocida. Su mente era incapaz de mantenerse alerta, y no le contestaba las llamadas. Hasta que un día le mandó un recado con Micaela, para proponerle un encuentro en la arboleda en la que había dado a luz aquella imagen rota de él. Después envió otra nota a Soledad para citarla en el mismo lugar y a la misma hora. Ninguno sabía que el otro iba a estar presente. Esperaba que todo se amansara, sin ningún atisbo de enfurecida batalla. Le habían enseñado la quietud de las palabras. Pero jamás imaginó que estaba dando pasos hacia un precipicio imprevisible. Como si el cielo se hubiera puesto de acuerdo, se oscurecía el día a primera hora de la tarde. Rugía la tormenta, y tuvo miedo de aquella oscuridad. Esperó porque no había nadie. Primero vio llegar a Eduardo, después a Soledad, los dos la miraron entre sorprendidos e incómodos, pero ninguno dijo nada, tal vez la ofuscación del momento los mantenía descontrolados, traspasaban sus ojos voraces cuchillos, pero ella mantuvo la mirada como si no le doliera:

—Me da igual lo que penséis de mí. Después de este momento, tal vez nunca vuelva a veros, pero tenía que hacerlo. Necesito la verdad, porque los dos me habéis utilizado. Se trata, simplemente, de aclarar una situación que me hace daño, no tanto por ti, Soledad, sino por Eduardo. Sabes —dirigiéndose a él—, quizás yo te hubiera perdonado si alguna vez me hubieses reconocido que tenías miedo. Las personas podemos haber cometido errores en nuestro pasado y después rectificarnos. Pero no puedo seguir con alguien que miente hasta el colmo de la hipocresía porque jamás podría volver a confiar en él. Estoy muy cansada y no puedo aguantarlo más.

—¿Con qué derecho me reúnes aquí con esta mujer a hablar del secreto de mi vida? ¿Quién te crees que eres? —reprochó enfadado, de manera despectiva.

—Con el derecho de una mujer engañada hasta la saciedad, no puedes aporrear mi corazón con un puñado de arena porque no me duele —dijo aparentemente tranquila, mientras le temblaban las piernas y le pesaba la espalda.

—¿Quieres que diga que es algo de lo que me avergüenzo? Pues no lo voy a decir. Porque tú no sabes nada de nada —miró desafiante a Soledad.

Sintió que se le enturbiaban los ojos; inmóvil, le acechaban pensamientos que la lengua no podía articular. Enmudecía su mente, ajada por la sal de los labios. Ahí, ante aquel desconocido, quedó convertida en una estatua petrificada.

—Deberías avergonzarte por no asumir tu responsabilidad de padre —dijo Soledad, ayudándole a salir de su letargo.

—Este no es el momento de hablar de nuestras cosas. Pero te diré que sí, que esta es la mujer con la que mantuve una relación y le engendré dos hijos. Siempre busqué lo mejor para ellos, les pago su manutención e, incluso, la educación del niño. Es más, no dejo que lo visite su madre para que en un futuro pueda tener otro rol social.

—¿Cómo puedes privar a una madre de ver a su hijo? ¿Qué es eso del rol social? Es porquería —replicó con desprecio, descontrolada y casi escupiendo las palabras.

—¿Y la niña? No le interesa verla, saber cómo está —interrumpió ella entre llanto, susto y susurro.

—La niña es igual que tú, acabará fregando suelos como su madre —se percibía su rabia por la contestación de Lucía—. No tengo por qué soportar un segundo más esta situación. En el fondo, tú tampoco eres diferente a ella —dijo dirigiéndose a Lucía—. Una hija de madre soltera o una mujer que ha tenido dos relaciones y en una de ellas ni siquiera se le ha cruzado la idea del matrimonio. Claro que yo hubiera podido tenerte sin necesidad de compromiso. Tal vez no me había parado a pensar en que, aunque seas una persona con cultura, en el fondo no eres más que una fulana.

—¿Por qué, si es eso lo que piensas, has continuado conmigo, mintiéndome? —preguntó sorprendida por el insólito espectáculo, guardándose las ganas de llorar por sus insultos.

—Eso mismo me pregunto yo cada día, pero te voy a decir una cosa, ¿quién eres tú para cuestionar mi pasado cuando procedes de una saga libertina y esperpéntica? Ahora me vienes con sinceridades como si desconocieras el mundo que nos rodea. Pasa a la realidad, no permanezcas en esa nube donde te educaron —dijo Eduardo amenazante y furioso.

—Pero yo jamás te he mentido —susurró Lucía, casi sin ganas, con un nudo en la garganta y mirando a aquel desconocido.

—Tal vez en este caso deberías aprender a mentir porque no es un orgullo pertenecer a la casta de la que procedes, te deberías preguntar cómo elegí a una mujer como tú. Porque todos en tu familia, a pesar de tener muchos estudios, arrastráis un historial que jamás dará paso a lo que socialmente es correcto. Ahí seguirás siendo la maestra de pueblo en la que te has convertido o el médico, como tu madre. Pero no os equivoquéis, no saldréis jamás del lugar que también le corresponde a Soledad, siendo ella una criada cualquiera.

—Te diré una cosa, chico bien, o tal vez tengo que arrodillarme para mi discurso, estoy muy orgullosa de pertenecer a esa familia *esperpéntica y libertina*. Quizás, de lo único que me avergüence sea de haber tenido una historia contigo, pero creo que soy una mujer con suerte porque, aunque los hombros se me confundan con las rodillas en este instante, tengo la claridad de los aromas que guardaré en mi memoria para que jamás pueda entrar de nuevo alguien como tú en mi corazón. Sí, entraste suavemente y has salido con un solo chasquido. Solo me queda de ti una imagen sordomuda inexistente —dijo mientras sentía las piernas flaquear de nuevo y la nuca pesada.

Él recogió su chaqueta, que estaba apoyada sobre una rama de un árbol, y se marchó. Después, Soledad le susurró:

—Creo que hay situaciones donde no se arregla nada con enfrentar a la gente. No sé qué pretendías, pero en este caso, tú has sido la fastidiada.

—No, Soledad, ahora sé qué estaba al lado de un espectro. Tengo la certeza de tener un ángel de la guarda —el vacío de su corazón comenzaba a sonar de nuevo con una suave melodía.

Ella únicamente asintió, no dijo nada más. Se marchó del tren de su vida, no volvió jamás a pisar cerca de su mundo. Lloró durante algunas noches la decepción por la acritud de las palabras de Eduardo. Con el tiempo supo que se había casado y se había instalado en un pueblo no muy lejano.

34

Toda la familia se había venido a Madrid; mis padres, la abuela Obdulia, Bernardo e, incluso, Micaela. Estábamos preocupados por la salud de Julia que, aunque estaba fuera de peligro, debería pasar al menos un año en cama, según le habían informado los médicos a Bernardo. Tres semanas después del accidente, mi hermano habló con mi padre:

—No puedo estar más tiempo en Madrid, tengo que volver a París o me quitarán la beca de investigación.

—No te preocupes, hijo, somos suficientes para cuidar a Julia y al niño. Tú poco puedes hacer ya. Nuestro interés era tener un médico dentro que nos informara, pero ahora a tu hermana hay que trasladarla a casa. De todos modos, he hablado con tu madre. Si Julia y Vicente aceptan, nos marcharemos todos al pueblo, y ellos vendrán con nosotros. Allí podrá estar bien cuidada, mejor que aquí, hay más espacio, ¿qué opináis? —nos preguntó a los dos.

—Me parece muy bien —respondió Bernardo— porque, desde luego, va a necesitar mucha ayuda. Tendrá que guardar reposo mucho tiempo, y Vicente está demasiado ocupado. No sé qué opinará él, pero para ella y para el niño, es lo mejor.

—Habrá que sugerírselo a Vicente, tal vez no quiera —interrumpí.

—Será lo que quieran los dos, pero priorizaré las necesidades y deseos de Julia. Hablaré yo con ellos —contestó mi padre.

No estuve presente en la conversación de mis padres, la abuela y Micaela, pero Vicente creyó que la decisión era acertada. Julia se resistía a dejar su casa y su espacio. Pero la realidad se imponía a sus deseos, y lo entendía. El día antes de la marcha de todos fui a verla:

—Adolfo, de nuevo el destino me da un revés. Estoy harta. Si pudiera, me quitaría del medio —me dijo desesperada y casi llorando.

—¿Qué dices, Julia? No puedes ser tan egoísta. Yo te quiero muchísimo, Vicente y tu niño te necesitan, por no decir nuestros padres. Ya has visto, todos aquí pendientes de ti. Mamá ha llorado todas las lágrimas de su vida, papá no ha levantado cabeza, y ni hablar de la abuela y de Micaela. ¿Y te permites insinuar que te quitarías la vida?

—Tú no sabes lo que es estar postrada, si todo va bien, será un año. De nuevo tengo que abandonarlo todo. Mi hijo, mis estudios, mi relación.

—Tienes que ser más positiva. Piensa que puedes matricularte a distancia el próximo curso, por lo tanto, pierdes sólo algunas asignaturas, podrás estudiar más que nunca. Además, voy a acercarme a la facultad y a explicar tu situación, a lo mejor, para alguna materia, existe algún sistema de trabajo escrito con el que puedas compensar. A Nuno lo cuidarán la abuela, mamá y Micaela, ¡estará en la gloria! En cuanto a Vicente, irá a verte todos los fines de semana que pueda. No es tan complicado, ¿lo ves?

—Sí, tú, como siempre, animándome. ¿Crees que será tan fácil?

—No lo creo, lo sé —le dije mientras le apretaba la tibia mano.

—Quizás mi relación mejore con la distancia, ¿lo crees posible?

—Pues, la verdad es que no. Los problemas se resuelven enfrentándose a ellos y no dilatándolos en el tiempo.

—No estábamos en el mejor momento. Sin este accidente, la relación se hubiese acabado, seguro. Ahora puede ser que se prolongue. Aunque por momentos pienso todo lo contrario. Para mí, Vicente se había convertido en un desconocido últimamente. No sé, es complicado explicarlo, pero no me siento apoyada. Me da pena decirlo, pero presiento que es inútil, se acabó, no durará mucho, ya lo verás. No me siento a gusto…

—¿Recuerdas cuando éramos pequeños y las cosas nos iban mal? Siempre teníamos palabras mágicas o duendes, y en última instancia, al indio Gerónimo.

—¿Te acuerdas?, cuando jugábamos, no teníamos suficiente gente para tantos personajes, y por eso, nosotros hacíamos a los buenos y a los malos.

—Era estupendo, pero el mejor siempre era Gerónimo, el indio bueno. Bernardo se disfrazaba con plumas y salvaba a todas las caravanas que poblaban el oeste de los *sioux* malvados.

—¿Recuerdas que nos levantábamos al alba a jugar a las caravanas que poblaban el viejo oeste?

—¿Cómo me voy a olvidar?

—¿Por qué nuestros mismos ojos ven las cosas diferentes una vez transcurrido el tiempo? ¿Será, simplemente, porque a medida que crecemos, la realidad se impone a los deseos, pasando estos a un segundo término? —se preguntó y se contestó Julia, mientras se ataba el pelo con un pasador.

—Pero ¿qué es la realidad? El deseo de un niño, el deseo tuyo en este momento. Tienes que priorizar tu realidad, que debe equivaler a tus deseos. Fíjate en nuestros antepasados, nunca se conformaron con lo que les imponía la vida y lucharon para marcar el camino que deseaban. ¿Por qué tú vas a ser diferente? Busca la alternativa, sólo se vive una vez, y no puedes aceptar lo que no quieres. Has vuelto a nacer, es una nueva oportunidad en tu vida. No seas débil, sólo los débiles se conforman con lo que se les impone.

—Pero me duele tanto…

—¿Y qué? Ganarás.

—Creo que no soy fuerte.

—Siempre fuiste la más fuerte.

—¿Y el niño?

—¿Has mirado a la abuela Obdulia? ¿No es increíblemente extraordinaria? Es culta, buena, feliz. Y su madre era soltera, se crió sola, sin padre. Tu hijo tiene padre, y es seguro que él colaborará.

—Te voy a confesar algo que jamás me animé a decir: creo que Vicente tiene una historia, eso me lo he callado porque pensé que se le pasaría. Una mujer sabe cuándo su marido es infiel. Los hombres sois muy tontos y se os nota. Yo creo que ha sido el primer paso para decepcionarme. Pero tampoco puedo culpabilizarlo, creo que parte de la responsabilidad la tengo yo. Si hubiese cuidado la relación, no habría sucedido esto. No lo sé. Por eso tengo miedo de marcharme al pueblo. Es como si cerrara esta etapa de mi vida, y tampoco quiero.

—Julia, nadie te obliga a tomar ninguna decisión, simplemente, cambia lo que no te gusta. Desde luego, no es el mejor momento, pero ese alejamiento te va a dar otra perspectiva. Tendrás que observar, analizar y, por último, decidir lo que quieres.

—Adolfo, ¿sabes?, de pequeña sentía celos de ti. Daba la imagen de fuerte, pero percibía que tú, el del medio, eras como una roca. Bernardo y yo lo hemos comentado innumerables veces, tenías la cualidad de saber tantas cosas y de ser tan bueno… Siempre achacabas a la abuela esto y lo otro, pero lo importante es que lo ingerías todo, lo correcto y lo incorrecto. Creemos que no te dimos un gran apoyo como hermanos mayores, que no te demostramos lo suficiente que te queríamos…

—¡Qué tontería! —interrumpí—. Siempre os he querido muchísimo. De niños nos hemos pegado, de mayores hemos discutido, pero siempre que os necesitaba, estabais, y eso es lo que cuenta. Te confieso que yo también tengo a veces la sensación de no ser un buen hermano porque no te visito todo lo que puedo y este mismo sentimiento lo tengo con los pequeños. ¡Pero qué le vamos a hacer!, no somos perfectos —me reí y volví a cogerle las manos.

—Adolfo, ¿vendrás a verme al pueblo?

—Claro, Julia, claro.

• • •

En las Navidades de 1981, después de un año en reposo, Julia seguía en casa, recuperándose. Vicente había venido a pasarlas con nosotros. En esas fechas nos juntábamos todos. Bernardo había regresado de Francia, donde continuaba especializándose en cirugía, y había traído a una amiga suya:

—Parece muy enamorado de esa francesa, y qué guapita es, aunque no es amor de abuela postiza, pero él sí que es buen mozo —dijo Micaela.

—Es verdad, tal vez encuentre su media naranja definitivamente, aunque sea gabacha —le contesté sonriendo.

—Lo que más me gusta es su nombre, Aurelia.

—Micaela, se llama Aurelí; aunque tú se lo digas en español, suena mejor en francés.

—Para mí, siempre será Aurelia. Me gustaría que Bernardo sentara la cabeza de una vez con una chica que se llame Aurelia, que ese nombre es más decente que Aurelí. Bueno, y tú también.

—Yo no creo que nunca tenga una pareja estable, soy un poco raro. Las chicas me aguantan unas semanas, no más.

—¿No te gustarán los hombres?

—A veces he pensado que tal vez es eso, porque con las mujeres me va fatal.

—¡Qué tontería! Si hasta Alvarito, que no es un donjuán, está colado hasta los huesos de una tal Rosa —aseguró Micaela haciendo masa de bizcochadas.

—Pero si yo no soy un donjuán, soy todo lo contrario, aburro a las chicas —respondí metiendo el dedo en el huevo y el azúcar.

—¿Qué me estás diciendo? Si eres como un buen guiso, tienes los mejores ingredientes, pero te pareces a tu bisabuela Elena: ella siempre dice que se está muy bien sola y que las compañías masculinas deben durar lo justo. ¡Por cierto, se me olvidaba! Tu abuela quiere hablar contigo. Y deja ya de meter los dedos en mi masa, marrano —dijo mientras me daba con el trapo en la cabeza.

—Pensaba estar con ella esta tarde.

—Hazlo antes, sin falta, tiene algo importante para ti.

—Dame un beso, mi viejita.

—Ni tanto que soy viejita, cada día me duelen más estas piernas. Gracias a Dios que me muevo un montón con esto de Nuno. Y ahora tengo que hacerle un puré de verduras. Se lo come con unas ganas que da gusto verlo.

—Siempre igual, Micaela.

—Que Dios me conserve esta fuerza mucho tiempo es lo que deseo. Te confieso, hijo, como diría Leonor, tu tatarabuela, que no encuentro el momento adecuado ni para morirme.

—Claro, ese no debes encontrarlo nunca, al menos mientras yo viva.

Salí de la casa, crucé la calle y me fui a comprar el periódico. Decidí ir a tomar un café y, mientras hojeaba las noticias, me dispuse a encender un cigarrillo; era ese momento justo donde todo parece perfecto y no hay nada de especial: una silla, un periódico, un café y un cigarrillo. Desvié la mirada a través del cristal de una de las ventanas del lugar, y me vino a la cabeza la voz de Micaela:

«Tu abuela quiere verte, tiene algo importante para ti». Me incorporé, bebí de un sorbo lo que quedaba en la taza, guardé el periódico y pagué. No sabía por qué ahora me entraban las prisas, pero tenía mucha curiosidad por saber qué era lo que la abuela quería contarme. Corrí de nuevo a casa dando largas zancadas, saqué la llave y la introduje en la cerradura:

—Ya estoy aquí, ¿dónde está la abuela? ¿Y la bisabuela?

—En su salita, pasa, te está esperando. Aunque ya le he dicho que habías ido por el periódico —gritó Micaela.

—Hola, mi nieto favorito, siéntate a mi lado.

—Sí. Me gusta cómo estáis las dos de aspecto.

—Yo, hijo, con cien años a mis espaldas y la cabeza lúcida, lo tengo bastante crudo, pero siempre me gustó leer y en ello invierto mi tiempo. Todavía recuerdo cuando desmonté mi laboratorio.

—Bueno, siempre llega el momento de cerrar fases de la vida —dije, haciendo un nudo con el pañito de adorno que había en la mesa.

—A mí me ha tocado cerrar muchas etapas porque estoy viviendo demasiado tiempo. Para mí fue terrible la muerte de mi madre, aunque ella lo decidiera ya siendo muy mayor, pero también fue muy dolorosa la muerte de Pablo, mi gran amigo, el hombre que tuve siempre a mi lado de manera incondicional. Es duro ver que todas las personas que han sido parte de tu vida van desapareciendo. A partir de ahí, cada día que despiertas es un regalo, un regalo del universo.

—Pero ¿quién de ustedes quería verme?

—Las dos, pero mi madre es la que quiere hablarte, sin drama y con la paz que se necesita para ello —dijo mi abuela Obdulia.

—Gracias, te he llamado para decirte que estas Navidades posiblemente sean las últimas que estemos juntos. A mí ya no me queda mucha energía para seguir bombeando este viejo corazón, así que no sé cuánto tiempo resistirá. Si uno está tranquilo, sabe cuánto tiempo le queda y si se acerca el momento. Yo tengo esa percepción, por ello, deseo que estas Navidades sean especiales y poder deciros a cada uno lo que no quiero llevarme a la tierra.

—Por qué me hablas así, me estás haciendo sufrir.

—No, Adolfo, te estoy preparando. El sufrimiento a lo largo de la vida es algo inherente al hombre. Es lo que lo hace continuar en su camino, hay que tropezar y torcerse un pie como cosa corriente, y se acaba curando con el tiempo. Pero hay que estar alerta y prepararse. Yo no tengo ningún miedo y estoy convencida de que todo el amor que he profesado a tanta gente me ayudará para atravesar la barrera hacia la luz, para pasar a otro estado en el que, posiblemente, no haya nada, eso no puedo saberlo. Ya conocéis mis ideas sobre la simplicidad del cerebro.

—Abuela, dile a tu madre que se quede muchos años, tenemos que aprender muchas cosas de ella —dije alto para que lo oyera Elena.

—Hay que respetar sus decisiones, y si se empeña, nada podrá con ella. Durante la segunda guerra mundial, caían bombas a su lado, sí, y decía que no pasaba nada. ¿Qué te parece?

—Una familia de locos.

—Morir es volver a nacer, estoy segura de ello y por eso, tengo mucha tranquilidad en el alma. Cada día estoy más convencida. Lo que de verdad me interesa es encontrarme con mis dos grandes amores, sé que me estarán aguardando para fundirnos en esa única esencia que será eterna.

—No entiendo nada, siempre te he creído cuerda, pero me parece que estás empezando a desvariar.

—No te rías, es algo muy serio. Siempre he pensado que la esencia, la gota de energía que se desprende en el momento de la muerte, es lo que permanece. En algunas culturas lo llamamos alma, y para mí, eso es el alma. Tal vez no sea más que un átomo, pero esa partícula minúscula es la que se unirá en un futuro con el resto del universo. Y estoy segura de que permanece solo la esencia de lo bueno.

—¿Cómo puedes predecirlo? —le pregunté.

—Porque la maldad engendra autodestrucción, y eso no perdura. No esperes tener cuerpo o pensar, como lo haces ahora. Es difícil entender que el cerebro deje de funcionar y, sin embargo, sobreviva nuestra esencia. Pero hay que leer en el universo para poder prever consecuencias, así de simple.

—En eso estoy de acuerdo con tu abuela —replicó Elena—. Ya lo dijeron muchos filósofos y científicos, de dos principios, siempre es verdad el más simple. Pues eso es lo que pasa en la vida. Yo no creo que se trate de una lotería y que se repita el sorteo en el futuro. Considero que las casualidades no existen y que tú eres dueño de tu propio futuro, incluso de tu muerte. Creo que nos programamos para morir, unos antes y otros después. Pero cuando le has dado la orden a la cabeza, ya no hay marcha atrás. Y será cuando nosotros queramos.

35

Eran las doce del mediodía en pleno mes de octubre. Lucía estaba sentada en una mecedora junto a Micaela en el patio. El viento agitaba la parra, y sus hojas jugaban perdiéndose en el suelo. Hojas rojizas cargadas de recuerdos que le traían a la cabeza toda su infancia destilada en un instante.

—Lucía, no me gusta este tiempo, tan pronto bueno como malo, es un asco. Lo único que merece la pena de esta época son las aceitunas machadas. Voy a por un platito, este año me han salido riquísimas, a pesar de la escasez de ingredientes; me ha costado encontrar orégano. A ver si preparamos para que se lleve Luis, a él le encantará.

—Estás en todo los detalles, Micaela, pero ya me levanto yo y traigo para las dos —le ofreció mientras se incorporaba para dirigirse a la cocina.

—Utiliza el cucharón de palo, porque si no, se ponen *zapatúas* —gritó desde la mesa.

—Lo usaré, no temas, lo sé.

Cruzó el patio en busca de las olivas, abrió la alacena donde

Micaela guardaba los manjares de los que disponían en aquellas circunstancias, destapó el recipiente de barro y sacó el cazo de madera sumergido en el agua donde flotaba el pimiento rojo y el ajo machacado. Con el plato repleto, volvió al patio y oyó el llamador de la puerta.

—No te muevas, ya voy a abrir.

Depositó el plato encima de la mesa, probó una aceituna y se dirigió a la puerta.

—Tiene una carta de Francia, eso está bien lejos —dijo el cartero a modo de saludo—. Si no colecciona sellos, le agradecería que me lo guardara. Cuando sea viejo, será lo que deje a mis hijos, la colección más grande del mundo.

—Se lo guardaré, no se preocupe —respondió algo sorprendida.

Cogió la carta y buscó el remitente, no había ninguna muestra de la pluma. Volvió a comprobar la corrección de los datos, y le pareció reconocer aquella letra. El corazón comenzó a latirle con sonidos de campanas, sintió el alma arropada de pronto por una sonrisa bondadosa. Se sorprendió temblando ante una carta inesperada y corrió hacia Micaela con ese sobre que producía en sus manos ráfagas de tormentas unas veces y pinceladas suaves de olor a mermelada otras. Entonces se la entregó a Micaela como si el papel la abrasara.

—¡Ese no es otro que Javier!—exclamó sorprendida.

—Lo sé, he reconocido su letra, pero no me atrevo a abrirla.

La abuela, que había oído el alboroto, se acercó:

—Creo que deberías leerla sola y tranquila, tampoco hay que asustarse, serán buenas noticias, estoy más que segura.

—Por lo menos, no está muerto —comentó Micaela mientras se levantaba del sillón.

Montpellier, 14 de septiembre de 1952

Mi querida Lucía:

No hay un solo día que no recuerde tus besos, tus caricias, tu ternura, tu alegría y tus miedos.

Te extrañará que no te haya escrito ni una sola carta, el motivo ha sido mi situación personal. Cuando me fui de ahí, tomé rumbo a Francia, un amigo me había hablado de que era un país donde los refugiados políticos podíamos vivir con dignidad, pero tuve la mala suerte de que me apresaran en Barcelona. Fui un imbécil al pasar por un lugar donde tanta gente me conocía. El caso es que he estado en la cárcel durante diez años, casi incomunicado. Como médico, me llevaban de vez en cuando a visitar a un militar, era el único momento en que sentía que estaba vivo. En una de esas salidas, logré escaparme y crucé la frontera. Pero no puedo volver a España, eso supondría prisión aún más dura de la que sufrí, y creo que ahora ya no lo toleraría.

Me ha mantenido vivo tu imagen y el recuerdo de tu familia, que es la mía. A veces, cuando creía no poder soportar más, me venían a la memoria los cigarrillos que nos fumábamos juntos y las puestas de sol tan maravillosas que mirábamos desde tu casa de campo. Eso puede sonar a tontería, sin embargo, a mí me ha llenado la vida. Te he echado muchísimo de menos, pero no he querido escribirte porque supervisaban la correspondencia y no podía permitirme que os relacionaran conmigo y ser causa de algún problema más. Por otro lado, la incertidumbre de la situación no producía atisbo de esperanza para nosotros. No sé si vives con alguien o si todavía ocupo un lugar en tu memoria. Pero estoy aquí, aguardando el momento en que podamos volver a encontrarnos. Ahora ya no tengo miedo a nada.

No puedo pedirte que vengas a verme porque no sé cuales

son tus sentimientos hacía mí. Si fueran los mismos y decidieras hacerlo, tampoco podrías volver. Trato de ser racional y comprender lo importante que es para ti todo lo que te rodea. No tengo ningún derecho a pedirte nada después de tantos años, pero necesitaba decírtelo.

Si te llega la carta, sabrás mi dirección, te la anoto aquí debajo. Quizás algún día se acabe esa dictadura, y yo pueda hacer uso de mi libertad para poder ir a verte, aunque sea solamente una vez. Deseo que seas feliz.

Te quiero, siempre te he querido y siempre te querré.

Javier

Miró tanta veces la carta que cada lectura se convertía en una de las cálidas cuentas de su rosario. Estaba atrapada en un papel con nombre. Él estaba vivo, en un lugar del mundo, escondido por culpa de una guerra que ella no había querido. Pendidos de aquel ruido espantoso de silencio, esperando un solo encuentro. Sus pies debían decidir avanzar impetuosos para perderse en el horizonte con él o acallar sus ganas ante el lastre amenazador en el que dejaría a todos los que la amaban.

• • •

—Tienes que ir a verlo —repetía Micaela mientras limpiaba el fogón.

—Yo también lo creo —comentó la abuela desde su silla.

—No lo sé. Me da miedo la gente, poneros en peligro, él es un republicano que ha estado en prisión, si nos tachan de rojos por estar en compañía de uno, podemos tener problemas. Os pongo en riesgo a todos.

—No digas tonterías. Me recuerda al momento en el que tu

madre necesitó volver a ver a Nuno —insistió la abuela sin hacer caso a mi opinión.

—Sólo que era una jovencita y no ponía en el disparadero a los demás.

—Eso es una tontería —respondió Pablo—, para los sentimientos no importa la edad, aunque, es cierto, lo más preocupante es que los demás queden implicados. Si tienes que ir, puedes hacerlo a escondidas, merece la pena de verdad, nosotros podremos cuidarnos. Además, tu madre vuelve definitivamente de Alemania, y ella nos protegerá también. Tal vez, puedas reencontrarte una vez o varias, hasta que os podáis reunir definitivamente algún día o hasta cuando tu hijo ya no te necesite. El tiempo que estéis juntos os bastará para coger energía en vuestro corazón y continuar bombeando hasta el próximo reencuentro. Esos momentos os llenarán. Hazme caso, no desaproveches la vida.

—Yo lo veo así también —añadió la abuela—, y si en un futuro crees que debes quedarte, lo haces y te llevas a Luis contigo, aunque me duela en lo más profundo, puedo entenderlo. Nosotras tenemos la vida hecha, pero tú tienes todavía mucho por delante.

—No, eso no lo haré, no pondré a los míos en peligro. No cambiaré vuestra vida por estar con un hombre, aunque sea la persona que quiero. Emprenderé el viaje, pero nadie sabrá dónde estoy, y si todo va bien, solo entonces, lo repetiré una vez al año si puedo. Entended que no quiero poner un explosivo en la puerta de casa. No deseo que nadie sepa que estoy en contacto con él. Por eso, no contestaré su carta y no le escribiré jamás. Me presentaré allí, en su puerta, y aguardaré su llegada si no está. Lo haré como lo hizo mi padre en su momento.

—El aroma de la memoria que todas tenemos —definió la abuela Leo—. Eso es lo que nos dicta el corazón, aunque se esconda un final inesperado en nuestras propias historias. Ese olor que todas percibimos y guardamos en nuestros recuerdos. Ese aroma del olvido que nos acecha en el alma con una espesa capa de vida. Después, una vez que jugamos con las luciérnagas creando un mundo casi mágico, lo guardamos en una caja azulada, para volver abrirla en algún momento y arrullar la sonrisa bondadosa de quienes quisimos. Sí, contemplamos la emoción llena de sinfonías perfumadas.

36

Julia trabajaba de traductora de alemán para una editorial. Había estado dos años postrada, así que había invertido su tiempo en estudiar, y el propio departamento de la facultad la había ayudado a conseguir ese trabajo, que realizaba en casa. Aunque la remuneración era escasa, le servía para colaborar con la economía del hogar. Después de mucho pensarlo, se volvió a Madrid, eso sí, dejando al niño en el pueblo para que lo cuidaran mis abuelas y mi madre, tal vez porque esperaba que él viviera un poco de nuestra infancia o porque trataba de enderezar el daño que había sufrido su relación de pareja con el nacimiento del niño. El accidente de coche y el tiempo que habían permanecidos separados habían extendido una gruesa capa de nieve que les había mojado los pies. Ella se había olvidado del tacto de aquellos labios que en otro momento le cubrían el alma de una suave capa de dulce de carmín.

—Vámonos de cena, Vicente, es nuestro aniversario —propuso. Aunque estaba cansada, tenía la esperanza de que el cristal de sus almas no se rompiera en pedazos.

—No tengo ninguna gana. Vengo de trabajar y estoy agotado,

tal vez otro día —respondió él, quitándose los zapatos y aflojándose la corbata.

—No importa—asintió Julia—. Tienes razón, simplemente deseaba tener un momento para nosotros, quizás, un espacio diferente. ¿Sabes? Me gustaría que nuestra relación mejorara porque, así como estamos, es difícil tener un buen final —y dejó sobre la mesa el diccionario que estaba consultando.

—Siempre estás con tu rollo filosófico —se quejó él, mientras sacaba monedas del bolsillo y las depositaba en una bandeja.

—No te lo digo para molestarte. Pero no puede ser, tenemos muchos aspectos que mejorar. No tenemos relaciones desde hace meses, y siempre estás cansado, aunque reconozco que somos buenos amigos y que el cariño no nos falta. Pero eso no es suficiente —insistió, contundente, en un intento de que él reaccionara. Cerró el libro de poemas que estaba traduciendo.

—No seas tan exagerada —respondió Vicente malhumorado, y dejó la cartera al lado de las llaves y de las monedas.

—Mira, no voy a entrar en eso, porque para mí hay otras cosas. Pero el amor hay que cuidarlo todos los días, hay que inventárselo si es necesario. Lo que tú y yo tenemos es lo mismo que puedo tener con mi hermano Bernardo, y por supuesto, no eres mi hermano —aseguró, y cogió un cigarrillo del paquete que había en la mesa.

—Agrandas la realidad de forma desmesurada —marchó hacia el armario de la entrada para colgar la chaqueta.

—Vicente, nunca te he pedido nada. Hoy te suplico sinceridad, aunque eso me reporte el dolor más grande de mi vida, pero respóndeme —Julia se acercó a él casi con miedo.

—Tú me dirás.

—¿Sigues enamorado de mí o simplemente me tienes cariño?

—Pues claro que te quiero.

—No has contestado a mi pregunta —insistió.

—Te estás poniendo pesada y comienzan a molestarme tus palabras. Claro que estoy enamorado de ti, ¿no ves que estoy aquí?

—Eso no significa que me ames. Tal vez te dé pena, o qué sé yo —dijo con obstinación.

—Estoy cansado de verdad, en otro momento continuamos, ¿de acuerdo? —intentó cambiar de tema y cogió un periódico para leer.

—Lo siento, pero nunca encontramos ese momento —Julia, un poco decepcionada, decidió continuar con la traducción de sus poemas.

Y el día se apagó igual que lo hacen todos. Al encontrar una luz en la oscuridad de la noche, preguntó a la luna qué estaba sucediendo, pero esta, discreta como en tantas ocasiones, no quería pronunciarse. Las palabras de Vicente, parcas, vacías, que eludían el compromiso, no calmaban su desazón porque intuía que, como las de muchos hombres, callaban el silencio, pero el silencio emitía sonidos de timbales en otro corazón. Y el de ella pedía llenar su soledad con ternura, mecer los besos desvalidos, llenar de fuego las madrugadas. Y la noche avanzaba hacia el alba, en espera como siempre del amanecer, con el anhelo de cada día de volver al pasado para encontrarse con Vicente, aquel chico al que había amado desmesuradamente, aquel muchacho al que le había entregado el alma y que ahora se había marchado a algún lugar para ella desconocido.

• • •

A eso de las cuatro de la mañana, el insomnio se apoderaba de Julia, así que se pasaba las horas traduciendo poemas de Hölderlin. Una noche el mechero dejó de funcionar, y ella quería seguir fumando. Sin saber por qué, puesto que Vicente no se había llevado jamás un pitillo a la boca, buscó en su chaqueta, colgada, como siempre, en el armario de la entrada. Metió la mano en el bolsillo, que estaba lleno de papeles, y ni siquiera les prestó atención. Revolvió y sacó el amasijo de hojas pequeñas y diminutas para encontrar un mechero. Un vómito de papeles se desparramó por todo el piso como si de confetis se tratara. Los recogió. A medida que los iba apilando, su vista sorprendió uno de ellos: «Te echo mucho, mucho de menos». Entonces abrió uno tras otro… todos, y descubrió esos mensajes de amor. De amor para él, firmados por María. Comenzó a temblar y se le hizo un nudo en la garganta. ¿Qué hacía ella, mientras él estaba en otros mundos? Lloró, lloró, lloró…

Por la mañana, no pudo decir nada. La noche y el alba habían acompañado sus lágrimas de niña con rabia. Ahora miraba la vida desde otra perspectiva, sintiendo que algo devoraba sus sueños de volver a empezar. Pero ¿a dónde debía dirigirse? ¿Hablar? ¿Para qué? El desasosiego no le dejaba ver con claridad su pensamiento. Siempre le habían enseñado a tranquilizar la emoción para poder enfrentarse a ella, y en ese momento estaba temblando sobre la mesa llena de colillas oscuras y apagadas.

—¿Qué te pasa, Julia? —le preguntó Vicente. Lo miró sorprendida, como si él fuera un fantasma.

—Esta tarde te lo cuento, ahora no es el momento y tengo la resaca del insomnio.

¿Quién sería aquella desconocida? Recordó que había una becaria en el estudio de Vicente y que la había visto en una fiesta. Los mensajes eran de un dulzor casi pastoso, mensajes de pasión descontrolada. Pero a Julia no le importaba ella, sino él. ¿Por qué continuaba mintiéndole? Decidió dejar de pensar y hablar cuando llegara, pero su cabeza estaba en el programa de centrifugado. Cuando lo vio aparecer por la puerta y, sin apenas mediar saludo, espetó:

—No quiero seguir haciendo una vida en la que todo es un

engaño. Te quiero muchísimo, pero he perdido la confianza en ti y no puedo hacer que todo siga igual.

—¿Qué te sucede? —se sorprendió Vicente ante el disparo.

—No me mientas más, he leído tus notas, esas de una tal María, que supongo será la chica con la que trabajas —se levantó de la silla y se acercó a él.

—¿Cómo has hecho eso? —dijo sin desatarse la corbata.

—Simplemente por casualidad, porque tengo un ángel que me protege y me dice que no más palabras huecas. —cogió un vaso de agua de la mesa y tomó un sorbo.

—¿No quieres seguir conmigo? —preguntó él, casi inmóvil.

—No trates de ser tú la víctima. A mí me encantaría envejecer a tu lado, pero tú eres quien lo puede hacer posible. Yo no soy la que tengo una historia con otra persona. Te digo la verdad, intuía desde tiempo atrás que algo pasaba, pero eres tan cobarde que intentas aparentar que todo sigue su curso. Hace mucho, antes de mi accidente, le comenté a mi hermano Adolfo que pensaba que tenías una historia, y si es así, son dos años los que llevas engañándome, y eso es mucho tiempo, demasiado —sentía un fuerte dolor en el estómago.

—Yo sí quiero estar contigo —replicó Vicente.

—¿Y por qué? Sabes, a veces las cosas se rompen y no hay vuelta atrás. Si lo que tú tienes es una vida paralela a la nuestra, me parece una canallada —prendió un cigarrillo, a pesar de tener arcadas.

—Ha sido una tontería. Esta chica me cae muy bien, y me he dejado llevar como un idiota. Para mí, no tiene más trascendencia. Espero que para ti tampoco.

—Pues es mucho tiempo para una tontería, y de verdad me encantaría que no tuviese trascendencia para mí, pero por desgracia, la tiene —se sentó en el sillón porque las piernas no la sostenían.

—No me dejes, Julia, te lo pido por favor.

—¿Sabes? Lo peor es que se me ha roto una pieza del rompecabezas y ahora veo difícil la manera de repararla —se echó a llorar—. He intentado controlar el llanto, pero no puedo evitarlo porque me siento fracasada.

—Podemos volver a intentarlo si tú me perdonas.

—Lo importante no es el hecho en sí, es todo lo que gira alrededor. Es la pérdida de mi confianza en ti y la inseguridad que has creado en mí. Porque ahora me pregunto qué he hecho mal, por qué tienes que buscar afecto en otro sitio, qué es lo que no te doy y tienes que llenar con otra mujer —le temblaba la voz y le costaba articular las palabras.

—Los hombres no nos planteamos tantas cuestiones, es un momento, ocurre y ya.

—No sé hasta cuándo ni cómo ni si podré superar lo que me está pasando. No puedo asegurarte nada. Porque la vida no se puede rebobinar. No podemos borrar lo que sucede. Está ahí, cada instante, y tengo que saber si desde lo más profundo te puedo perdonar, si puedo volver a confiar en ti, si puedo volver a quererte de alguna manera.

—Yo no quiero que me dejes.

—No se trata de que no quieras, yo no sé si puedo continuar contigo. Si fuera una historia solo de sexo, casi lo superaría. Pero esto es algo más, ha tenido mucha duración y, de verdad, me duele muchísimo, eso sí es un engaño. Y nos pasará factura a ti y a mí.

—Yo te quiero a ti, de verdad.

—En muchas ocasiones el daño que hacemos no se puede reparar. ¿Sabes qué es lo peor de que te pongan los cuernos? La duda que crea en la relación, el miedo a que pueda suceder de nuevo y la constante conciencia de preguntarte qué hiciste mal. Eso, a veces, son años…

—Hablas como si esto nos hubiera pasado alguna vez.

Entonces Julia sacó una botella de vino, la abrió en silencio, llenó dos copas y le dio una a Vicente. Después se sentó a su lado y siguió hablando:

—Entre la relación con el torero, de la que salí casi despavorida, y la época en que te conocí, hubo otro hombre al que amé. También me fue infiel, quizás porque yo no le daba lo que él esperaba. Debe ser mi sino. Pero se sentía culpable de lo que hacía y me lo decía. ¡Hay que ser gilipollas para cubrir la culpa confesando las infidelidades! Le dije que yo no era su paño de lágrimas. Cada instante se convertía en algo denso que me ahogaba. Y un día dejé de quererlo, sí, así, en un día decidí que no lo quería más. Fue como si mi cabeza se cansara de sentir afecto por él. Me hacía compañía, pero nada más. Así es que le dije que no lo amaba, que había dejado de hacerlo. Él no lo entendió porque era un proceso mío. Creo que nunca superé la incertidumbre, el miedo a que me volviera a suceder, al engaño. Por eso, no te puedo asegurar que llegaré a superar lo nuestro —dio un sorbo a la copa.

—Nunca me lo habías contado, ¿qué intentas decirme?

—Que ponemos ganas por superar cosas, pero a veces te duele tanto que la herida está continuamente abierta, y aunque quieras, no puedes perdonar.

—Creo que esto le pasa a todo el mundo, y se supera —se puso de pie.

—A mí nunca me ha pasado. ¿Por qué me empeño en creer en mi propia fantasía? La gente es infiel, se enamora, se encoña o, simplemente, se cansa. ¿Por qué no seré igual que el resto de la humanidad? ¿Por qué creo en el amor incondicional de un hombre cuando la realidad me enseña lo contrario? ¿Qué coño me han enseñado? —se lamentó mientras se servía otro vino.

—No sé qué decir.

—Algunas de mis amigas ponen cuernos a su hombre, y yo siempre les he dicho que eso conmigo no va, se rompen muchos principios en los que creo. Pero si esa es la norma, tengo que cambiar mi esquema o quedarme sola. Porque éste es un valor que no cabe en mí. A veces pienso que soy una mojigata, una estúpida... —dijo Julia, perdida en sus recuerdos. Se le agolpaban escenas de la última vez que habían estado de viaje, y le parecía verlo todavía hablando por teléfono y tratando de que ella no anduviera merodeando. Se le cruzaban por la mente sus salidas a otras ciudades para los concursos, las esperas ante un auricular en silencio, su falta de deseo sexual... y, sin embargo, nunca había dejado de arrullarla en las noches de invierno.

Trató de confiar en él, de darle otra oportunidad sin decírselo, de quererlo como antes, aunque le resultaba difícil. Todas las mujeres de su familia habían superado el desamor, y Julia tenía su misma piel de agua.

37

En 1953 Elena decidió volver de Suiza, instalarse de nuevo en casa y dejar de dar conferencias por toda Europa. Era una persona reconocida, pero mayor y, a pesar de que iba dos veces por año a ver a su familia, porque seguía trabajando, quería volver con ellos. La abuela Leo se mantenía activa, aunque tenía noventa y un años, y comenzaba a padecer algunos achaques propios de la edad. El tiempo había pasado, y se iban haciendo viejos todos, sin darse cuenta.

—Tenías que volver porque yo casi no tengo tiempo de morirme —dijo la abuela Leonor nada más verla.

—Si voy a volver para que te mueras, entonces no retornaré jamás —contestó Elena de broma—. Tienes una salud de hierro, hemos sobrevivido a las guerras adaptándonos a situaciones físicas complicadas, entre otras cosas porque no había alimentos. Esto, junto con el avance de la medicina, ha hecho que nosotras seamos más longevas —como siempre, daba una explicación a lo que no le preguntaban.

—¡Ay, hija! Creo que tengo las piernas desgastadas de tanto

usarlas y me duelen como demonios. Tiene que haber un arreglo, te aseguro que en lugar de investigar sobre la cabeza, deberías haberlo hecho sobre las piernas, y se quedaría todo en casa. Porque mira a Micaela, está como yo, un poco mejor porque es más joven, pero sufre el mismo mal, y en invierno peor, se nos tuercen los huesos.

—Artrosis, mamá, artrosis. Y no hay remedio para ello.

—Eso es lo peor, y lo sé, hija.

—Somos una familia longeva, pero tenemos nuestros achaques, ya ves, con mis setenta y dos años, hasta hoy he continuado dando charlas por el mundo. Pero te confieso que estoy cansada, aunque seguiré hasta que me muera investigando en este laboratorio. Es lo que siempre he querido, solo que ahora tengo muchos más conocimientos. Me hubiera encantado que viviera con nosotras Javier, podría haberle trasmitido todo lo que sé, hacíamos un buen equipo —se sentó en una butaca del salón y se puso cómoda. El momento le pareció propicio a Lucía para hablar con su madre sobre la posibilidad de aquel viaje.

—¿Cómo estará viviendo? Todos los días me lo pregunto. Espero que, después de tantos años, la vida le haya deparado algo bueno. Tengo ganas de ir, mamá, y enfrentarme al paso del tiempo… porque son muchos años.

—Doce, sí, son demasiado. Pero si te ha escrito, corre a buscarlo. Debes ser cautelosa porque si alguien descubre que vas a Francia a ver a un republicano, estaremos todos en peligro. No le digas a Luis a dónde vas, guardaremos el secreto las mujeres de esta casa, es un niño y, aunque sabemos que es discreto, deberíamos ocultárselo para protegerlo —dijo Elena mientras deshacía un jersey para volver a tejerlo con otra hechura y aprovechar la lana.

—Cogeré el tren para Francia. No tengo ningún miedo.

• • •

Detrás quedaba un largo viaje de tres días, y ya estaba en Montpellier, una ciudad desconocida donde por vez primera pondría
en práctica aquella lengua que don Carmelo se había empeñado
en enseñarle. Salió de la estación y empezó a caminar. Vio un cartel con el nombre de un río, el Mosson. Se fijó en el mapa que le
había facilitado Pablo y dedujo que se encontraba en la parte oeste
de la ciudad. El lugar que había imaginado no se parecía en nada
al que veían sus ojos. Halló una oficina de correo y habló torpemente en francés con el empleado. Envió un telegrama a su familia: «He llegado, todo muy bien».

Buscó un lugar donde alojarse y preguntó a la recepcionista
por la dirección que llevaba escrita. Con su ayuda y la del mapa,
puso rumbo al lugar donde encontraría a Javier.

—*Pardon, s'il vous plâit, c'est celle-ci l'adresse correcte?* (Perdone
por favor, ¿es ésta la dirección correcta?) —le preguntó a alguien
que pasaba por la calle.

—*Excusez moi, oui, c'est ça* (Sí, lo es) —dijo mirando el papel.
Entró en el portal, y un señor se le acercó y se presentó:

—*Je suis le concierge, qui chercez vous?* (Soy el portero, ¿a quién
busca?).

—*Á monsieur Javier Bernart* (Al señor Javier Bernart).

—*C'est au quatrième étage, á droite* (Piso cuarto a la derecha).

—*Merci, monsieur* (Gracias, señor).

Subió muy lentamente mientras saboreaba el aroma del olvido,
clavó su recuerdo en él, y le dio seguridad en el paso. Por momentos le venían ráfagas de frío, y el frío se alió con el silencio, el
silencio con la ofuscación, la ofuscación con la cercanía, la cercanía con su nombre. Y apretó el timbre.

—*En un instant, je vous ouvre la porte* (Un momento, ahora
abro la puerta) —gritó un hombre dentro.

Abrió la puerta y, como si de un fantasma se tratara, unos brazos se aferraron a su cintura y reconocieron sus labios, e intentó fundirse en cada soplo de su aliento. Desempolvó de su memoria los recuerdos y, en ese instante, tuvo la certeza de que seguía amándolo. Sin dejar de cubrirla con sus besos, la arrastró hacia adentro y continuó abrazándola.

—Siéntate. Mi corazón no cabe de felicidad. No puedes imaginar cuántas veces he esperado este momento. ¿Cuánto tiempo llevas aquí? —se revolvía el pelo y se frotaba los ojos para comprobar que aquello no era un sueño.

—¿En Montpellier? Acabo de llegar, he buscado directamente tu dirección, y aquí me tienes —se sentó en un sillón a su lado.

—¡Has venido sin avisar, sin saber si me encontrarías aquí!

—Tenía miedo de que alguien me delatase y supiese que venía a ver a un republicano —dijo sonriendo y prosiguió—. Pensé que si no te encontraba, aguardaría en la puerta hasta la madrugada. Iría a dormir al hotel donde previamente me he alojado y de nuevo montaría la guardia hasta encontrarte.

—Continúas igual que antes.

—Solo que con muchos años más.

—Eso no importa. No puedo creer que estés aquí. Estoy emocionado —se puso a llorar—. He imaginado tantas veces este momento que temo que sea un sueño.

—No, esta vez no lo es —lo abrazó para que la sintiera cerca.

—Iremos a buscar tus cosas donde te has alojado, pagaremos lo que sea, y te instalarás conmigo, el tiempo que permanezcas aquí quiero tenerte a mi lado.

—He esperado mucho tiempo esa carta que me hablara de ti y ahora te he encontrado. No volveré a perderte otros doce años más. No volveré a perderte nunca, por eso, no hay prisa, disfrutemos de tanto tiempo de nada —afirmó Lucía.

—El reencuentro será definitivo, los años sin ti han sido desesperantes, y a mí no me queda mucho tiempo. Nos hacemos mayores y estamos desperdiciando la posibilidad de una vida juntos —le soltó la mano con suavidad, como si fuera de frágil porcelana, mientras la apoyaba en el sillón.

—Yo debo volver a España, ahora estaré un mes contigo, después, y sin que nadie más que los míos lo sepa, vendré a verte todos los años, no importa los días de viaje —dijo de pie frente a la luz de una pequeña ventana.

—Si alguien en España descubre que estás con un republicano, te mataran o, tal vez, peligre tu familia —se lió un cigarrillo con el ritual de siempre.

—No, no lo sabrá nadie. Solamente mi familia, y tú no me escribirás ninguna carta. Yo llamaré a tu puerta cualquier día. Solo así sabrás de mí, no puedo poner en riesgo a los míos.

—Cada mañana estaré esperando que suene el llamador, amaré el sonido como si en ello me fuera el alma —se acercó para envolverla en sus brazos.

Esculpía impaciente la puerta de su cielo, enmudecía la piel de Lucía por su tacto delicado, y su voz era casi incapaz de pronunciar el nombre de ella, penetraba en su alma como cuando tenían diez años menos. Ya no le pesaba la espalda, le volvía la memoria de aquel aroma de su piel canela. Y el tiempo ya no pendía en aquella cuerda que tenía garras porque nunca más tomarían caminos diferentes. Recordó esa esencia en la nariz, esos fuertes rayos de entusiasmo, esa luz que le iluminó el alma cada una de las veces que tomaba aquel viejo tren con las ilusiones puestas en que no se pasara la vida. Su vida.

• • •

Así vivió durante muchos años, viajando y llenándose el corazón durante un mes, para coger fuerzas, como hubiera dicho la abuela.

Haciéndose mayor en cada trayecto, pero esperando el momento del reencuentro. Por fin, en noviembre del 75, murió Franco. Y en diciembre, un anciano Javier llamaba a la puerta:

—Vuelvo a casa, aunque sea para morir, quiero estar todos mis últimos minutos contigo, con nuestra familia.

—Bienvenido a lo que queda de la familia que conociste. Ahora verás a mi hijo y a mis nietos —y lo abrazaba.

—Tengo la imagen de un niño, tal vez como ese que se asoma por la ventana, sólo que intuyo que no es Luis.

—No, ese es mi nieto Adolfo, mi favorito —antes de terminar la frase, el niño ya había desaparecido de su vista para esconderse.

—¿Y tu madre?

—Está viejita, pero continúa con nosotros, otro milagro como el de mi abuela Leo, que vivió ciento cuatro años.

Lucía miró el fuego de antaño que le abrasaba la carne ahora envejecida, bosquejaba su sueño, por fin, con su gran amor. Sí, ella tenía setenta y cinco años, pero había conseguido mantener la piel de aquella agua que un día creyó que le destrozaría la vida, que un día pensó que sería una maldición y que hoy podía palpar que le había sido devuelta llena de aroma de romero. Entonces pudo contemplarlo porque en sus ojos ya no había vaho.

38

Había ido a ver a Julia, como todos los miércoles, sólo que ese la encontré tumbada en el sofá; había preparado una merienda con unos canapés de brazo de gitano y jamón ibérico que le había enviado Micaela del pueblo. Lo tenía todo listo, pero ella permanecía echada, aunque había oído girar la llave de la cerradura.

—¿No me has oído entrar? —le pregunté mientras me acercaba a ella.

—¡Claro! Sabía que eras tú, por ello no me he inmutado —ni siquiera se incorporó.

—Bueno, veo que tienes la merienda preparada, yo tengo un hambre que me muero, hoy no comí. Se apareció un alumno de la facultad justo a la hora de marcharme y me ha entretenido tanto que ya decidí no comer hasta la merienda.

—Pues vaya pelmazo, ¿por qué no le has dicho que fuera a otra hora? —dijo desde el sofá.

—Porque los alumnos de ahora no son como nosotros, si el profesor no está, descuida que no vuelven, y me da pena que no aprendan. Independientemente, te aseguro que este alumno merecía la pena.

—Sabes, Adolfo, ahora me veo hasta fea —no hizo caso a lo que le estaba contando y, por fin, se incorporó.

Cada día indagaba a los espectros del tiempo dónde había ido aquella Julia que se creía la dueña del universo, montada en la bicicleta de Bernardo. Ahora era una mujer con inseguridades y con desconfianza, con una cabeza que marchaba vaya a saber por qué paisajes.

—Tú nunca has sido guapa —respondí riéndome, mientras comía un canapé.

—Te lo digo en serio, me miro en el espejo y me encuentro fatal, voy a por lo que tengo en la nevera —se levantó y se dirigió a la cocina.

—Ahora también yo te hablo en serio, eso son tus miedos. Pero ¿qué vas a hacer al respecto? —le pregunté mientras me comía otro y abría una Mirinda de naranja.

—Yo me he dado cuenta de que quiero a Vicente, ha sido y es el amor de mi vida. No quiero dejarlo a pesar de lo que nos ha ocurrido. Procuro intentarlo de nuevo, quiero perdonarlo desde el corazón y volver a confiar en él. Pero para ello, no puedo estar pendiente de controlarlo indirectamente, que es lo que hago —puso unas aceitunas y un poco de salchichón encima de la mesa.

—Julia, no sé si te sirve mi consejo porque mi experiencia es diferente a la tuya, pero si quieres continuar con él, debes remitir cualquier duda que te persiga y no preguntar jamás sobre lo que ellos tuvieron, tampoco debes exigirle cosas absurdas como que la eche del estudio o deje de trabajar con ella. Eres tú la que tienes que superar esa desconfianza y, bajo ningún concepto, exigírselo a él, porque Vicente tendrá que pasar su propio proceso y no hacer lo que tú quieras para compensarte —comenté comiéndome una raja de salchichón con un colín—. ¿De dónde has sacado estos colines?

—Me los ha enviado Micaela.

—Menudo chollo tienes tú con las abuelas —y me comí otro.

—Me quieren mucho, la verdad, especialmente Micaela, me adora, lo sé. Desde pequeña fui su ojito derecho, como tú el de la abuela Obdulia —dijo cogiendo un poco de queso.

—Es verdad, pero volviendo a nuestro tema, ¿qué opinas sobre lo que te comento?

—Que sí, lo sé perfectamente, sé que no debo presionarlo para permitirle que me demuestre con libertad lo que siente, a ver si así recupero la confianza. No sé si volverá a ser el mismo para mí, pero estoy dispuesta a intentarlo —hablaba mirando el vaso que tenía entre las manos, ausente de lo que me decía.

—Eso lo dirá el tiempo. Puede que, aunque suene a coña, esto sirva para mejorar, porque te aseguro que, siempre que se toca fondo en una relación, se rompe totalmente o comienza otra etapa de más amor. Incluso, de más respeto. Por si te sirve la referencia, acuérdate de la tatarabuela Leonor, que su esposo siempre le fue infiel, pero en los demás aspectos la respetó —agregué mientras me comía una banderilla de pimiento, cebolletas y aceitunas.

—Primero, no estoy dispuesta a más infidelidades, y segundo, la tatarabuela nunca amó a su marido.

—Te recuerdo que ella se lo permitió porque no lo amaba, quiero decir que, quizás, tu relación con Vicente estaba pasando una etapa donde no os demostrabais que existiese afecto alguno, es más, creo que estabais en un momento desagradable y, en el fondo, las personas necesitamos sentirnos queridas. Entonces, si aparece una oportunidad, la aprovechamos —le aclaré y di un sorbo a mi bebida.

—Es verdad, primero lo de mi embarazo, después mi no aceptación de la situación, mi propia frustración, y tengo que reconocer que no le hacía ni puñetero caso, creo que hasta lo culpabilizaba de lo que yo estaba viviendo —reflexionó muy seria, como si lo acabara de descubrir.

—Julia, lo único recomendable es intentarlo porque tú lo quieres, pero perdonando desde dentro, y eso supone no más preguntas, no más inseguridades, no más controles ni miedos a que vuelva a suceder, porque te puede ocurrir con cualquier hombre —terminé de comer y me prendí un cigarro.

—Me cuesta porque soy bastante controladora, pero sé que si no perdono, debo dejar la relación para no verlo nunca más. No quiero que todo el amor que le he tenido se convierta en un infierno lleno de nieve helada.

Ella también cogió un cigarro y lo acercó a la llama de mi mechero.

• • •

Buscó entre los recuerdos aquellos momentos de felicidad y le sirvió para comenzar de nuevo. Vicente hizo lo posible por volver pronto a casa, por hacerle compañía en los instantes en los que intuía que ella se sentía más insegura. Nunca volvieron a hablar de María. Todas las noches él se esforzaba en repetirle que la amaba, y consiguieron retornar a aquel lugar donde se habían perdido hacía años, para intentar continuar el camino. Julia ya no podía predecir el tiempo que estaría junto a él. Nunca se sabe cuánto puede perdurar una emoción escondida. Nunca se sabe cuándo aparecerá esa nube de polvo que empaña nuestros sentidos. Nunca se sabe cómo podemos llegar a despejar el dolor que ese polvo nos tatúa en los huesos, pero ella apostó a no vivir con miedo y, mientras no lo tuviera, permanecería amándolo. Esa fue su respuesta.

39

Lucía encontró un momento de quietud en su existencia sin rasgar ningún recuerdo en su memoria. No había sal en sus labios porque las palabras de Javier estaban llenas de pociones mágicas que mecían su alma de niña en un cuerpo de anciana, ese mismo que sabía saborear cada soplo de aliento a su lado. Con Javier pudo disfrutar de la paz buscada durante tantos años sin tener ahora que aguardar ese viaje anhelado. No, ya no había zozobra, tampoco libraba la pasión caduca de otros momentos que se había convertido en cariño y sintonía. Había dado ese salto con el cuerpo ajado por los años, pero con la sabiduría de los tiempos. ¡Fue tan feliz entre sus abrazos, con su dulzura y su delicadeza que podían fundir el amor con un solo soplo de aire! Y con eso le bastaba. Y la piel de agua estaba ahora llena de aquella tierra que había surcado todos los besos en las madrugadas. Lucía hubiera jurado que no se había movido de allí, junto a él, nunca. Supo que había estado en su propia piel, en el agua de él, en el agua de ella, en la piel de Javier, tal vez ayer. Pero ella ya no esperaba, porque él nunca se marchó.

Su hijo Luis lo quiso y trató como a un padre. Él amó a sus nietos como lo hacía ella. Diez años ganados a pulso.

Y un día, sin darse cuenta Lucía, la mañana pasó como un suspiro y, como no se había levantado a la hora de comer, decidió llamarlo. Pero allí quedó, dormido para siempre.

«Piénsame las manos, sus ojos cerrados preparados para un viaje sin mí, su cuerpo lleno de lágrimas salpicadas por mis besos, esos besos que ahora sólo eran míos y que nos arroparon tanto tiempo. Sé que nos encontraremos al alba, te buscaré en algún lugar, tal vez atrapado en mi memoria.

»Mi gran amor se me había marchado, pero ¿adónde? Reclinada sobre su pecho, estuve muchas horas, hasta la madrugada, hasta sentir sus yemas frías, hasta tiritar enredada en su alma. La noche me ahogaba, y odié el tiempo que de nuevo entraba con su séquito y arrancaba de un chasquido lo único que podía quitarme, su cuerpo.

»Acepté una nueva soledad, esa soledad que ya no podía librar ningún combate porque la batalla no tenía que ganarla.

»Entonces cabalgaba contigo, atravesando la luz de un cielo despejado, me volvían los olores de antaño a romero y a jara, y el sol comenzaba a vomitar diminutos rayos de entusiasmo. Ya no había sacrificio, en mi corazón eterno había desaparecido la niebla de tu rostro.

• • •

Cada vez que cruzo un túnel tengo la sensación de volver a nacer, la impresión de estar en ese instante en el que atravieso el camino, con una suavidad cálida y rápida hacia la luz. Es la perplejidad del movimiento lo que me empuja hacia la puerta de la vida. Me encuentro en ese segundo preciso, antes de que mis sentidos estén suficientemente despiertos para darme cuenta de ello; y entonces me acuerdo de mi abuela Lucía. Ella decía que todos los recuerdos que se nos agolpan en la cabeza en un momento de nuestra existencia han sido vividos ya; decía que nuestra familia tenía piel de agua, la piel en la que acarreamos todos esos recuerdos siempre, de generación en generación. Decía que arrastramos nuestras emociones, tanto las fuertes como las fugaces, nuestros hábitos, nuestras costumbres, siempre en la dirección del tiempo, nuestro enemigo. Así somos los seres humanos, de manera incomprensible repetimos aquello que nos han tatuado en la memoria. Como el agua lo hace con la tierra, empujando pedazos de barro que marchan con uno el resto de la vida.